花に誓う

葉山弥世

鳥影社

花に誓う　目次

花に誓う

（一）

「じゃあ、またね」

多恵は母にそう言って手を振った。曲がり角まで歩いて振り向くと、母はまだ立ったまま見送っていた。三月になったとはいえ風が冷たい戸外で、久しぶりに来た娘を名残惜しんでいるのだろう。見慣れた風景を眺めながら、多恵は最寄りの電車駅までをゆっくりと歩く。徒歩約十分程度の道のりだ。広島駅から宮島口までを往復する広島電鉄のこの郊外線は、沿線に住宅団地が多くあるので、ドル箱線のようだ。

母は三人の子を産み育てた。子供たちが巣立って行って、もう三十年ちかく、この墓地の傍の小さな平屋建ての借家に独りで暮らしている。環境がよくないためか借り手がいなかったので、破格に安い家賃で、多恵が二十二歳の時にここに移り住んだのだ。

その時は本当に嬉しかった。曲がりなりにも玄関があり、炊事場も風呂場もトイレも家の中にあって、夜中に外にあるトイレに行き帰りする時の怖さから解放されて、多恵も弟妹も大喜びした。

それまでは旧海軍のだだっ広い兵舎を板仕切りで区切って、貧しい数家族が肩を寄せ合って暮らしていたのだ。兵士たちの食事を作る厨房《ちゅうぼう》は別棟で広く、トイレも風呂場も専用の別棟で、それぞれ寝る所（兵舎）とは二、三十メートル離れていた。戦後そこに住みついた数家族はそのままの形を受け継いで、不便な生活を余儀なくされていたのだ。

兵舎は、戦後数年間は敗戦による海外からの引揚者たちの仮住まいだったようだが、それぞれが独立して出て行った後に、いつしか家のない、貧しい家族が住み着くようになったという。

母が今住んでいる借家は築四十年以上たっているようで、外観は相当古びていて、おまけに代替わりした家主から、一年後には立ち退いてほしいと言われていた。マンション開発の波が墓地の近くまで押し寄せてきているのだ。多恵は本気で、母のために何とかしなければと思っている。

四つ下の弟、秀一は因島《いんのしま》の造船所に勤めているので、定年になっても帰って来て母の面倒をみるかどうか。最近、職場の近くに古民家を買ったので、帰らないつもりだろう。六つ下の妹、好美《よしみ》も結婚して神戸で共働きをしながらマンションを買い、ローンの支払いで余裕はなく、実家には二年に一度程度しか帰って来ない。

長女の多恵は広島市西部の団地に住んでいるので、月に一回程度、郊外の母の家に行って庭の草抜きや買い物などを手伝い、昼食を一緒にとるようにしている。

母は古稀を超えて早三年が過ぎた。貧困家庭に育ち、地元の商店や漁協で働き、そこで知り合った三つ年上の多恵の父と結婚した。と言っても式など挙げる財力はなく、同棲したということだ。父は仕事に集中することなく、アルバイト的な状態を続け、母の収入に寄生していたようだ。そして自分の思いがうまくいかないと、母や子供に暴力を振るうことがよくあった。

そんなわけで母の人生は苦労の連続で、実年齢よりもかなり老けて見える。その母を多恵は心から愛しいと思い、一緒に住みたいと願うのだが、夫がウンと言わないのだ。豊かではないが極貧でもない家庭に育った夫はこれまで気儘《きまま》に生きてきて、自由を好み、

「まだ自立ができるうちは、お義母さんも気楽な独り暮らしがいいに決まってる。俺だってガソリンスタンドで立ち続けに働いて、せめて夜ぐらいは誰に気兼ねもせず、伸び伸びと晩酌ぐらいしたい。気になるなら、お前が月に何度か訪ねてやればいい。立ち退きになるのなら、公営住宅に申し込んでおけよ」と言うのだ。

夫の両親は長兄と暮らしている。義兄は両親から家屋敷を受け継いでいるので、将来、夫が親を引き取ることはないだろう。夫と多恵はとにかく自分の家が欲しかったので始末な生活をしてお金を貯め、何とかローンを組んで四十二歳の時、市の西部の団地で中古住宅を手に入れたのだ。

二人の娘たちが就職して家を出て行き、部屋が空いたので、夫の口から「お義母さんをうちに呼んでやろうか」ぐらいの言葉が出ないものかと心待ちしていたが、一向に出ないので、夫に対する気持が冷たくなっていくような気がする。

郊外線の電車の窓から過ぎ行く風景を見ながら、多恵は思わず溜息をついていた。

溜息の原因はもう一つあった。三日前、息子の昌平が突然「母さんに言っても解らんだろうけど」と前置きして、姿勢を正して話しかけてきたのだ。

「俺、工学部の機械システムから生命学部の食品生命科学へ転学部するよ」

「どういうこと、ちゃんと私にも解るように説明して」

「俺、機械のことよりも、人間の命に関することに興味が湧いたんだ」

そう言われても多恵にはよく解らなかった。夫に言うと息子を呼びつけ、「どういうことか」と怒鳴りつけて、大喧嘩になったのだ。夫は高校を中退し、多恵も定時制高校を何とか卒業したので、大学の学部学科がどうのこうのと言われても、正直言って、よく解らないのだ。

工学部、機械科——これなら漠然とではあったが、理解していた。夫も多恵も地元の大企業の自動車産業と結びつけて、この科を出ると、就職もいいはずだと将来を期待していたのだ。

「お前なあ、勝手な真似をすると、授業料は出さんからな」

夫の捨て台詞《ぜりふ》に息子も腹を立てて、その夜は友達の下宿先へ転がり込んだのだった。

西広島で電車を下り、食材を買うために駅前のスーパーに立ち寄った。週に二回程度、多恵はこのスーパーで買い物をする。肉や魚は数日分買って冷凍庫で保存する。朝の九時から午後の四時まで商工センターの海産物問屋でアルバイトをしているので、多恵の一日は結構忙しい。

夫は毎夜晩酌をし、付き出しにうるさいので、多恵はこのことで気を遣う。ちくわ、スルメ、ナッツ、干しホタテなど、途切れないように用意しておかないと夫は機嫌が悪くなり、夕食は暗い雰囲気に包まれる。

二人の娘には就職を考えて商業高校に通わせた。小・中学校時代には成績がよく、本人たちも将来は大学か短大に進みたいと言っていたが、夫も多恵も高校だけで十分だと思っていた。末っ子の息子にだけは時流に乗って地元の工業大学へ行かせ、今春二年生に進級することになっている。二人の娘は自分たちには許されなかったことが弟には許されて、男女差別だ、と不満を口にした。

現在、長女は大阪の商社に勤めて六年目、次女は地方公務員となり、福山の高校で学校事務に就いている。親から結婚費用は自分で稼ぐようにと言ってあるので、二人とも給料の二割程度は貯金しているらしい。

多恵は時々ふっと思うことがある。二人の娘はどうして遠くに就職したのだろう、と。親を嫌って……そうは思いたくない。自分は父が大嫌いだったが、近くにいてほしいと懇願する母の気持を汲み、家から通える職場を選ぶつもりだったし、実際そうしたのだが、娘たちは自分の思いを優先させて、親の願いを聞いてくれなかった。自立心が強いんだからいいじゃない、と己を納得させてはいるけども、本心はやはり淋しい。

背中にリュック、両手に食材の袋を抱えて自宅までの緩やかな坂を上がりながら、多恵は車だと楽なのに、と思う。多恵が運転免許を取りたいと言うと、まだ子供が小さかったせいもあるが、夫は絶対ダメだと反対した。幼い子供が三人もいて、もし事故でも起こしたらどうなるか、考えてみろと言うのだ。

もう子供は成人した。坂の多い団地で、これからは体力が低下していくのが目に見えているので、多恵は車の免許を取りたいと切実に思う。夫が反対しても、今度ばかりは自分の主張を貫きたいと思う。一波乱はあるだろうけど……。

犬を連れた男性とすれ違った。なぜか振り向くと向こうも振り返り「重そうですね。お手伝いしましょう」と言って、抱えていた荷物を持ってくれた。有無を言わさずの親切に多恵はただ驚き、「すみません」と素直に言葉が出ていた。

「ワンちゃん、私に吠えたりしませんね。お利口な犬だ」

「主《あるじ》がオーケーを出している時は、やはり分かるんでしょうね」

男性はそう言って笑った。感じがいい人だと思った。歳は自分より少し上だろうか。

「スーパーが団地の中ほどにあったらいいんですがね」

男性は同情的な言い方をした。

「そうですね。うちはてっぺんに近い所なもんで、体力低下の最近では困りものですわ。ここに移り住んだ十年前には、しんどいなんて思わなかったんですけど」

「そうですか。そういえば最近、上の方から下に引っ越した、私より少し年上の友人がいますね。やはり、しんどいと言ってました。うちは東側の中間地点ですが、こいつが上下左右に歩き回りますので、ぼくの脚も相当鍛えられました」

「犬の散歩は、健康にはいいですね」

「ストレス解消にもなりますしね」

こんな何気ない会話をしながら、自宅近くの分かれ道まで来ていた。

「もう近くまで来ましたから、大丈夫です。ありがとうございました。ほんとに助かりました」

多恵が礼を言うと、男性はただ笑って去って行った。

玄関の鍵を開けながら、男性に久しぶりに優しくされたことで、多恵の心がふんわりと膨らんでいた。


夕食後、夫はテレビの野球を見ながら、晩酌を続けていた。地元のカープがよく打っているらしく、夫は機嫌がよかった。

「ねえ、ロールキャベツは美味しかった?」

食事時に何の反応もなかったので、多恵はつい訊いていた。

「うるさいのォー、一々言わにゃーいけんのかよ。まずいぞと言わん限り、うまいということじゃ。何年一緒に暮らしとるんか」

夫は野球に気を取られて、これ以上は聞く気なしと言わんばかりに、語調を強めた。

「あなたは何でそんな言い方しかできないのよ。すなおに美味しいなら美味しい、と言ってくれたら、次はもっと美味しいものを作ってあげよう、頑張るぞってなるのにね。こっちは心を込めて作ってるのに……、せいがないというもんだわ」

「家でいちいち他人行儀をしろと言うんか。仕事で疲れて帰っとるのに、できるか」

夫の声はいっそう強まった。

多恵は製菓会社で働いて、二十六歳の時に友達の紹介で夫と結婚した。一応恋愛結婚の形をとったが、相手をあまりよく知らないうちに結婚したような気がする。両親を見ていたので結婚願望は持てなかったが、独身を通す勇気もなかったので、ここらで人並みの結婚でも、と踏み切ったのではないか。最近、そんな思いがふっと頭をよぎるのだった。

（二）

一人暮らしの母を、民生委員の藤木さんが月に一回訪ねてくれる。一年先の立ち退きを伝えると、何とか公営住宅に入れないものかと市に掛け合ったり、いろいろ気にかけてくれているが、思うような結論は出ていない。交通の便がいい公営住宅はなかなか空きがなく、空いても順番待ちだからすぐには入れそうにない。うちで引き取れば事は簡単なのだが、夫がウンと言わない。このところ、これが多恵の最大の悩みなのだ。

若い頃から働き詰めに働いた母は、歳以上に老けてみえるが、幸運なことに今のところ持病はない。気力もしっかりしていて、不幸な子供たちの福祉施設の賄《まかな》いに行っている。後二年はこの仕事を続けられそうで、老人ホームには入る気がないと言う。たとえ入りたくても、これも公営住宅と同じで、順番待ちでなかなか入れないらしい。

前途は暗い。多恵は四時に仕事を終えて、さっきから職場の近くのスナックでコーヒーとプチケーキを前にして、何度も溜息をついていた。

ふっと、母の優しい顔が浮かんだ。この母を、人生の最後はどうしても幸せと呼べる状態にしてやりたいと思うのだ。

大嫌いだった父の顔も瞼《まぶた》に蘇《よみがえ》った。平素はできるだけ忘れるようにしているのに、胸の内にむっくりと浮き上がってくるのだ。多恵は首を振った。なぜなのよ、働かず、威圧的で、何かと言うと暴力を振るったあんな男と、母はなぜ別れなかったのだろう。妻や子供を全く愛してなんかいなかった、あんなやつとどうして添い遂げようとしたのか。多恵にとっては嫌なヤツ、そして恐怖の対象でしかなかった男、憎みさえした男に、母は文句も言わずに稼いだお金を黙って渡していたのだ。

ああ、いや、何で今さらあの男のことを思い出すのよ。多恵は脳裏に浮かぶあの男を打ち消しても、打ち消しても、鮮明に蘇ってくるのだった。

あの朝「浜口さん、大変だ、大変だ」と、入口の板戸を何度も叩く男の声がした。

「旦那さんが倒れとる。お稲荷さんの前の、田んぼの畔道《あぜみち》で、うつぶせになっとるけえ触ってみたら、もう硬くなって息もしとらん。死んどるかもしれん。息子を駐在所に走らせたから、警察が医者を連れて来ると思う。とりあえず知らせに来た」

大声でそう叫んで父の死を知らせてくれたのは、海軍山（海軍兵舎は丘の中腹にあったので、人々は海軍山と呼んでいた）の麓に住む山村のおじさんだった。一月五日、正月気分がまだ抜けない、寒い朝の七時前だった。

「エッ……」

母は飛び起きて上着を羽織ると、おじさんの案内でその場へと急いだ。中学二年生の私も後に続いた。

何が何だか判らないままに、数分もすると現場に着いていた。近所の人々が数名、俯せの父を取り巻いていた。

「あなた、あなた」

母は駆け寄って嗚咽《おえつ》しながら、自分の首に巻いていたタオルで、嘔吐《おうと》で汚れた父の顔を拭いた。

「ここじゃあ浜口さんが可哀想じゃけえ、せめてお稲荷さんまで移動させてあげようや」

誰かがそう言った。すると山村のおじさんが制止した。

「いや、警察が来るまでは勝手に動かさんほうがええ。待ちましょう」

「そうじゃのお」と、人々はおじさんの言葉に納得したようだった。

私は母のように泣きはしなかったが、家では暴君の父が軀《むくろ》となっていることが不思議で、死をすぐには受け入れられなかった。ただ、父に泣きすがる母が哀れで、胸が痛く、悲しかった。

それから半時ぐらいして、警察が近所の内科医を連れて来た。医者は一目見るなり、

「これは、だめだな。すでに硬直している」と言いながら一応脈を取り、懐中電灯を瞳孔に当てた。

そして母に「ご自宅に連れて帰りましょう」と促した。

誰が戸板を用意したのか、父はその上に乗せられ、男衆数名が旧海軍兵舎の我が家まで運んでく

れた。そして母が敷いた布団に父は硬直したまま寝かされた。母はまた遺体に取りすがって泣いていた。

仏壇などないので、近所のおばさんたちがリンゴ箱に白い布を被せ、ガラスコップにそこらに咲く花を挿して、急ごしらえの祭壇ができあがった。遺影の写真もないので、みんなは遺体に向かって手を合わせて去って行った。その晩は近隣の何人かが集まって通夜が行われ、地元の寺から僧侶がやって来て、読経してくれた。

翌日、近くの野にある火葬場で父は茶毘《だび》に付され、砕けた白骨を、母は涙をこぼしながら箸で拾った。私も骨を拾ったが、涙は出なかった。弟も妹も幼いので情況を把握できず、泣かなかった。私は暴君がいなくなったことがただ不思議で、死というものを深く理解できなかったように思う。

村には電話もテレビも車も普及していない時代、父はこうしてあの世へと旅立ったのだ。享年、三十八歳だった。

毎日が父の暴力に怯《おび》えていたので、亡くなったことで私も妹も弟も、むしろホッとして過ごせるようになった。いつも飲んだくれで、威圧的で、気に食わないことがあると暴力を振るい、食事も一緒にとることが少なかったので、子供の私たちはむしろ伸び伸び暮らすことができて、淋しいという気持にはならなかったように思う。

リンゴ箱の祭壇に母は毎日手を合わせ、子供たちにも同じようにしなさいと言った。私は本気で祈る気などなかったが、一応母の意を汲んで、手を合わせた。父がいない方がむしろ穏やかな気持で過ごせるので、複雑な気持ではあった。

母は、昼間は従来の漁協の仕事——牡蠣《かき》打ちやアサリの袋詰め、海苔干しなど、夜は漁協の理事長さんの大家族の賄いの手伝いで、少しでも稼ぎを増やそうとした。

だから中二の私が家族の夕食を作ることになり、バレー部も止めて、授業が終わるとまっすぐ家に帰った。海軍兵舎の大きな厨房には蛇口は数個あるのに水が出ないのだ。戦前は麓の大井戸からモーターで兵舎のタンクまで水を汲み上げていたらしいが、終戦と同時にモーターは盗まれたようで、高価なため引揚者たちにも買う資力がなく、彼らも大井戸まで汲みに行って苦労したようだ。

水を釣瓶《つるべ》からバケツに入れてからが大変なのだ。天秤棒の両側にそのバケツをぶら下げ、肩で担いで坂道を一歩一歩用心しながら上がらねばならない。これが中二の自分にはつらかったが、その水で食事の支度をしたり、手足を洗ったりするので、やらないわけにはいかなかった。

鶏も七羽飼っていて、毎日産んでくれる卵が唯一のタンパク源になった。当時は肉など高いので、滅多に口にすることはなかった。今の生活からは考えられない貧しさだった。

これまで自分の子供時代を娘や息子に話しても「へえ、そうなん」と言いはするが、あまり関心を持っているふうには見えないので、多恵も言わないようにしている。

壁の時計が五時を指していた。ちょっと一休みするつもりだったのに、もうこんな時間とは……、帰って夕食の支度をしなければ、と多恵は気持が焦った。一時間近くスナックにいたのだ。多恵は慌てて立ち上がり、レジで支払いを済ませた。

電車駅に向かいながら、多恵は自問していた。どうしてあんな昔のこと、しかも一番忘れたいことを思い出したのだろう。あの日以来誰にも言わず、心の奥底に封じ込めたはずなのに……。それなのにひょっこりと鎌首をもたげて、多恵に苦い思いをさせるのだ。多恵はまた溜息をついていた。

電車はすぐ来た。西広島駅までの乗車時間は十分程度。ここで下車して、団地内の循環バスに乗り換えるのだ。今日は買い物無し。歩いてもいいけど、登り坂は五十路を出ると結構きつい。だからバスを待とう。ただ回数が少なく、後十五分も待つようだ。

やっぱり歩こう。バスは狭い坂道を走るので離合に手間取って、意外に時間がかかるのだ。自分の車なら待ち時間もなく、楽に帰れるのになあ、と夫に対してまた愚痴が出る。内緒で自動車教習所に行って、既成事実を作ればいいかも、とも思う。発覚した時は「酔ったあなたをバーまで迎えに行ってあげるから」とか、「高齢な母に何かあったら、すぐに駆けつけられるでしょ」などと言えばいいのだ。

ちょうど道程《みちのり》の中間辺りで、またあの犬の散歩の男性に出会った。今日はカメラを首から提げている。多恵の方から声をかけた。

「こんにちは。こないだは荷物を持っていただき、ありがとうございました」

「やあ、今日は手ぶらですか」

男性はそう言って笑った。しばらく一緒に歩きながら、

「ぼくもあのスーパーには週に一度は行きますよ。結構品物が揃ってますでしょ。デパート並みですよ。外国のビールやワインもチーズもありますしね。それにペットの餌などがよそよりも充実してます」と男性は言った。

「そのようですね。うちは舶来とはあまり縁がありませんけど、いろんな品物がそろってるってことは、選択の幅が広がって、いいですよね」

「あのスーパーは、経営上手ですね。デパートもうかうかすると、お客を取られてしまいますよ」

「私が子供の頃、田舎に住んでたものですから、デパートは夢や憧れの詰まった所で、めったに連れてってもらえませんでした。エレベーターさえ珍しかったのに、エスカレーターなんて、驚きでした。いろんな品物が並んでて、買いはしなかったけど、幸せな気分になりましたね。だからスーパーに負けないでほしいです」

「ま、時代はどうしようもなく移り変わるってことですかね」

「最近、そういうことが増えましたね。適応していくのが大変です。置いてきぼりを食ってます」

「ほんと、うかうかすると、そうなりかねませんね。パソコンにしても車にしても、機種がああ度々変わっちゃあ、誰だってついていけませんよ。ぼくのパソコンは十年近く前のものですけど」

そう言うと、男は自嘲気味に笑った。

「欲しいものは自分が働くようになって、何ヵ月も待ってやっと手に入れてたので、十年なんてもんじゃありませんわ。とにかく物は大事に、大事に使ってましたから」

「日本が貧しい時代にぼくたちは生きてきましたから、物は大事すぎるほど大事に使いますね」

「そう、うちの子供たちとその点で考え方がまるで違いますね。時々話が通じなくて悲しくなりますわ」

「うちも、そうですよ。ある程度、仕方ないのでしょうね」

会話が弾んでいるうちに分岐点に来ていた。犬が多恵の家とは反対側に勢いよく曲がったので、男性も犬に引っ張られてそちらに動いた。そして振り向いて「じゃあ」と言って手を振った。

帰宅すると、多恵はすぐ夕食の支度にとりかかった。予定では、今夜は息子の好きなビーフカレーとコンソメスープがメインだ。慣れた手つきでジャガイモやニンジンを切った。それらと肉を一緒に鍋に入れ、ルーを加えて二十分ほど煮た。スープもできあがって一段落した頃に、息子の昌平が帰って来た。台所のドアを開けるや、言った。

「腹減った。晩飯できてる？」

「はい、はい、九割以上できてるわよ。後は野菜サラダにドレッシングをかけるだけ」

「メインは匂いから、俺の好きなカレーだね。嬉しいな」

息子は声のトーンをあげた。

夕食は家族がそろって食べたほうがいいことは分かっているが、食い盛りの息子はすぐ食べたがり、つい多恵も甘えさせてしまう。

「カレー、うまいねえ。母さんのカレーは天下一品だ」

「また、また、おだてて。もうそれ以上、何も出ないわよ」

「お世辞抜きで、ほんとにうまいよ」

「そう、ありがとう。父さんとは大違い。あんたは素直でいいわ。誉められるとね、大人でも嬉しいの。また頑張るぞって、気分が高揚するのよ」

「そういうもんかな。だろうな」

息子は、ほぼ納得したような口調をした。そして続けた。

「こないだの話だけど、俺、どうしても転学部したいんだ。来年度からということで、手続きの期限がこの三月末に迫ってるんだ」

「あんたがよく考えて、どうしてもそうしたいのなら、母さんは了解するけど、父さんは相当怒ってたから、授業料を払ってくれないかもよ。だって機械工学を出て、地元の大企業の自動車会社、マツダに就職させるのが、父さんの夢なんだもの」

「俺は父さんの操り人形じゃあないんだ。俺の人生だから、自分のやりたいことをしたいんだ。授業料を払ってくれないなら、バイトを増やせばいいから」

「そんなことして勉強時間をなくして単位を落としたり、体を壊したりして卒業できなくなったら、元も子もないでしょ」

多恵の声が大きくなっていた。

「母さんもやっぱり分かってないなあ。すぐそんなふうに考えるんだから」

「そりゃあ、私は学歴が低いから、難しいことは分からないけど」

「誰もそんな事、言ってないじゃないか。僻《ひが》み根性はよくないよ」

「だって、いつも母さんは分かってない、分かってない、とバカにしたように言うじゃないの。学も知識もないのは、うちが貧乏だったせいなんだから」

「そんな言い方、止めてくれよ」

「ごめん、つい、言っちゃった。でもね、夜間高校を真面目に頑張っても、社会はなかなか認めてくれようとしなかったんだから。僻みたくもなるわよ」

「それは分かるけどさ、それから何十年も経ってるんだから、そんな言い方よくないよ。みっともないよ」

「あんたの歳では、解ってくれと言う方が無理なんかなあ……」

多恵は息子との世代的断層を感じて、内心で深い溜息をついていた。

「俺、とにかく、月末までに書類を整えて提出するから」

「そう、でもまだ日にちがあるから、よく考えてね。それでも考えが変わらなかったら、仕方ないかなあ……」

心細そうな、自信なさそうな声だった。

「おやじ、遅いなあ」

決心を確認したせいか、息子は不意に話題を変えた。

「そうね、今日は夜勤じゃあなかったけど」

そう言っていると「ただいま」と玄関で声がした。

「じゃ、俺、自分の部屋に行くから」

息子はすぐ席を立ち、二階へ引き揚げて行った。入れ替わりに夫が入って来た。

「あいつはわしの声を聞いて、退散したんか」

夫の声は不機嫌そのものだった。

「ちょうど食事が終わったところなのよ」

「そんなふうにお前がいつも庇《かば》うから、あいつが付け上がるんだ」

「そうかしら」

「そうだ。お前がもっと厳しくしつけんかったから、親の気持も解らん、あんなつまらんやつになったんだ」

「ちょっと待ってよ。あなたの息子でもあるのよ。躾《しつけ》は二人の責任でしょ」

多恵は反撃に出た。夫はまるで子育てにかかわりがないような、勝手なことを言っている。どうして、こうなのかしら……。情けないなと思う。

「わしは外で辛い思いをしながら稼いで、家族を養っとるんだぞ。家事や育児はお前の仕事だろ」

「そりゃあ産んだ手前、私の比重は大きいでしょう。でも、私だって家計を助けるために、ずっとバイトをしてきたでしょ」

いつも互いの終わりの言葉はこれだ。何年一緒に暮らしても、解り合うのは無理なのだろうか……。多恵は空しい思いに沈み込み、これ以上話す気になれなかった。

夫はビールを飲みながら、言った。

「大学の件、転学部は絶対に承知せんからな。よう言うとけ」

「自分で言ったら」

「こないだ、もう言っとる。あれで親の気持が分からんようじゃあ、授業料を出してやらんだけの事じゃ」

この間は話し合いが決裂して、息子は家を飛び出して、友人の下宿先に転がり込んだ。夫はまた同じ事が起こると面倒だと思うのか、息子をここに呼んで来いとは言わなかった。

多恵は息子の気持を分かってやってやってほしいと思う。

「ねえ、話をよく聞いてやってよ。不真面目で言ってるのと違うわ。授業料を出してもらえなかったら、バイトを増やすとも言ってるの。私は認めてやってもいいと思うけど」

「それが甘やかしと言うんだ。あいつがますます増長するのが判らんのか」

声までがヒステリックに響いた。多恵は、喧嘩が起こる前に息子が退散してくれていてよかった、と痛感した。

夫は缶ビールを持ってテレビの前のソファーに座り、野球に見入っていた。夫にはこのところ、がっかりすることばかり。こんな人だったのかしら……、と思わず溜息が出てしまう。同じ屋根の下にいても、三人バラバラ。一家団欒《だんらん》などもてそうもないな。家族って何なんだろう、と多恵はつぶやいていた。

（三）

四月に入って、息子の転学部は実現した。彼はレストランのアルバイトをもう二日増やし、毎日を意欲的に過ごしているように見える。父親とは、必要最小限の会話しかしない状態が続いているが、互いに接触を避けることで派手な喧嘩もなく、一見穏やかな日々が過ぎて行った。

夫は意地になっていて、絶対に授業料は払わないともう一度宣言した。息子は自宅から通学しているので、贅沢をしない限り、少し援助してやればなんとかなるだろう。多恵が月二万円を出してやると約束すると、息子は「すまないね。将来、出世払いで必ず返すから」と殊勝なことを言った。「はいはい、その時を楽しみに待ってますから」と多恵が笑うと、息子は「男の約束だ。二言はない」と頼もしいことを言ってくれた。

春は意外に足早に去っていく。公園の桜も葉桜となり、我が家の庭のハナミズキもリラも花は終わって、新緑の葉群れが微風に揺れ、太陽光を反射してきらめいている。いかにも平和がそこにあるというような光景だ。

五月の広島でのビッグイベントは、フラワーフェスティバルだ。十年前家族で出かけ、人の多さに圧倒されて気分が悪くなったことがある。以来行ったことはないが、花を愛する気持は旺盛になり、引っ越したばかりの我が家の庭にも椿や山茶花《さざんか》、紫陽花《あじさい》、ハナミズキやリラなどの花木や花々を植えたものだ。

今はアザレア、ペチュニア、パンジー、鉄線、エニシダ、ゼラニューム、ベゴニア、インパチェンスなどが時を得て咲いている。通行人や散歩する人々が一瞬足を止めて「花はいいねえ、心が和む」とつぶやくのを聞くと、多恵も幸せな気分になる。

我が庭の外でも街路樹の間に植えられたツツジが彩りよく咲き乱れ、どこを歩いていても甘い香りが鼻先をかすめていく。多恵の気持もこのところ平穏である。息子もそれなりに納得して過ごしているし、自分も、夫に対して期待感を捨てて諦めの境地に達すると、気が楽になったのだ。

娘たちはそれぞれボーイフレンドができたらしく、連休にも帰って来なかった。夫は「式を挙げるまでは、最後の一線を越えたらいかんぞ」と時々電話で牽制球を投げている。夫の言葉は珍しく多恵の言葉でもあるが、今時の若者に果たして通用するかどうか……。

一般的に貞操観念は相当に崩れているらしいから、我が子とて時代の流れに無縁でいられるだろうか。心配の種は尽きないが、二人の娘たちは相談したのか、「分かってる、分かってる。安売りして損するのは女だから、最後の一線は最高級のダイヤモンドと引き換えでしか渡しませんから、心配ご無用」と、同じようなことを言った。

それぞれ仕事に、習い事に、と忙しそうだが、充実した日を送っているらしい。長女は勤めが終わると料理教室に通っていて、女の先生と気が合って助手のような存在となり、来年の春は旅行を兼ねて、フランス料理の本場で一週間の研修を受けるという。次女は日本画教室に通い始め、花や草木を描くことが楽しくてしょうがないようだ。

二人とも仕事以外に人生を楽しむ文化的な趣味をみつけて、多恵は羨ましいと思う。若い頃の自分は家計を助け、弟妹を全日制の高校に入学させたい一念で、仕事以外に趣味を持つことなど考えられなかったのだ。

五月の半ばにもなると、庭の花々にも盛衰がはっきりと表れる。アザレアや鉄線は勢いが止まって、花弁が散り始める。地面の花弁に風情を感じて、多恵は一日ほどはそのままにするが、それ以上はいたたまれず、箒《ほうき》で掃くのだ。

花は美しく、心を和ませてくれる。けれど枯れると無残な姿を晒し、哀しみを誘う。それでも多恵は土を掘り返し、花々に水や肥料を与え、来年に期待するのだ。

気が付けば六月が目前に迫っていた。もう夏がそこまで来ているのだ。我が家の庭もエニシダの黄色とアザレアの赤が消え、幾分淋しくなった。紫陽花はまだ咲いてない。それで風雨に強いゼラニュームと赤いサルビアを数本植え足したので、また華やぎが戻ってくることだろう。面倒だけど、花の世話には希望がもてる。

水曜日は自分の定休日。洗濯物を干し終えて、これから母の所に行こうと思って身支度をしていると、久しぶりに妹の好美から電話がかかってきた。地元の大学に通う一人息子の智明《ともあき》が、学生結婚をするというのだ。

「相手は二つ上のコンビニの店員だそうよ。息子に、卒業して就職するまで待てないのかと問い詰めると、相手がすでに妊娠三ヵ月だから、ダメだと言うのよ。うちの人は学生の身分で何事かと怒ってるけど、相手の立場を考えると、式を挙げることは止むを得ないんだろうね。我が家はマンションのローンで家計が苦しいから、ついでに式なんかせずに、同棲婚にしろとあの人は言うんだけど、ほんとに、それでいいのかしら？」

「そんな大事なことを急に問われても、私も自信をもって答えられないわよ。式なんかどうでもいい、という自由主義者であれば簡単だけどねえ、そうもいかんでしょ。私たちだって、ささやかながら結婚式をしたから、正道を歩いて来たって気持があるのかなあ。女にとっては、やはり生涯の思い出が要るのかしら……。母さんは式もしないし、写真もないでしょ。可哀想だったと思わない？」

「……あの時代は、あれほど貧乏だったら、しょうがなかったかもね。でも姉ちゃんが言うように、可哀想だったかもしれないね。だとすると、やっぱり、息子にも小さいながらも結婚式をしてやらないと、いかんかなあ。自分が稼ぐようになって結婚すればいいのにね、本当にバカ息子だよ。親はローンで大変だというのにさ」

妹は息子に怒っているようだった。そして、

「ねえ、式は八月の初めになるわ。で、式には義兄さんも一緒に参列してちょうだいよ。それから、お祝いをうんと弾んでやってね」と、ちゃっかりしたことを要求した。

「あの人はケチだから、お祝いの方は期待しないでよ」

息子の授業料も出してやらないぐらいだから、甥の結婚祝いを弾むはずはないだろう。お金のことではいつまでも苦労する自分たちを、多恵は「情けない一族だね」と笑った。


母の家に着いたのは、それから一時間ばかり後だった。持って行く品々をスーパーで買い、いつものように郊外線に乗って約三十分すると、港のあるその町に到着し、十分ばかり歩くのだ。自分がこの町に住んでいた頃と街並みはあまり変わっていないが、数軒はあった食料品店が廃業し、墓地の周りには山を削って住宅団地ができ、マンションも建っていた。そして近くには八階建ての大きな総合病院がでんと構えている。

母にはおおよその到着時間を電話で伝えていたので、玄関を開けて待っていた。電話をつけたのは五年前で、それまでは費用を出してあげるからつけなさいと促しても、要らないと拒否し続けた。七十歳に近づいて、何かあった時に連絡のしようがないと困るから、と多恵が口説いて、やっとつけたのだ。母は小さな村（今は市だが）の中で生きて来たので、大抵のことは口コミで通用したの

だろう。電話が無い生活があまりにも長かったので、母はよほどのことがない限り、娘や息子の家に自分から電話をかけることはない。多恵の方から週に一回程度かけるのだが、母はいつも「電話代がかかるから、もう切りんさい」と催促するのだった。

台所の椅子に座るや、多恵は訊いていた。

「この一ヵ月、体調の変化はなかった？」

「どこも悪うなかったよ。自分で言うのもなんじゃけど、私しゃあ元気じゃねえ。イリコやワカメや海苔が、体にはええんじゃろうよ」

「そうかもしれんけど、肉も食べんといけんよ。今日は肉もハムも買ってきたけえね。朝食のパンにはバターやチーズもつけんさいよ。たんぱく質をとらんとね、体が衰えるんよ。栄養失調で病気にでもなったら、元も子もないでしょ。ええね」

多恵は念を押すように言った。肉やハムは自分が子供の頃は高かったので、母は買わない癖がついており、多恵は来るたびにそれらを持参し、繰り返し忠告するのだった。

「分かったよ。魚のハムは安いけえ、よう買うて食べよる」

「そりゃあ、ええことじゃね」

多恵はそうしか言えなかった。昔は本当に貧しかったので、今も母にはその頃の生活が染み付いているのだ。自分の息子や娘には祖母のこんな生活ぶりはとても理解できないどころか、お笑い種《ぐさ》だろう。多恵は子供の頃に母と貧乏暮らしを共にしているので、今もそんな生活をする母を笑えないのだ。むしろ切ない気持でいっぱいになるのだった。

多恵は急に話題を変えた。

「ねえ、母さんのところにも、好美から電話がかかってきたでしょ?」

「かかってこんよ。遠いけえ、電話代が高うつくけえ、よほどのことがない限り、かけんでええと言うとるけえ、かけやせんよ」

「そう、でも、今度のことは大事なことだけどね。智明が学生結婚するんだって」

「えっ、まだ大学生で、勉強しよる身じゃないんかね」

「それがねえ、好きな女ができて、女が妊娠しとるんだと」

「食うていけるんかのー?」

「女はコンビニの店員をしてるから、自分が就職するまでは女に食わしてもらうんじゃないかね」

「ええぐあいにいきゃあ、ええがのー」

「将来のことは、分からんねえ」

「まあ、父さんがあんなふうでも、何とかなったけえね。ただ、子供らには苦労させたけど。昔と今じゃあ、違うかもしれんが」

「そうねえ、ずいぶん苦労させられたわ。あんな生活はもうゴメンだな」

「すまんかったのー」

母はそう言うと、頭をぴょこんと下げた。

数刻の沈黙の後、多恵が口を開いた。

「ねえ、ずっと気になってたことだけど、訊いてもいい？」

「なんねえ」

「母さんは父さんから暴力まで受け、稼いだお金も酒代に取られ、どう見ても不幸な女に見えたのに、どうして別れなかったの？　気に入らないことがあると、子供にも容赦なくゲンコツが飛んできて、怖くて、あんな父親ならいない方がいいと、子供たちは思ってたのよ。分からなかった？」

多恵は心に引っかかっていたけど、封じ込めていたことをついに吐き出した。一瞬、母を苦しめる問いかけだと気になったが、後の祭りだった。母はしばらく黙っていたが、やや躊躇《ためら》いがちに言葉を発した。

「そうじゃねえ、分かっとったけど、どうしようもなかったんよ。父さんが好きじゃったけえ、殴られても、蹴られても、別れるほうがもっとつらいけえ、我慢ができたんよ。子供たちには悪かったけど」

「あんな男のどこがよかったんかねえ」

多恵は吐き捨てるように言った。

「ああ見えてもね、若いころは絵を描くことが好きで、私の顔をスケッチしてくれたり、幼い我が子たちを描いたりしてたんよ。お金がないけえ画材が買えんで、そのうち絵を描かんようになって、生活が荒れてきてね。可哀想だったんよ」

「可哀想だったなんて……、とてもそうは思えない。私たちこそ、可哀想だったな」

母は数刻黙ったままだったが、意を決したように言った。

「そりゃあねえ、あんたらが知らん父さんなんよ。母さんしか知らん、父さんなんよ。そんな父さんが私の心にずっと住んどって、ほんとはこんな人じゃない、優しい、いい人なんだと、いつも思うとった」

「へー、そうなの。幻を愛してたんだね」

「そうじゃない。いい人だったのを、私は知っとるんよ。男と女のことでは、他の人には分からん感情があるんよ」

「母さんがそう言うのなら、もう言うことはないわ」

多恵は投げやりな言い方をした。〈惚《ほ》れた方が負け〉と世間で言われるように、母もそうだったのだろう。自分はまだまだ人間理解が足りないな、と多恵は嗤《わら》った。

それにしても、悲惨な死に方をしたあの父にも、絶対の味方が一人はいたのだと思うと、多恵はなぜか気持が和んだ。

「ねえ、話を元に戻すけど、智明の結婚式に行くの？　場所はどうせ神戸だと思うけど」

「遠いのー、あんたらはみな、広島で式を挙げたけえ、よかったけど」

「母さんは神戸に行ったことも、新幹線に乗ったこともないから、連れてってあげる。宿は好美の家に泊まればいい。新幹線代は私が出してあげるよ。バイトで多少は貯めてるから。母さんはずっと苦労のしどおしだから、慰労の旅を兼ねて、神戸観光もしようね。結婚のお祝いも私が用意するから。だから孫の結婚式には行ってやってね」

「あんたに迷惑かけるのー、甘えてええんかのー」

「ええんよ。大丈夫、お金はこんな時に使うためにあるんだから。ね、式に行ってやろうね．決まり！」

「すまんのー、ほんまに」と母は気遣いながらも、嬉しそうだった。

一時前になっていたので、多恵は慌てて買ってきた巻き寿司の包みを開け、流し台にあったキャベツやレタスや人参にハムを加えてサラダを作った。そして味噌汁を素早く作り、「さあ、どうぞ」と母の前に置いた。

「あんたは何でも手際いいのー。美味しそうじゃな」

買ってきた巻き寿司が意外においしかった。

「うまいのー」と言いながら食べている母の顔を見ると、多恵も幸せな気分になる。子供の頃は、母のこんな顔を見たことがなかったのだ。

「デザートにイチゴも買ってきたから、後で練乳をかけて食べようね」

そんなことを言いながら、多恵も心が膨らんでくるのを感じる。自分が子供だった頃の母の苦労を知っているので、何としてもこの母に、晩年だけでも生きていてよかった、と思えるような生活をしてほしいのだ。歳を重ねるにつれ、多恵はそんなことを強く思うのだった。

母の家を後にしたのは四時過ぎだった。広島電鉄宮島線の車窓から外を眺めながら、二十年前までは所どころ海や島も見えていたのに、今はビルや店舗が立ち並び、すっかり様相が変わってしまっていた。自分が勤めていた製菓会社も近いうちに閉鎖され、大型マンションが建つと噂されている。世の中の変化が目まぐるしく、自分は取り残されていくのではないか、と多恵は不安を覚えることさえある。

乗車時間は三十分弱だが、この電車に乗ると、いつもいろんなことを考えてしまう。中学を出て、製菓会社に勤めながら夜間高校に通ったのも、この電車なのだ。言わば、自分の人生のほとんどが、この電車と関わりがあるのだった。

西広島駅に到着したのは四時半だった。いつものスーパーで買い物をして、少し疲れていたのでバスに乗ることにし、停留所で待っていた。

「やあ、今日はバスですか？」

不意に横から声をかけられ、振り向くと多恵は驚いた。荷物を持ってくれた、あの男性だったのだ。

「あら、そちら様も、今日はワンちゃん無しですか？」

「ええ、今日は会合がありまして、駐車場が少ないので車で来るのは控えてほしい、と忠告があったものですから、電車とバスにしたんです。車を運転するのと違って、リラックスできて、たまにはこれもいいですね」

男性はそう言って笑った。

そうしているうちに、バスが来た。多恵は男性の隣に座った。細い坂道をバスはしばしば離合のため、スピードを落として安全運転をする。時々バウンドして男性と肩が触れ合う。

「意外によく揺れますねえ」

男性はまた笑った。そして何か思い出したのか「そうそう」と言って上着のポケットに手を入れ、探し物をしているようだった。そして「これ、これ」と言って、チケットを取り出して、続けた。

「親戚に新聞記者がいましてね。新聞社は絵画展や音楽会などの主催や後援をするもんだから、チケットを何枚か持っていて、いつもお裾分けしてくれるんです。今日、彼も会合に来てましてね、貰ったんです。あなたは絵がお好きですか？」

「好き、だと思います。中学校までは美術が得意でしたけど、文化的な家庭環境でなかったので、美術館に出入りしたり、美術の本を見るような生活からは残念ながら外れてました。だから、それを取り戻すには、今がチャンスかも」

「じゃあ、差し上げましょう。小磯良平展ですが六月二十五日、金曜日から始まります。ぼくも行きますよ。何なら、ご一緒しましょうか」

「それはありがたいですね。私、その小磯って画家のこと全く知りませんので、会場で説明していただけますか」

「説明のほどは怪しいけど、ぼくの車でお連れしましょう。お宅のご都合がいい日時を、伺っておきましょうか」

そう言うと、男はポケットから手帳とペンを取り出した。

「私の都合を先に言わせていただくと、バイト先では水曜日にお休みをもらっているので、この日なら大丈夫です」

「じゃあ、その日、六月三十日、水曜日にしましょう。あのスーパーの入口で一時に待っていてください。そうそう、お名前と連絡先、電話番号かメールアドレスを伺っておきましょう。これ、ぼくの名刺です」

差し出された名刺にはある協会の理事で、〈青木哲也〉とあった。

「去年定年を迎えましてね、今は理事として週に一度出ればいいんです」

「そうですか。私、名刺を作ってないので、それにパソコンもやってないので……。ケータイの番号を、メモ用紙に書かせていただきますね」

そう言うと多恵はバッグからメモ帳を取り出して一枚ちぎって、名前とケータイ電話の番号を書いて渡した。

「浜口多恵さんっておっしゃるのですね。いいお名前ですね。ご両親はきっと恵《めぐみ》多き娘に育ってほしいと願って、お付けになったんでしょうね」

「どうでしょうか、そんな親じゃないと思いますけど。今度母に訊いてみましょう」

そう言いながら多恵は内心で、あの父がそんなことを考えるはずがないよね、と否定したが、でも絵を描いていた時期があったというから、ひょっとして男性が言うように、私の幸せを願ってくれたこともあったのかな、と一瞬思ってみたりもしたが、いや、そんなことはあるはずがない、とすぐ否定した。

男性は曲がり角の停留所で下車した。多恵は車窓から深くお辞儀をした。顔を上げると、男性の後ろ姿が去っていくのが見えた。それから三つ目の停留所で多恵も下車して自宅に向かいながら、人間の心ってほんとに不思議だと思った。さっきまでは電車の窓から見える風景に少々気分が重くなっていたのに、今は優しい気持に包まれて、足取りも軽くなっているのだった。

台所でハンバーグとオニオンスープを造りながら、多恵は鼻歌を口ずさんでいた。

――あなたを待つの　テニスコート
　木立の中のこる　白い朝もや
　あなたは来るわ　あの径《みち》から
　自転車こぎ　今日も来るわ
　今年の夏忘れない　心にひめいつまでも
　愛することをはじめて知った
　二人の夏よ消えないでね　どうかずっと(註)

エッ、私って三十数年前の歌を覚えてるんだ。こんなに記憶力がよかったかしら……、と多恵は苦笑した。この歌が流行りだしたのは自分が十七歳になった秋だった。製菓会社に就職して二年目、休憩時間に会社の談話室のテレビで聴いて、女性歌手の輝くような若さと愛らしさに惹かれ、大好きになった。自分の境遇とはまるで違う世界。こんな世界もあるのだと驚き、憧れたものだ。あの頃は独りでいる時に、気が付けばこの歌を口ずさんでいたっけ。

でも、なぜ、今、この歌をこんなにはっきり覚えて歌っているの……。無意識のうちに果たせぬ夢が浮き上がってきたのかしら……。多恵は誰もいない台所で、この歌を今度は大きな声で歌い始めた。

「ただ今、母さん。俺が帰って来たの、分からなかったの？」

息子の昌平にそう言われて多恵は初めて彼に気づき、慌てて「ごめん、ごめん」と詫びながら訊いていた。

「あれ、今日はバイトじゃなかったの？」

「先輩が明日はのっぴきならない用事ができたので、今日と代わってくれって言うから、代わってやったんだ。それにしても、母さんがあんな大きな声で歌うの、初めて聞いたな。おまけに、青春真っただ中の恋の歌じゃないか。気が触れたの？」

「バカねえ。私にだって若い時があったのよ。貧乏の最中で、この歌の世界が羨ましくて、憧れたものよ」

「ふーん、ま、何だっていいけどさ、腹減ったから、晩飯早く作ってよ」

「もうほとんどできてるわよ。今日はハンバーグと卵焼き、それにサラダ、オニオンスープに和え物よ。昌平はハンバーグ好きでしょ」

「まあね。カレーが一番好きだけど」

「毎日カレーと言うわけにもいかないわよ」

「俺は毎日でも構わないけど、それじゃ、嫌だという者もいるからね」

「そうよ。何事も、ほどほどと言うか、バランスがとれてることが大事ね」

そう言いながら、多恵は配膳を進めた。

息子は食い盛りで、ほんとによく食べる。しかも早食いだ。夕食を食べ終えると、すぐ二階に上がった。若さの只中にある彼には団欒などまるで不要なのか、それともバイトで失う時間を取り戻すためか、机に着いているようだった。

夫は言行一致で授業料は出してやらないが、二階から息子を呼び戻して叱りつけることはしなかった。が、成人した子供たちは独りで大きくなったような顔をして、だれも親の言うことなど聞かなくなった、と繰り返し嘆くようになった。

そのせいか、最近夫は居酒屋などで飲んで帰ることが度々で、三人で今日あったことを談笑しながら楽しく食事をするなど、とても望めない状態だった。たったそれだけのことができない自分たちを、多恵は情けない人間だなと自嘲するのだった。

（註）天地真理「恋する夏の日」作詞・山上路夫　作曲・森田公一

（四）

バイト先で、昼の弁当を食べ終わってお茶を飲んでいる時のことだった。同僚の下川時子が神妙な顔をして言った。

「ねえ、角っこの衣料品会社に勤めてた大橋さん、私の中学時代の同級生だけど、大変なことになってるのよ。先月、会社を辞めたんだけどね」

「あの綺麗な人でしょ？」

何かドラマが始まりそうな予感がして、多恵は身を乗り出した。

「そう、上司といい仲になって、私の王子様なんて言ってのぼせてたけど、八百万円も貸して、返ってこないんだって」

「エッ、そんな大金を……」

「そう、老後資金として積み立て貯金をしてたんだって」

「あの人、結婚して、夫も子供もいたんじゃないかしら？」

「そうなの。夫も息子もいるのにね。ほら、恋は盲目って言うじゃない。あれなのよ。私がいくら危ないよと忠告してあげても、聞く耳を持たなかったな」

「相手は貢いでくれたと思ってるんじゃない」

「だと思う。だけど彼氏は課長だから、まともな人ならお金には困らないはずよね。どうやらギャンブルに使ったらしいの。彼氏にも息子がいるので、彼女はお父さんが貸したお金を返してくれないので、血縁者として何とかしてほしいと申し出ると、あんな不良の父親とは縁を切っているので、我々とは関係ありませんから、と拒否されたんだって」

「まあ、そんな……」

多恵は開いた口が塞がらなかった。

「彼女の旦那も息子もとても大らかで、彼女を詰《なじ》るわけでもなく、じっと見守ってるって感じなの。離婚なども視野にないらしい」

「不倫をされて、そんなお人好しの旦那さんがいるのかしら？」

「それが、実際いるのよ。そんなお人好しのところが、彼女は嫌だったのね。男らしくないと言ってたわ。私から見ると、穏やかな、いい旦那さんだけど、人の好みって、分からないものね。私たちもこの悪い例から学んで、どんな誘惑があろうとも、惑わされないようにしようね」

「ま、美人でもない私には、そんなお誘いはないと思うけど」

「判らないものよ。人生、そこが面白いのでしょうね。大橋さんだって、こんな結末が待ってるなんて、思ってもみなかったでしょうよ。彼氏は、お金はもう使い果たして一円も残ってない、警察でもどこでも訴えたらいい、とうそぶいてるそうよ。私の王子様なんてのぼせてた彼女も今は冷め切って、警察に被害届を出したんだって」

「へー」と言ったきり、多恵は言葉が出なかった。異性にのぼせたことがない多恵は、それでも愛した人を窃盗罪で訴えることができるか、と胸の内で何度も問うていたのだ。

昼休憩が終わると、多恵は売り場に戻って客に応対した。乾物の問屋ではあるが、聞きつけて来た個人にも販売している。お中元やお歳暮の時期でなくても、缶に入った味付け海苔や手巻き海苔はよく売れる。人気商品だから時節外れでも、すでに客が三人椅子に座って待っていた。

「発送もお願いします」

毎年やって来る客が、三軒分の住所を差し出した。

「いつもご購入ありがとうございます。ほんとに、ご交際が広うございますのね」

多恵がついお愛想で言うと、客はここぞとばかり反応した。

「そうなの。主人が県の部長時代の部下たちが、退職後五年にもなるのに慕ってくれて、季節の変わり目に挨拶代わりにいろいろ送ってくれるので、そのお返しなの。同じように部長をしてた方がご近所にいらっしゃるけど、部下との人間関係がクールと言うか冷たかったので、こういう挨拶なんて全くないそうよ」

「そうでございますか。ご主人様はいい人間関係を築かれたのですね」

「そうでもないんでしょうけどね」

客は笑ってそう言った。言いたかったことを言うチャンスが到来したせいか、満足そうに帰って行った。

商品は市販より二割程度安いので、贈る相手が多い場合は、金銭的に助かるのだろう。

四時まで客がひっきりなしにやって来た。商売繁盛が続く限り、そして店の評判がいい間は自分たちのバイトも存続可能だから、多恵も客と応対する際、言葉づかいには気を付けるようにしている。無理にお世辞を言う必要はないが、いつしか「あ、うん」の呼吸が読みとれるようになっていた。


輝くような若葉の季節は意外に短く、樹々の葉は濃さを増して鬱蒼と茂っていた。

母の公営住宅の入居はまだ決まらず、迫りくる立ち退きの期限を、多恵は不安な気持でやり過ごしていた。

母が賄いを手伝っている不幸な子供たちの施設で、ついそんな不安を口に出すと、物置部屋が空いているので、転居先が見つかるまでの半年ぐらいなら使ってもよい、と主任が言ってくれたそうだ。ただ半年程度という制約があるので、それから先を考えないといけないのだ。妙案が浮かばず、多恵の悩みの種でもあった。

民生委員の藤木さんが独り暮らしの母を心配して、最近は月に二度、訪ねてくれるそうだ。近所に建設中だった老人専用のマンションが完成し、参考までにと言ってパンフレットを置いて行った。月額の経費を見て母は驚いたという。

「月に二十万近くかかるんだよ。そんな所に誰が入るんかねえ」

「さあ……我々にはどう考えても高嶺の花だね。私も安くて、まあまあのアパートを当たってみるから。最悪の場合、母さんが手伝ってる施設の物置に半年ほど置いてもらおうね」

「今のところ、それしか方法がないよのー」

「うちに来ればいいのに、あの人がウンと言わんので、ごめんね。でも、何とか探すから」

「よろしく、頼むのー」

心細そうな母の声が胸に響いた。

妹の長男、つまり娘たちにとっては従弟の智明の結婚式に、娘たちは行かないという。理由は、それほど行き来がなかったので親密さを感じないし、自分たちの時に来てくれそうもない予感がするので、と言う。

そう言えば妹も生活に追われて、実家にあまり帰って来なかったし、多恵も自分の家が欲しいので「節約、節約」の生活に埋没し、昵懇《じっこん》な交流をしなかった。今になってこのことを、多恵は深く反省した。

夫は「めでたいけど、物入りじゃのお。それに学生の身で結婚とは、こらえじょうがなさすぎる」と、批判めいた言い方をした。そして、続けた。

「まあ、智明の結婚式に夫婦で参列するのは、仕方ないだろう。二人で行けば交通費もかかるし、大金要りだ。じゃけえ、お祝いはそう弾まんでもええぞ。あそこはケチだから、うちの時には並みの祝いしかくれんと思う。知り合いは東京から来る参列者に、お車代として新幹線代も出したそうじゃが、あそこは出してはくれんぞ。来客の車代のこと、娘らにようよう言うとけ。無駄遣いせず、貯めとくようにな」

「分かりました」と応じながら、多恵は嫌な気持になった。夫の言葉は想定内のことだが、妹の息子だからもう少しオブラートに包んで言ってくれてもいいのに、と思うのだ。

息子の昌平は男の従弟は智明しかいないので、バイトを代わってもらって、日帰り参列するという。そのけなげな考えに多恵はつい「新幹線代は母さんが出してあげるよ」と言ってしまった。母と息子の二人分の新幹線代で、バイト収入の三分の一が消えるな。ま、稼いだお金をこんなことに使うのは、喜ばしいことなんだよね、と多恵はいささか無理をしてつぶやいていた。

六月は梅雨の季節だが、雨ばかりでもない。時々晴れると気持も上向きになって、「頑張るぞ」と言葉が出てくる。

この時節を代表する花は、何と言っても紫陽花だろう。庭には二種類の紫陽花を植えている。綿帽子のような大輪の花がいくつも咲き、向きによって色がやや青味がかった薄紫、ピンクがかった薄紫、と微妙に違って、うっとりするほど美しいのだ。その隣の紫陽花は額アジサイといって、花芯の外側を花弁が取り巻いていて、あたかも紋白蝶がひらひら舞っているかのようで、気がつけば優しい気持に包まれている。

百合のつぼみも少し膨らみ始めた。植えた覚えはないのに、毎年庭のあちこちに咲いてくれる。きっと風が種子を運んだのだろう。

多恵は花が大好きだ。海軍兵舎跡に住んでいた頃は、近所に花を栽培するハワイ帰りの農家があって、不要となった種や苗をただで貰って庭に植えたものだ。クロッカスや石竹、ダリアやラッパ水仙などの名前を覚えたのも、その農家のお陰だ。酔った父の暴力から庭に逃れて、傷ついた心を慰めてくれたのも、これらの花々だった。

節約生活からやっと中古の一戸建をローンで手に入れ、狭いながらも庭をもって、いろんな花木や花々を植えた。子供たちの反抗期に、つれない言葉を投げつけられて傷ついた時や、夫に失望した時など、やはり庭に出て、花々に慰められたものだ。

フラワーフェスティバルで花好きはいっそう嵩じ、近所の人々や通行人が立ち止まって我が庭の花々を見て「わあ、きれい、心が和むね」などと言うのを聞いて、多恵も癒されているのだった。

そんなある日の夕刻、庭に水遣りをしていると、「紫陽花がきれいですね」と男性が声をかけてくれた。その声に聞き覚えがあり、はっとした。

「あら、青木さん、ワンちゃんもご一緒で」

「この道も時々こいつが選びまして、きれいなお庭だと思っていましたら、あなたがお世話してらしたんですね」

「元々花が好きなんです。ここを通る方々が足を止めて喜んでくださるので、こちらも幸せな気分になるんです」

「いいことですね。自分にとっても、人様にとっても。ところで小磯良平の展覧会、明後日でしたね、スーパーの入口で待っていてください」

「はい、とても楽しみにしています」

多恵は遠足の前の小学生のように、弾んだ声で応じていた。

青木さんは「じゃあ」と言うと、犬に引っ張られて去って行った。

その日の夕食は、ちらし寿司とほうれん草の和え物、赤だしを作った。息子はバイトで十時に帰るので、夫と二人の食事だった。いつもはあまり会話のない食事だが、甥の智明の結婚式のことで、共通の話題があった。多恵は夫に話しかけていた。

「今日ね、好美から電話がありました。智明の式場が決まったそうです。三宮にあるこぢんまりしたホテルで、専用のチャペルも設置されていて、式に続いて披露宴は、ホテル内の会場だそう。新郎新婦はタキシードにウエディングドレスの洋式ですって」

「ほう、そりゃあ費用も随分かかるじゃろう。わしらの時は近所の料理屋で、和式でやったよな。

それに比べりゃあ、派手なことをするんじゃのー」

「そうねえ、時代が変わったんですよ。私なんか着物を着たことがないから、貸衣装が窮屈で、苦しかったなあ」

「お互いに借りてきた猫みたいに、おとなしゅうしとったじゃないか」

「そうでしたね」と言って笑うと、夫も久しぶりに穏やかな笑顔を見せた。

「費用だけど、キャンペーン中だから共済組合並みですって。女の方は親戚や友達、中高時代の恩師も合わせて二十三人、智明の方は親戚と友達を合わせて十二人が出席の予定だそう。大学には内緒の式だから、先生は誰も招かないんだとか。小学校時代の先生が一人来てくれるらしいけど。全員で三十五名程度の披露宴なんだって」

「学生の分際をわきまえて、親と兄弟それに親戚、一人二人の友達ぐらいの地味婚にすりゃあええのにのー」

「女の方が社会人だから、そうもいかんのでしょう。人数のバランスが取れないのは不細工だけど、学生の身だから仕方ないんでしょうね。私たちの時はあなたが言うように、親兄弟、親戚の十三、四人だったかしら。今はブライダル産業という部門が成立していて、私たちの時とは比べ物にならないほど派手な演出をするらしいわ。娘や息子の時のために、よく見ておきましょうよ」

「そうじゃのー。じゃが、あんまり結婚式に金をかけるのも、どうかと思うで。生活費や貯金に回した方が賢明じゃろうが」

「そうかもしれないけど、普通は一生に一度と思っての結婚式だから、人生の新しいスタートは華やかに始めたいんでしょ」

「どんなに華やかな派手婚をしても、一年足らずで離婚する者もおるしな。ばかばかしいといえば、ばかばかしいよの」

「そうだけど、永遠の愛を誓って、二人で幸せになろうね、と夢を持ちたいのよ。そのためには、せめてスタートの日は常ならぬ恰好、つまり王子様、王女様になりたいのかな」

「ええ大人が、恰好ばかりつけても、しょうがなかろうが」

「そうかなあ……」

多恵は久しぶりに夫と話し合いができたと思ったのに、やはりどこか歯車が合わないもどかしさを感じるのだった。

（五）

その日、一時五分前に、多恵はスーパーの入口で待っていた。青木さんがどんな人か、ほとんど知らない。犬と散歩をする人、重い荷物を持ってくれた親切な人、美術展のチケットをくれた人、そして定年後は名刺に書かれた役職を持っている人、同じ団地に住んでいる人。これが得られる情報のすべて。

恥ずかしながら、多恵は生まれて初めて美術館に足を踏み入れるのだ。このワクワク感。それも親切な男性にエスコートされての、小磯良平展だ。身が軽くなるような、好奇心と喜びに包まれるのも無理はない。

そんな期待に満ちた気持で青木さんの車を待っていると、白いセダンが音もなく多恵の前に止まった。ドアが開いて、青木さんが下りてきて、「どうぞ」と後部座席のドアを開けてくれた。これまで、そんな親切を男性から受けたことがないので、まず感激した。

車を発進させると、青木さんが言った。

「平日だから渋滞がないので、美術館まで多分、十五分もかからないでしょう」

「あの背高のっぽのホテルの隣の、木が生い茂っている所ですか？」

「そうです。都心の一等地ですから、便利な所です。ぼくも時々行きますが、常設展もいいものを持っていて、疲れた時など立ち寄って、ルノアールやシダネルの絵を観ると、元気になりますね。ティールームもあって、お茶とケーキだけじゃなく、ちょっとした食事もできますよ」

「私、入ったことがないので、子供みたいにワクワクしてます」

「いいですねえ、そのワクワク感。そんな気持になれる人って、あんまりいないんじゃないかな」

そんなことを話しているうちに、ひろしま美術館に到着していた。車を青空駐車場に置くと、すぐ入口があり、売店と受付が併存していた。青木さんは受付にチケットを差し出すと、係からパンフレット二枚を貰って、「さあ、矢印に従って進みましょう」と促した。

ティールームの横を通り過ぎる時にちらりと目をやると、幾組かの人々がお茶や食事をとりながら、くつろいでいる様子が見えた。多恵は、後で自分たちもお茶の時間を持ちたいと思った。

階段を下りて、展示会場に入った。ロビーの壁に、展覧会開催の挨拶と趣旨が大きく掲示されていた。展示されている絵は地元の石油店である大野コレクションの作品群だと知り、多恵は驚いていた。夫は別の石油店のガソリンスタンドに勤めているが、何度かライバル会社の、その名を聞いたことがあったのだ。まさか石油店が絵画のギャラリーをもっているとは、夫からも聞いたことがなかったのだ。

「驚きました。石油店とギャラリーが結び付かなかったので」

「ぼくも最近知ったんです。ギャラリーは西白島の社屋の三階にあるようですよ。水曜日だけ公開されていて、無料とか。親戚の新聞記者が言ってましたね」

青木さんは声を潜めて言った。

「ぼくの声が大きいもので、数年前に東京から来た友人と一緒の時、ついいつもの調子でしゃべっていると、美術館ではお静かに願います、と係の人にやんわりと注意されましてね。以来できるだけしゃべらないようにして、必要不可欠な時には声を潜めるようになりました」

「エッ、しゃべっちゃいけないんですか？」

「そのようですね。まわりの人々の鑑賞の妨げになるからでしょう。ここはまだロビーだから、小声は許容範囲でしょうけど。展示会場では、そういうことのようです」

「じゃあ、後でいろいろ教えてくださいね」

多恵も小声で応じていた。

展示会場に一歩入ると、大きな油絵に囲まれて多恵は圧倒された。感動して声を上げそうになったが、ぐっと押し殺して囁いた。

「すてきですね。迫力ありますね」

「ほんとに、そうですね」

青木さんも同じように小声で応じた。

夢見るような乙女、本を読んでいる女性、楽器を持つ女性などが描かれていて、多恵は胸の内で「そうよね、そう、そう、頑張ってね」と頷いていた。

一度にこんなに多くの絵を観たのも初めてだ。とくに油絵は多恵の興味をそそった。こんなにすてきな時間を過ごせるのに、どうしてこれまで美術館に足を踏み入れなかったのだろう。少女時代には貧乏暮らしで致し方ないとしても、社会人になってからは自分の責任だ。あんたの責任なんだよ、あんたの。耳の奥でそんな声がした。

多恵は今、目を開かれたような気がする。これからだよ、これから。まだ間に合うから。内心で多恵はしきりにそう言うのだった。

そして、母の言葉が不意に蘇ってきたのだ。あのぐうたらで、飲んだくれで、すぐ暴力を振るう父が、若いころ絵を描いていたなんて……。油絵の具など画材を買うお金がなくて絵を止めて以来、あんな人に変貌したんだと、母は言った。あの父に美を求める心があったなんて信じがたいことだが、母は嘘まで言うだろうか。

そう思うと、多恵は暴君の父が初めて可哀想に思えてきた。そう、母が言った言葉――可哀想だったんよ――、この言葉が真実味を帯びてきて、それを拒否していた自分が、人間として浅はかだったのかもしれない、と思えてくるのだった。こんな気持になったのは初めてのことで、多恵は目頭が熱くなるのを覚えた。

多くの婦人像を見た。その中で縦五十センチ、横四十三センチの小さな絵だが、〈踊り子〉というタイトルの絵がとくに目を惹いた。ピンクと白の優雅な衣装を身にまとい、椅子に座る若い踊り子。足には絹のように光るトウシューズ。ひと時、出番を待って休んでいるのだろうか。心なしか、愁いを含む美しい横顔。頭には淡いピンクのリボン。思わず、お疲れになったの？　と言葉をかけたくなるような絵だ。

少女の頃、近所にバレーを習っている高校生の綺麗なお姉さんがいて、羨ましかったことをふと思い出した。バレーなんて自分には手の届かない夢ではあったけど、彼女とすれ違った時など、憧れの人に出会えたという高揚感に包まれたな……。

ほんとに、一度に小磯良平のいろんな絵を観た。油絵だけでなく、水彩画、パステル画、鉛筆画、デッサン、版画など、どれも素晴らしく、興味が湧いたが、好きなのはやはり、本格的な油絵だった。

青木さんとの会場での会話はほとんどなかったが、おそらく彼も胸の内で感動の言葉を発していたのだろう。

出口に近づいたので時計を見ると、一時間ばかり見ていたことになる。

「ティールームでお茶でも飲みますか？」

青木さんが誘った。

「ええ、そうしましょう」

誘われたことが嬉しかった。絵の世界の延長線にいるような気がした。

ガラス張りのティールームを覗《のぞ》くと、幸運にも空いているテーブルが一つだけあって、そこへ座った。ウエートレスがガラスコップに入った水を持って来て、「何になさいますか？」と訊いた。

二人でメニューを見て、青木さんが「コーヒーとケーキでいいかな」とつぶやいた。多恵も「それでいいです」と応えていた。

待っている間、外を見ていた。名を知らぬ大木が一本すっと立ち、枝が傘のように広がっていた。その下にブロンズの女性の半身像が置かれている。何もかも初体験で多恵の好奇心が全開していた。

「この眺めもいいですねえ。改めて、ここが円形の美術館であることを確認しました。今日は本当に感動と感激の連続で、もっといい言葉が見つかればいいのですが、見つかりません」

「あなたにチケットを差し上げて、本当に良かった。そんなに感激なさる方は、あまりいませんよ。小磯良平が喜んでいることでしょう。彼はもう亡くなっていますが、こんなに素晴らしい作品をたくさん残し、それらが多くの人々に感動を与えることができるのですから、羨ましい限りです」

「柔らかい光、ひたむきな眼差し、上品な色づかい、私の好きな画風です。服装も丁寧に描かれていて、私もあんな格好してみたいな、と一瞬夢を与えてくれました。外国の婦人もたくさん描いてますね」

「年譜によると、彼は東京芸大を首席で卒業すると、二年間フランスに留学して、ヨーロッパのあちこちにでかけ、美術館巡りをしてるようですから、その頃にたくさん描いたのでしょう」

「やっぱり広い世界を見て、いろいろ勉強されてるんですね」

「あの頃の著名な画家は、大抵パリに行ってますね。日本は明治になって油絵が始まったばかりだから、まだまだその筋から学ばなければならなかったのでしょう」

「絵の中の家具調度品にもヨーロッパの香りを感じました。私、単純に、小磯良平の描く世界に憧れますわ。色彩のせいか、人間的な暖かみも感じました」

「彼は母校の東京芸大の教授になって、学生からも慕われ、いい先生だったらしいですよ。自分も教えることが好きだ、と書いているのを何かで読んだことがあります。そういう人柄が作品にも出るんでしょうか」

「そんな先生に出会えた学生たちは、幸せ者ですね。なかなか出会えるもんじゃありませんもの」

そう言いながら、不意に多恵は涙ぐんでしまった。

「どうかなさいました？」

無視するわけにもいかないのか、青木さんが遠慮がちに訊いた。

「いえ、多分……、いろんなことが一気に押し寄せて来て、無自覚に感情が高ぶったのでしょう」

「誰しも、長い人生でいろんなことがありますからね。平素は苦しかったことや辛かったこと、嫌だったことを抑え込んで、忘れるようにして、みんな生きているんです。それが何かの拍子に噴き出すのでしょうね」

青木さんは遠くを見つめるような眼差しをして、言葉をつないだ。

満席だったティールームも、客が半分ぐらいに減っていた。

「そろそろ我々も出ましょうか」と、青木さんに促されて、多恵も「そうですね」と立ち上がった。

青木さんが続けた。

「売店に寄ってみますか？」

「ええ、私の美術館初体験として、何か記念に買いたいので」

多恵は正直な気持を伝えていた。そして小磯展のチケットを貰い、こんな感動の時を過ごせたのだから、支払いはせめて自分がと思って勘定書に手を伸ばすと、青木さんがその手を払いのけ、「いいから、いいから」と言って、支払いを済ませてしまった。多恵が戸惑ってまごまごしていると、「さ、隣の売店へ」と青木さんが促した。

多恵は先ずさっき見た絵の絵葉書を何枚か求めた。好きだった《踊り子》もあったので、同じものを七枚も買った。母と二人の娘、息子、妹、そして自分のためには二枚。絵がプリントされた手

提げ袋もあったので、母のために一つ買った。カタログは高いのでどうしようかと迷っていると、青木さんが、

「とても感動してらしたので、ぼくがプレゼントしましょう」と言った。

「エッ、それはいけません。いくら何でも」

あわてて多恵が否定すると、青木さんは、

「ぼくはすでに親戚の新聞記者から貰ってるので、そっちを買ったと思えばいいんです」と笑った。

青木さんは会計を終えると、そのカタログを多恵に渡した。多恵は恐縮しながらも、喜んで受け取った。

そして青木さんは「妻には、これがいいかな」と言って、額に入った、化粧をする舞子の絵ハガキを選んだ。多恵は妻という言葉にドキッとして、異様な気持に陥りながら、しゃべることで気持をカモフラージュしようとするのか「奥様は、絵がお好きなのですか？」と訊いていた。

「そう好きでもないけど、嫌いでもないな。ただ、ここ二、三年は股関節が痛くて、誘っても、出不精になりましたね」

ああそれで……、あのスーパーに時々買い物に行くと言ってたな。そのわけが判明し、多恵は納得した。

売店を出ながら青木さんが話し始めた。

「ぼくは何度も手術を奨めるんですがね。彼女は体にメスを入れることを極端に嫌い、というか、

怖がりましてね。それを無理やり、引っ張っていくわけにもいかず、悩んでるんです」

「青木さんのようにオールマイティーに見える方にも、お悩みがあるんですねえ……」

「ええ、誰にだって軽重の差はあっても、悩みはありますでしょ、あなただって」

数メートル先の車まで歩きながら、青木さんがそう言った。そして車のドアを開けて、「さあ、どうぞ」と促した。

車はすぐ発進した。多恵は相手の悩みだけ聞いて、自分は黙っているのはフェアでないような気がして、つい口を開いた。

「さっきの件ですが、私にも悩みがあります。一人暮らしの母が、一戸建の古い借家に住んでいますが、マンションが建つので、来年の春までに立ち退きを迫られてるんです。公営住宅も便利な所は空きがなく、マンションには経済的に余裕がないし、安くてほどほどの借家がないかと探していますが、なかなか見つかりません。子供が独立して空き部屋があるうちに呼べばいいのですが……、主人が頑として受け入れてくれないんです」

「それは大変なお悩みですね……」

青木さんはそう言って、しばらく無言のままだった。数刻して、言葉が戻ってきた。

「昵懇にしている知り合いが古江《ふるえ》にアパートを持っているので、訊いてみましょう。かなり古くて、設備も整っていないかもしれませんが、あそこなら西広島駅から電車で三駅目だから、お宅とも割に近くて、行き来するにはいいかと思います。古いから家賃もそう高いとは思えませんが、ともかくも訊いてみましょう」

「それ、ぜひお願いします。こんなことまでお世話になろうとは、厚かましい限りですが、お許しくださいね」

多恵は深々と頭を下げた。

車は渋滞もなく、己斐《こい》橋を渡っていた。

「お宅の前までお送りしては誤解を招きかねませんので、曲がり角の所でお止めしましょうか」

「はい、それで結構です。今日は本当に楽しく、有意義な時間を与えてくださって、ありがとうございました。私にとって、これまで無縁だった芸術の世界に足を踏み入れた、革命的な日でした」

「そんなに言っていただくと、ぼくも嬉しいですね。親戚に貰ったチケットが無意味に捨てられず、超有効に働いて、彼も喜ぶでしょう。チケットはしょっちゅう貰いますので、また差し上げますよ。さあ、着きましたよ」

「やはり、車は速いですね。私も免許をとることを本気で考えましょう」

青木さんは曲がり角で車を止めた。

「アパートの件はできるだけ速く、知り合いに訊いてみますから。そのお返事は、ケータイのメールにしましょうね」

「お願いします。何から何までご親切、ほんとに感謝します」

車を降りると多恵はもう一度お辞儀をし、軽く手を振った。自宅へと歩きながら、世の中にはこんなに善い人もいるのだと思うと、気持がずいぶん和んでいた。反面、連れ合いがこんな人だったら……、と胸の内で無い物ねだりをしていることに気づき、多恵は慌ててだめ、だめ、と思いを遮断した。

いつか婦人雑誌で読んだ恋愛観の随想に、「プラトニック・ラブこそが、真の愛だ」とあったことが頭をよぎり、そうかもしれないと思えてくるのだった。現実の恋愛は、時の経過とともに互いの欠点が見えてきて、相手に描いた妄想とも思える夢が、しぼんでしまうのかもしれない。

多分、自分は愛と優しさに飢えているのだろう。バイトの同僚、下川さんが言うように、〈人生何が起こるか、分からない〉という慣用句は、積み重ねた生活の知恵が言わしめたフレーズなのだろう。自分にだけは「そんなことあり得ない」なんて、言えないのかもしれない。

そんなことを堂々巡りしながら、気が付けば我が家に辿り着いていた。庭の花々の甘い香りが鼻先をかすめていく。その香りを胸に吸いながら、思わず、ああ幸せ、と言葉が零《こぼ》れ出る。

美術館で作品と対面していて、突き上げてきたあの高揚感。多恵はあの高揚感を大切にしたいと思う。

ああ、私も何か始めなくちゃあ！　私の胸に密やかに眠っていたこの気持が、今、目覚めたのだ。庭のあちこちに、白い百合の花が咲いている。その香《かぐわ》しい匂いに包まれて、多恵は思う。先ずは、この花に誓おう。あんたたちのスケッチから始めるよ。やる気は十分だ。気が付けばまた、あの歌を口ずさんでいるのだった。

――あなたを待つの　テニスコート
木立の中のこる　白い朝もや
あなたは来るわ　あの径から
自転車こぎ　今日も来るわ――

（六）

あれから一週間経っていた。あの日を思い出すと多恵の気持は和み、そして前向きになってくるのだ。自分のこれまでの人生で、あんなに心が充実したことはなかった。多恵は、今度は常設展でもいいし、大野ギャラリーでもいいから、電車に乗って出かけてみようと思う。

その後、青木さんから借家の件で連絡はまだない。そんなに事は早く進まないよ、と思いながらも、青木さんから連絡がないかと、毎日何度もケータイを見るのだ。

水曜日、今日もまだない。久しぶりに母の所へ行こうと思い、電話した。

「何も変化はないよ。ああ、好美から一昨日、電話があった。結婚式の準備が進んどるそうで、この前は学生結婚なんか、と怒っとったけど、一昨日は嬉しそうじゃったよ」

「そう、まあ、しょうがないよね。男女の問題だけは、どうにもなりませんからね」

多恵がそう言って笑うと、母もつられて笑い、「お医者様でも、草津の湯でも、どっこいしょ。

こればかしは、どうにもならんけえね」と応じた。

これからそっちへ行くことを伝えると、多恵はケータイを切って、スーパーに向かった。買うものはだいたい決まっている。肉類などの動物性蛋白質を中心に、果物とおやつの菓子類など。それからあの絵ハガキを忘れぬよう、カバンに入れた。


母は娘が来るのを、いつものように戸を開けて待っていた。防犯上はそんなことは危ないのだが、見るからにみすぼらしい家は、強盗の目にも留まらないだろう。

「すまんのー」と言いながら、母は娘に持って帰らせる野菜類を紙に包んで玄関先に置いていた。

「キャベツも人参も、母さんが育てたの？」

「そうよのー、こんなことしか能がないんじゃけえ。オクラもいっぱいできよるけえ、なんぼでも持って帰りんさい。ねばねばしとるもんは、体にええと聞いたけえ、植えてみたんよ。見て見んさい、鈴なりじゃろ」

母が指さす方向を見ると、なるほど、鈴なりに実がみのっていた。

「母さんは野菜を育てるのが巧いねえ。海苔やアサリの佃煮など海のものも上手だけど、野菜もプロ並みの腕だよ」

「えへへ、そうかのー」

「そうよ。神様って、みんなにそれぞれの能力をお与えくださってるんだ」

そう言いながら多恵は買ってきた巻き寿司の包みを開け、みそ汁やお茶を沸かした。

「うまいのー」母のこの言葉を聞くと、多恵の心も満たされるのだ。

食事が済むと、デザートの蜜柑を袋から取り出した。

「大長蜜柑《おおちょうみかん》はちょっと酸味があるから、江田島のいしじにしたよ。これは甘いから、デザートにいいでしょ」

そう言って多恵は一つ皮をむいて、母の口に入れてやった。

「ほんとじゃ、甘くて、うまいのー」

この言葉が、多恵の気持をどんなに和ませてくれることか。

「あ、そうそう。この間ね、生まれて初めて美術館に連れて行ってもらったの。小磯良平っていう神戸出身の画家の絵を見て、感動したのよ。で、絵葉書を買って来たの。この絵は《踊り子》って題がついてるんだけど、どう？」

「きれいな人じゃねえ。踊って、ちょっと休んどるんかのー」

「そうね。私の少女時代、近所のお姉さんがこんな格好で踊りを習ってて、羨ましかったな。公民館で子供の日に踊るのを見て、憧れたものよ」

「それ、村長さんのお嬢さんだよ。うちは貧乏暮らしじゃったけえ、お前には何もしてやれんで、ごめんよ」

母は何を思ったのか、そう言って謝った。

「貧乏は母さんのせいじゃないから、そんな風に言わなくてもいいのよ。社会全体が貧しかったんだもの。でね、美術館がいいってことが判ったから、これからは度々行こうと思うの。いつか、母さんと一緒に行こうね」

「ほうじゃねー」と言うと、母はしばらく口をつぐんでいたが、

「父さんのことじゃけど」と、またしゃべり始めた。

「こんな絵が描きたかったんじゃろうね。私の顔や子供の顔を何枚もスケッチしてね、あの頃は貧乏でも幸せじゃったなあ。絵の具やキャンバスや額縁など、お金がなくて買えんけえ、可哀想じゃったな……」

「そうだったの……。私にとっては憎き父さんだけど、母さんが言うように、可哀想だったかもしれんね……。ねえ、多恵って名前は誰がつけたの」

「もちろん、父さんだよ。天からの恵みが多い、幸せな娘になりますように、と願ってね」

「本当なの……」

「本当だよ」

「そうなのか……、あんな父親でも、娘の幸せを願ってはいたんだ……」

多恵はそれ以上なにも言えなくなり、溜息をついていた。二人ともしばらく黙ったままだった。

沈黙を破ったのは、多恵だった。

「ねえ、父さんが描いたスケッチ、残ってないの？」

「ない。父さんが一枚残らず、焼いてしもうたんよ」

「残念ね……」

多恵はほんとにそう思った。数刻すると気持を変えたのか、「ちょっと気になることがあるので」と言ってケータイを取り出し、メールの着信を確認した。来ていた。ブラボー！　内心でそう叫ぶと、多恵は吸い付くように文字を追っていった。

――前略、知り合いのアパートが一戸、丁度来年の三月に転勤のため空くようです。アパートは二階建てですが、その部屋は一階にあるそうで、間取りは六畳に三畳の台所、それにユニットバス（都市ガス）・トイレということです。築四十年近い古いアパートなので、家賃もお安くしますと言ってました。一度周りの環境などもご覧になるとよいかと思います。取り急ぎ用件のみ。

七月七日　　青木
「母さん、グッド・ニュースだよ」

多恵の声は嬉しさに弾んでいた。

「私と同じ町内の人で、とても親切な人がいてね、ちょっと相談してみたら、かなりいいお返事が来たの。読んでみるから、聞いてね」と言って、多恵は声を出してメールを読み始めた。聞いていた母の顔に、笑みがさしていた。

「ね、まずは、いいお話でしょ。場所は古江で、西広島から三駅目だから、うちと割と近いでしょ。親切に地図も添付してあるわ。家賃、お安くというけど、どれくらいかな。五万円までならいいんだけど」

「ほうじゃの。いい話じゃけえ、ぜひ頼むよ」

「オッケー。ともかくも、今日、帰りにそのアパートに寄ってみるわ」

「すまんのー。その人に、よう、よう、お礼を言うてよ」

「はい、はい、分かったよ。ほんとに、滅多にいないような、いい人なの」

多恵は心からそう思った。最近は悪いニュースが目立つけど、この世は鬼ばかりではないのだ。こんなに誠意のある、いい人も時にはいるのだ、と多恵は実感していた。

母の家からの帰りに、多恵は早速古江で下車して、添付してある地図を頼りに山手に進んで行くと、それらしい建物がすぐ見つかった。今時木造のアパートは珍しいが、敷地が割に広く、南側にちょっとした庭があり、北側に七台分の駐車場があった。電車駅からは徒歩で約十分、そして駅の傍にスーパーがあり、買い物にも便利だということが判った。環境は申し分なくいい。後は家賃が気がかりなだけだ。

多恵はアパートの傍の石垣に腰を掛けて、ケータイを取り出して青木さんにメールを打った。

――今日、母の家にいる時、青木さんからメールが届きました。母に読んでやると、とても喜び、ぜひ話を進めてくれ、ということです。家賃が気になりますが、お安くしていただければ幸いです。
こんなことまで青木さんに厚かましくもお願いし、申し訳ありません。よろしくお願い申し上げます。
七月七日
浜口多恵

メールを送って多恵はほっとして、立ち上がった。来た道を戻りながら、いい住宅街だなと思う。実現すれば、母も喜ぶことだろう。
自宅に帰ったのは、五時半。今日はいい気分で、炊事にも力が入る。また、あの歌を歌っている。

――あなたを待つの　テニスコート
木立の中のこる　白い朝もや
あなたは来るわ　あの径から
自転車こぎ　今日も来るわ

一戸建で、夫も息子もまだ帰っていない自宅だから、遠慮はいらない。多恵は一オクターブ上げて、体内の邪気を全部吐き出すかのように、声を張り上げて歌う。機嫌は上々。覚えている歌詞の二番までを、エンドレステープのように繰り返して歌うのだ。

自分の青春時代は貧しくて、この歌のような世界があることに驚き、ただ憧れた。テレビの画面に、若く愛らしい歌手が白いショートパンツにシャツ姿で、ラケットを持って森の中からテニスコートに現れた時の軽快な姿は、今もくっきりと目の底に残っている。

自分は毎日製菓工場で五時まで働き、急いで電車に乗って夜間高校へと通った。給料はそっくり母に渡し、小遣いだけもらった。そして、弟と妹を全日制の高校へ入学させ、卒業させることが自分の務めだと思って、歯を食いしばって頑張ったのだ。

そんな青春は、不幸だったのだろうか。当時、自分はそんなことを思ったこともなかった。ただ愛する弟と妹を自分より良い状態にしてやることが、姉としての果たすべき務めだと思っていたのだ。ある意味で、それは喜びだったのかもしれない。

「ただ今」

夫の声と同時にリビングのドアが開いた。

「あら、今日は早いんですね」

「そう毎日居酒屋に寄ってちゃあ、金が続かんわい」

「そうですね」

多恵は思わず笑っていた。

「お金だけじゃあなく、肝臓も続きませんよ。肝臓は《沈黙の臓器》と言われるように、重症になるまでは症状に気づかないそうですよ。居酒屋に行くことはあなたの自由だけど、回数を減らすとか、考えてみてくださいな」

「そいじゃけえ、今日は早う帰ったんじゃ。定年が近づいて、これからいろんなことができると思うとったら、ガンで病院漬け、ということになっちゃあ、ばかばかしいけえの。同僚の山本が検診でひっかかって、精密検査の結果、胃がんのステージ4じゃということだ。みんな大ショックよ。四十歳で、小学生と中学生の二人の子供がおり、ほんまに可哀想じゃのお」

夫は、平素は自己責任論の強い人だから同情などしないが、この度は珍しく同情の言葉が出て、仲間のガンには相当参ったようだ。

「あなたも、そんな運命に見舞われないよう、気を付けてくださいよ」

「ああ、分かったよ。このカレー、レストランで食うのと味が変わらんで。最近の既製品はええ味付けをしとるということじゃが、ほんまじゃのお」

「そうね」と応えながら、多恵は唇まで出かかった言葉を飲み込んだ。――確かに最近の市販のカレーはレストラン並みだけど、それを調理する人の手が加わって、さらにおいしくなるのよ、と。

夫は同僚のガンにショックを受けながらも、晩酌の缶ビールを持ってテレビの前に行き、ソファーに座った。野球の番組のチャネルを選び、静かに見ていた。

多恵は母の借家の件を夫に話さなかった。まだ決まったわけではないし、世話人のことでとやかく言われそうで嫌なのだ。それに、この家に母を受け入れることを嫌う夫に、報告する義務はないと思ったのだ。

不意に夫が、テレビを消して訊いてきた。

「八月の結婚式が近こうなったが、お祝いや旅費などはどうなっとる？」

「お祝いは浜口家として五万円ぐらいでしょうか。つまりあなたと私で半々ね。新幹線代は、私と母と昌平のぶんは、私の財布から出しましょう。あなたのぶんは自分の財布からお願いしますね」

「分かった。それでよかろう。新幹線の切符はお前が責任もって買うとけ」

「承知しました」

話が解決すると、夫はまたテレビをつけたが、野球ではなく。事件物のようだった。今日は、カープの調子がよくないのだろう。

多恵は、何か淋しい思いにまとわりつかれていた。夫と気持がずれていて、一体感が持てないのだ。友人たちも同じようなことを言うが、結局、丸く収めるのだ。——夫婦って、そんなもんよ。それ以上を求めないこと。目をつぶること。そうすれば、そこそこに穏やかな日が送れるのよ、と。

そうかもしれない。けど、今の自分はそんな人間関係は嫌なのだ。気持が通じる、分かり合える、そして相手を思いやる。それがないと孤独の海へ投げ出されるのだ。百合の花に誓ったではないか。あの喜びに溢れた高揚感を消してなるものか。そうだよ。ほんとに、そう。自分の内なる声に鼓舞されて、多恵は熱い息をフーッと吐いていた。

他者に求めすぎてはいけない。己を反省することから始めるべきなのだ。そうではあるが、やはり、人生を共に歩く相手にはつい求めてしまうのだ。

夕食の後片付けを終えて、多恵は食卓に座って、ケータイのメールを開けてみた。青木さんからメールが来ていた。

――前略、友人に家賃の件を一応はっきりさせた方がいいと申しますと、管理費込で三万八千円でいいということです。アパートはアメリカ在住の彼のおじさんがオーナーですが、資産家で、あのアパートにあまり期待していないようです。

まだ七ヵ月も先のことですが、一応、近日中に家主にお会いになって、仮契約をなさった方がいいかと思います。

青木

ラッキー！　多恵は内心で叫んでいた。青木さんにもいろいろ事情があるだろうに、すぐ取り組んでくれた。その誠意が胸に響いて、心底嬉しかった。

テレビの音を避けるために、多恵は隣の部屋に移って、すぐ母に電話した。

「母さん、昼間の話ね、オーケーよ。家賃は管理費込で三万八千円ということで、近いうちに家主さんと会って、仮契約をしておこうと思うの。いいお話だからすぐ伝えたくて、電話したの」

母も大喜びしていた。民生委員の藤木さんが来るたびに、公営住宅が見つからないことを詫びるので、逆に母は悪いなと気にしていたようだ。

多恵は青木さんの誠意に応えるために、深く感謝していること、母が喜んでいること、近いうちに家主さんに会って仮契約するので、家主さんを紹介して欲しい、と折り返しメールした。

夫には仮契約が済んでから、言うとすれば、さりげなく言えばいいのだ。

リビングにはもう行かず、二階に上がってベランダに出てみた。暮れなずむ空には山の端から淡い紫やオレンジ色に染まった雲が流れるように広がっていて、多恵は自然の雄大さに見とれていた。

ふと父のことが偲ばれた。あんな死に方をして……、多恵は人に知られるのが嫌だった。大嫌いだった父を、母はどんな時も愛していたのだ。志が叶わずに非業の死を遂げた父を、母は何度も、可哀想だった、と言った。それをいつも拒否してきた多恵だが、こうして一日の終わりの空を見上げていると、頑なな心が少しほぐれていくような気がする。

同じこの世に生まれて来て、夢も叶わず、三十八歳で地上から消え去った父。やはり可哀想だったのかな……。五十路を過ぎて、やっと母の言葉が理解できるなんて、愚かすぎた私……。

どれぐらい、そうしていたのだろうか。あたりが暗くなり、多恵はやっと、こうしてはいられないことに気づき、室内に戻った。

明日からは行動的に生活しなければならない。先ずは近日中に青木さんに家主を紹介してもらい、仮契約をすること。そして一月後に迫った甥の結婚式に参列するために、母や息子の服装を用意し、神戸までの新幹線の往復切符を人数分手に入れること。式後に母と二人で神戸観光をするための計画など、手際よく進めていかなければ、心に残る旅日記は書けないな、と思うのだった。

そよ風に乗って

（二）

ここは何処なの……。目覚めて登志子はつぶやいた。天井には見覚えがない。体のあちこちが痛い。熱もある。それも少々の熱ではない。布団をもちあげると、熱風が顔に当たった。

なぜか彼の顔が浮かんだ。もう二十五年も前に、亡くなっている彼なのに。登志子と婚約しながら、結婚しないままに癌《がん》に侵され、あの世へと旅立って逝った彼……。晩年の数年間は救急車で何度も病院へ運ばれ、入退院を繰り返し、ベッドに釘付けの身となって、ほんとに可哀想だった彼。彼を恋人のように慕う妹のガードが固いので、登志子は病室や自宅に週一度しか見舞うことができなかった。

そうか……、私も昨夜、十時過ぎに救急車でこの病院に運び込まれたのだ。こんな経験は、これまでの人生で初めてのことで、矢沢登志子はやっと昨夜のことを思い出した。しだいに他の記憶も蘇ってきた。

その倒れる日まで、矢沢登志子には病の兆候は何もなかった。二年前、股関節の人工置換手術をして健康な足取りが戻ると、以前よりもいっそう元気な生活ができていたのだ。まだ七十代に達したばかりなのに元同僚や友人たちが一人、また一人と病に斃《たお》れていき、認知症の症状が始まっている者や、早くも自立した生活が不能になって、介護施設に入る者が出ていた。そんな中で、登志子は見た目だけでなく、健康維持が保たれている数少ない一人だった。

この度、入院する三日前には、元同僚を中心とする小グループの昼食会がクレセントホテルでもたれ、元気で再会できたことを喜びあい、楽しいひと時を過ごしたのだった。

その翌日は、退職前まで勤めていた学校で、登志子が大金を使って寄贈した実物大のブロンズ像の除幕式が行われ、それに出席した。その時も元気だったのだ。

除幕式が済むと、出席してくれた教え子と近くのホテルで、昼食にイタリアンのコースを注文した。川辺のホテルからは河畔に植えられた八分咲きの桜がよく見え、春はやはり桜だな、と見惚れていた。久しぶりに会った教え子と前菜やスープを食べながら会話が弾み、登志子の食べる速度はいつになく遅かった。彼女はメインディッシュも全部平らげているのに、登志子は半分も食べておらず、それでも満腹感を覚えて、もう入らなかった。食いしん坊の登志子が食べ残すなど、これまではあまりないことだった。あの時から、体調はすでにおかしかったのだろう。

その夜、欲しくないと言いながら無理をして食べた夕食を、二時間後には全部吐いてしまった。そんなことは滅多にないことだったが、しばらく横になっていれば楽になるだろう、と安易に考えたのだ。

ところが翌日も熱がかなりあるようで、汗をびっしょりかいていた。体温計を探したがあった場所に見当たらず、ぐずぐずしているうちに正午が過ぎてしまった。その日は土曜日だったので、近所の医院の診察も終わっており、仕方なく月曜日まで待つ気になったのだ。ということは、まだ耐えられない病状ではなかったということだろう。

しかしその夜から体調はいっそう悪化し、測らなくても熱は三十八度を超えているだろうと推測できた。ただ、肺炎の予防接種は受けていたので、高熱でもその心配はせず、たちの悪い風邪ぐらいだろうと、またも安易に考えてしまったのだ。

いつもは愛猫二匹が登志子のベッドで寝ていたが、自分の病状が良くないのでヒナは他の猫三匹が寝ている隣室に移し、愛は二月以来白内障で弱っていたので、床のホットカーペットで寝かせた。

この間、おもゆ、ミカンジュース、スープなどを作り、冷やしタオルを額にのせては取り替えてくれたのは、九十歳になったばかりの同居の姉である。姉は登志子と一回り以上も歳が離れていて、母娘かとよく間違われる。その姉は登志子が股関節の手術をした二年前にはまだ車を運転していて、家と病院を何往復もし、見舞ってくれた。

二人とも平素は元気そのもので、姉は画家の端くれとして日本画を描き、登志子は小説を書いて意気揚々と暮らしていたのだ。が、今回は車を運転する登志子が病で身動きが取れなくなり、三ヵ月前に免許返納をした姉が看病するとなると、世間の目には最悪のシナリオと映ったことだろう。

登志子も日頃は自由で気まま、のびのびした生活をしていて、あまり老後のことを真剣に考えなかった。しかし入院して近未来を考えると、病気という大きな落とし穴があることに気づき、この度ばかりは不安を覚えるのだった。

俗な言い方をすれば、これからの人生は、《一寸先は闇》なのだ。何が起こっても慌てずに対応できるだろうか。自信はない、などと呑気なことを言っている場合ではないだろう。日頃から対策を考えておかなければいけないなと、矢沢登志子は病床で痛感しているのだった。

救急車を利用したのは、登志子のこれまでの人生で初めてのことだ。世間では救急車をタクシー代わりに使う不届き者が多すぎると、非難があがっているのを登志子もよく知っている。それらは税の無駄遣いに直結し、自治体の財政逼迫《ひっぱく》を招く一因にもなっている。だから救急車はよほどのことがない限り利用しない、と登志子は常々自覚しており、自分にはまだまだ無縁だと思っていたが、あまりの苦しさに耐え切れず、自分で一一九番に電話をかけたのだった。

救急隊が来てくれた時、登志子は隊員にこの協和病院の名を挙げた。二年前の股関節を手術した時の医療体制が良かったこと。そして昨年末テレビで腕立伏せがいいと言うのでついそれを試みて、股関節の周りに痛みを覚え、慌ててこの病院に駆け込んで、今現在も月に二回通院していたからだ。

救急隊員が「受けてくれるかどうか判りませんよ。最近、病院はみな厳しいから」と言うので、入院歴や現在その病院の整形外科に通院していることなどを言うと、彼は病院にそれらを簡略にスマホで伝えていた。

「ああ、オッケーですか、よかった」と声が大きくなり、彼は登志子の年齢や症状を詳しく説明していた。

登志子は二階の自分の部屋から手摺をもって階下に降り、隊員に支えられて救急車までの数メートルを歩いた。「足取りはしっかりしてるな」と隊員が隣でつぶやくのが聞こえた。コロ付きの小ベッドに乗せられると、姉も同乗し、救急車は発進した。同時にピーポーピーポーとサイレンが鳴り響き、登志子は「ああ、これで助かるのだ」とほっとした。

救急車は十数分で病院に到着したように思う。夜間入口からすぐそばの緊急病室にベッドごと運ばれると、マスクをした男性医師一人と看護師二人が待ち構えていて、姉にも登志子にもすぐマスクがかけられ、いろいろ検査が始まった。

まもなく医師が「やはりA型インフルエンザだな。面会謝絶となりますよ」と言った。別の部屋でCTスキャンの検査も行われ、そのまま何が何だか分からないままに、九階の個室へと運ばれた。

そこまでついてきた姉は病室を見届けると、「明日必要なものを持ってくるから」と言った。登志子は朦朧《もうろう》とした頭で、

「面会謝絶だから、ここには入れないよ。持ってきた物をナースセンターに預けると、この個室に届けてくれるから」と伝えた。

姉は「分かった」と言うと、夜警が呼んでくれた深夜のタクシーで帰宅したのだった。

その後、矢沢登志子の病状は膀胱炎《ぼうこうえん》、腎盂炎《じんうえん》を併発し、その治療も始まった。毎日抗生剤や栄養剤の点滴が数本打たれ、管につながれた生活が始まった。入院は、最低でも二週間は要するだろうということだった。主治医は毎日病室を覗き、病状を分かりやすく説明してくれ、とても親切な人

だった。

数日で済むと思った入院が意外に長引くことになり、すでに五日目を迎えている。血液検査でさらに判ったことは、肝臓の数値が異常に高く、専門医による生検で原因究明をしないといけないということになった。そんなことは予想もしなかったのでショックを受けたが、これは退院して体力がもう少しついてからということになった。登志子は杞憂に過ぎなかったという結果になりますようにと、祈るばかりだ。

これまで、矢沢登志子はインフルエンザの予防注射など打ったことがなかった。罹《かか》ったこともないし、元気な自分が罹るなんて思ってもみなかったのだ。

二年前、重鎮の医師三人に股関節の人工置換手術をしてもらい、快調を取り戻し、半年後にはフランス旅行も実現した。用心のために三つ折りの杖を持参したが、一度も使うこともなく、また痛み止めもバッグに入れて行ったが飲むこともなかった。アップダウンの激しい城郭や教会の見学も問題なくこなし、一日最長十一キロ歩いた日もあったのだ。

こういうことで、手術前の歩行困難な姿を誰も想像することができないらしく、いくら説明しても「へー」と言うだけで、同情してくれる者はいなかった。このように快調な生活が登志子に過剰な自信を持たせ、うっかり油断したのだろう。今、入院するほどの病を得て、登志子は自分の健康問題に対する無知と愚かさに歯痒《はがゆ》い思いをしていた。

整形外科の清水主治医も術後の良好な状態をとても喜んでくれたのに、昨年末に自分のちょっとした不注意から股関節の周りが痛くなり、診察室を久しぶりに訪れた時は、「テレビなどでこれがいいあれがいいと言っても、人それぞれの状況が違うので、やっちゃだめですよ。責任は取ってくれませんからね」と清水医師は苦笑していた。

そして三月二十二日の治療が終わって、次の予約日も決まって帰ろうとすると、「あのー、ぼくはこの三月末で、この病院を辞めることになりましたから、次は違う先生に診てもらうことになります」と言ったのだ。登志子にとってまさに青天の霹靂《へきれき》で、動転して言葉も出ず、何も訊くことができないままに帰宅したのだった。

こうした状況の真っただ中で、このたびの緊急入院となり、清水医師には手術以来、大変世話になりながらお餞別もしないままに別れて、登志子は心苦しく思っていたのだった。

清水医師のことを病室に点滴などで来る看護師に「医院を開業されたのですか？」と訊いても「あまりに突然だったし、ほんとに誰も行く末を知らないんですよ。あの先生は日頃から口数の少ない人だったし……」と言うのみで、謎めいてくるばかりなのだ。

膀胱炎の方はよくなり、腎盂炎もかなり良くなってきているが、退院は来週末か再来週の初めになるのだろう。あと一週間少々……、なんと待ち遠しいことか。平素は鬱陶しいと思うこともあった五匹の猫たちにも会いたいと思う。

この間、テレビはほとんど見なかった。高熱は下がっても三十七度前後の微熱があり、体もだるくて、映像や音響を全身が受け付けなかったのだ。テレビのニュースでも見てみようかと思ったのは、五日が過ぎるころだった。イチローが、日本でのアスレチックス戦が終了した時点で引退したことに関する映像が映し出されていた。聞きなれた選手の名前がこれからはメディアから消えていくのかと思うと、淋しくはあったが、年齢も年齢だし、引退も仕方ないかな、と登志子は無理に納得しようとした。

イチローは体のどこも悪くないのに、まだ選手として十分に活躍できると思われるのに、この数ヵ月は若手の指導などに回され、いわば戦力外の扱いを受けていたようだ。世界のプロ野球史に残るヒーローが文句も言わず、与えられた仕事を黙々とこなしている姿には胸を打たれたが、やはり打者として活躍する姿を見たかった。

ただ、これからは体力の低下は必定で、選手としてぼろぼろに衰えた姿を晒してほしくないし、不本意のままで球場にしがみついてほしくない。一歩手前で引退してくれて、本当によかった。自分の勝手な思いではあるが、登志子の唇から思わず呟きがこぼれていた。

――イチローさん、引退おめでとう。これからは、これまでできなかった旅行や趣味活動にも時間を使ってね、と。

熱もほぼ平熱に下がり、面会謝絶もやっと解除されたので、登志子は数日ぶりにシャワーを浴びた。枯死寸前の皮膚細胞が生き返ったような気がして、こんなことにさえ感動した。

食事もまあまあ食べられるようになり、栄養剤の点滴は終了し、抗生剤が日に四回になった。点滴と点滴の間の時間帯に小説を書きたくなり、姉にタクシーでノートパソコンを持って来てもらった。

こうして今現在パソコンが打てるので、確かに快方に向かっているのだ。退院までには、あと最低でも一週間はかかるだろうけど……。ともかくも、パソコンが打てるまでに回復していることが嬉しい。

姉は手紙類も持ってきてくれた。一週間分だから結構な数だ。通信販売のカタログ等の中に手紙とハガキがあり、ハガキは同人誌の会合のお知らせで、手紙は大学時代の同級生、青木秀美からだった。秀美とは家にもしばしば遊びに行き、一緒に旅行するほどの仲だったが、彼女が家庭を持ち、二児の子育てが忙しくなると、しだいに疎遠になっていた。娘も息子も優秀で、国立大学を卒業していた。

封筒の裏は秀美の名前だったが、手紙には結婚して京都にいる娘の署名がしてあった。文面に目を通して、登志子は「エッ」と驚きの声をあげていた。

――今年の一月に父が膵臓《すいぞう》癌で亡くなりました。母は悲嘆にくれ、鬱状態になり、なかなか立ち直れませんでした。私と弟がいろいろ支えたのですが認知症を発症し、進行が早く、一週間前から左記の介護施設に入居することになりました――。

登志子は強い衝撃を受けた。もう一度読み直した。しばらくはショックで頭がおかしくなりそうだった。目鼻立ちがはっきりした西洋的な美人で、頭脳も明晰、性格も可愛げがあり、男子学生にモテモテだった彼女がどうして……と信じられなかった。彼女がいるところ、大輪の花が咲いているような華やかな雰囲気が感じられたのに……。

姉も彼女を知っていたので、

「夫の死は耐えがたく悲しいとしても、あの綺麗で明るい人がどうしてなの……、そんな施設に入るのは早すぎるわよ」と嘆きの声を発した。それは登志子の気持でもあった。

健康であることがどんなに大きな恵みであることか。婚約していた彼の長い闘病生活でそれは分かっていたはずなのに、些末《さまつ》な日常生活が感覚を鈍らせ、健康であることのありがたみさえ忘れていたのだ。

今、再び入院を経験してみて、また予期せぬ秀美の病状を知って、登志子は健康がどれほど恵みか、痛切に感じる。医師や看護師だけでなく、食事を作り、運んでくれる人、部屋を掃除してくれる人など、幾多の人に支えられて今があるということもよく分かる。

そしてこれからも、幾多の人々に支えられながら、人生を送るのだろう。こんなことさえ、平素は感じ取れなくなっていたのだ。人間って、いや、私って相当に愚かだなあ、と登志子は窓からビルの谷間に沈む夕日を眺めながら、つぶやいていた。

（二）

スマホに震動音が鳴った。久しぶりに二年前に股関節で入院していた時の病友、山田朋子からの電話だ。

「お久しぶり。どうしてる？」

懐かしい声だ。

「驚かないでね。あの時の協和病院の内科で、九階の病室に入院して七日目なの」

「エッ……、どこが悪いの？」

「知らぬうちにA型インフルエンザに罹っていて、四月一日の夜中に救急車で運びこまれ、そのまま入院となったの。数日は四十度近い熱が出て、耐え難く苦しかったわ。血液検査の結果、膀胱炎、腎盂炎も併発していて、主治医の先生が、菌を殺すには二週間はかかるって言うの。来週の初めごろにやっと退院させてもらうことになりそうよ。肝臓の数値もよくないので、退院して体力がもっとついて、生検することになってるの」

「大変な目に遭ってるんだ。でも、今はほぼよくなってるのね」

「そう。それとね、私、去年の十二月半ばにテレビでお奨めの腕立伏せをやって、急に股関節がまた痛くなって、二週間に一度、あの清水先生に診てもらってたの。先月二十二日に次回の予約をし、注射が済むと、突然、自分は三月末でここを辞めるので、次は違う先生になるからと言われて、驚いて言葉も出なかったわ」

「やっぱり……、そうなんだ。辞めたのは本当だったのね」

「エッ、どうして知ってるの？」

「そのこともあって、今日あなたに電話したのよ」

「病室にやってくる看護師さんたちに、清水先生は開業されたのかと訊いても、突然のことで、誰も理由を知らないと言うばかり」

「以前あなたに話したことがあるでしょ。七年前、私が大腿骨骨折で入院してた時、同室に二十五歳の足立さんっていう女性がいて、清水先生にすごく熱を上げてたって。覚えている？」

「覚えてますとも。あれは興味深いお話だったから。しばらくは、正面から清水先生の顔が見られなかったもの」

「その後先生は三次《みよし》や呉《くれ》に二年ぐらいずついて、また協和病院に舞い戻って来たんだけど、彼女、どこへでもケーキやクッキーを焼いて持参するほど、好きだったのね」

「あの風采があがらない人をそんなにねえ。蓼《たで》食う虫も好き好きって、本当だね」

「でね、前にも言ったと思うけど、七年前に入院中の同室の者たちが、あんなに先生を好きなんだから、せめて退院の時には男として昼食ぐらいご馳走してあげたらどうかと忠告すると、全日空ホテルのレストランで実行してくれたの。その時の紳士としてのマナーが完璧で、彼女は惚れ直したそうよ。けどあの先生、ぼくは患者さんに手を出すことはできないなんて、クソ真面目なことを言ってね。彼女は胸の内を、誰かに聞いてほしかったんでしょうね。退院後も、私に逐一メールや電話で知らせてくれてたのよ」

「人生で、そんなに好いてくれる人はいるか、いないかなのに、そういう人を受け入れないなんて、清水先生も相当なバカだねえ」

「渦中にある時は、判らないものなのよ。後で気づくのかなあ」

「その時はトゥー　レイトなのよ。あの先生、背は高く、体格はがっしりしてるけど、顔は今一でしょ。ただ、個性的なマスクではあるけど」

「この数ヵ月、彼女から連絡がないなと思ってたら、やっと諦めて、二ヵ月前に大竹市の眼科医と見合い結婚したんだって」

「そう、よかったじゃない」

「一応、そういうことになるわね。悩み抜いた挙句、決めたんだって。新婚旅行でフランスとスイスに行って、ユングフラウの麓をハイキングしていて股関節が急に痛くなって、その場は収まったんだけど、どうも気になって、川向こうが岩国だから、そこの大きな整形外科に行ったら、驚いてしばらく棒立ち、言葉も出なかったそうよ。人生でこんなことがあるのかと、理解に苦しんだって」

「まさか、清水先生が医師としてそこにいたなんてこと、ないよね」

「それが、いたのよ」

「えっ……」

登志子も言葉を失った。

「清水ではなく、梅﨑って名前で、しかも院長として。聞いた時、私もびっくりして信じられなかったわ。彼女、石像のように全身が固まって、しばらくは口もきけなかったそう」

「名前が変わってるってことは、婿入りされたってことかしら？」

「そうでしょうね。清水先生の第一声は――やあ、お久しぶり――で、彼女の姓が変わっていたので、――結婚したんだね、おめでとう――だったんですって」

「まるで映画の一シーンみたいね。そんな奇跡的なことがあるなんて……。でも、どうして先生はそんなめでたいことを誰にも言わず、突然、風のように去って行ったんだろう……。お祝いだってあげたのにね」

「それよね、彼女は眼科医の夫からいろいろ情報を得てね、奥さんは乳幼児の娘を連れて二十数年前に離婚して実家に戻り、歳は先生よりも三つ上、だから五十代の前半よねえ。院長だった父親が半年前に心臓発作で急死し、非常勤の医師で何とかやり過ごしていたところへ、あの先生に後継ぎとしての白羽の矢が立てられ、意外にあっさりと受け入れたらしいのよ」

「でも、清水先生も五十歳に手が届いたばかりで、股関節の手術では全国的に有名な協和病院の院長先生の弟子として、重きをなしていたベテランだったのに、どうして……」

「これも彼女の夫からの情報だけど、やっぱり病院の中での権力争いとか、上司と反りが合わないとか、あったらしいのよ。男の世界はいろいろあるらしいから」

登志子は入院中に清水先生が出張の時、自分を診てくれた数人の医師を思い出し、みんな親切ないい医師だったけどなあと思い、権力争いや不仲など、合点がいかなかった。

「彼女ね、新妻なのにまだ清水先生が好きで、忘れられないんだって。夫にはその昔、大腿骨を骨折した時に世話になった先生としか言ってなくて、いろいろ情報を得てるそうよ。今もあの先生のことを思い出すと、胸が疼《うず》くんだって」

「それは困ったわね、新しい生活が始まったばかりなのに。あなたはどんなふうにアドバイスしてあげてるの？」

「清水先生も秘密裏に新しいスタートをされた。あなたも今の生活を大事になさいよ、としか言えなかったわ。五月八日のお昼を一緒に食べることにしてるの。あなたも来ない？　取材の下心があってもいいわよ」

そうあけすけに言われると、登志子も好奇心が鎌首をもたげるのだった。

「都合つけて行くわ。その方に、私が怪しいものでないことをよくよく伝えといて」

「オーケー。一緒の部屋だった花木さんも、来るかもしれないよ。じゃあ五月八日に、クレセントホテルの六階、和食の〈瀬戸〉に十二時半、待ってるわよ。日が近付いたら、また電話するから、じゃあバイバイ」

病室にいる身としては長電話だったが、個室だから許されるのだ。職場で何十年も一緒に働いても情のつながらない人もいれば、入院で一月半しか付き合わなくても、昵懇な関係を築ける人もいる。人間は複雑で面白い、と登志子は改めて思うのだった。

(三)

退院のために病室を片付け、ナースセンターに挨拶して、十一時に正面玄関のタクシー乗り場に行く。駐車場を囲む樹々の新芽が、真昼の日差しを受けてキラキラ光り、そよ風に揺れている。空は真っ青。ああ、なんと爽やかだ。「これぞ天の恵みなのね」と登志子の口から思わず言葉が零れる。ドライバーにもこの気持を伝えたい。

「A型インフルエンザで半月ほど入院してましたら、風景が一新していて、とてもフレッシュな気持になりますね」

「そうでしょうね。新芽が伸びて、色が綺麗になりましたから」

ドライバーは共感しながらも、それ以上は踏み込んでこなかった。

半月ぶりに戻った家では、五匹の猫たちが登志子を怪訝《けげん》な顔つきで見ていたが、すぐに愛とヒナがまとわりついてきた。

「愛ちゃん、ヒナちゃん、お出迎えありがとうね」

そう言って頭を撫でてやると、ほかの猫もやっと以前の日常を思い出したのか、そばにやって来た。

「あんたたち、会いたかったよ。可愛いね」と言葉をかけながら、こんなことにさえ登志子は喜びを感じ、愛しさが胸にじわっと広がって行った。

退院を祝って、姉が登志子の好きな巻き寿司を作っていてくれた。

「お寿司は病院では出なかったから、珍しいわ。ああ、美味しい」

一口食べてそう言い、また頬張った。

「買ってもよかったんだけど、売ってるのはあまり酢がきいてないからね。うちの巻き寿司はお母さんの味を受け継いでるから、酢がきいてるもんね」

「そうそう。お母さんが亡くなって、もう二十四年よね。彼が亡くなって一年後にお母さんが亡くなったから、あの時は本当につらかったな。でも、歳月って早いなあ」

「そうだね……」

姉はそう言うと、感慨深げに溜息をついた。

そして嘆き節で言った。

「それにしても、あんたの股関節の入院の時は車で何往復もしたけど、今回は免許返納したのでタクシーを使ったり、電車やバスを乗り継いで、本当に不便だったわ。歳は取りたくないねえ。何かにつけて、そう思うな」

「ほんとにね。でも、九十歳なのにそんなに元気だし、食事も作るし、生活上は自立できてるんだから、いい方じゃないかな。一般的に歳を取ると判断力も鈍ってくるし、事故を起こす前に、免許返納してよかったのよ。私は後十五年ぐらいで車やめてもいいいな」

「そうだね。私の歳じゃあ友達もほとんどあの世行きか、認知症などで施設に入ってる人の方が多いんだもん。これでも、ましな方かもしれないねえ……。文句言っちゃあ、神仏に叱られるかな」

「そうよ。現状を神や仏に、そしてご先祖様に感謝しなきゃあ、罰が当たるよ」

「そうか……」

そんな会話をしながら、食後は登志子はしばらくリビングでテレビを見ていた。猫たちが周りにやって来たので、頭を撫でてやった。ヒナは甘えん坊で、膝に上がった。体調のすぐれない愛も、膝にのせた。半月ほどのままならない生活の後では、鬱陶しかった猫でさえ愛しく思え、大きな恵みを与えられているような気になった。

二階の書斎に上がり、机の上にパソコンを戻しながら作品のことを考えた。大筋は頭の中でできあがっている。ヒロシマを生きる若者たちを描きたい。むろん紆余《うよ》曲折があり、胸が痛む場面は多々あるが、それでも未来を信じて、前向きに生きる姿が描ければと思っているのだが……。

体調を整えるために、登志子は床に仰向けに寝て、朝晩やっているリハビリ体操を始めた。股関節の退院時に毎朝晩、リハビリ体操をすることが義務づけられていた。サボってもペナルティはないが、自分のことだから、熱があってどうにもならない時以外は、毎日きちんと実行していた。血流がよくなるので、余裕がある時は昼もしていた。

リハビリ体操が済むと、久しぶりに近所を散歩してみようと思って、日除けの帽子を被って外に出た。家々の庭の樹々が新芽に覆われて爽やかだ。どこからともなく甘い、いい香りが漂ってきて、鼻先をかすめる。三軒先の庭に白いライラックの花が咲き始めていて、香りはそこから放射されているのだ。数刻立ち止まって芳香を吸い込む。パンジーやアネモネ、マリーゴールドも庭に彩りを添えている。

塀の上で、首輪をつけた白黒の猫が寝そべっている。平和な風景。家の猫たちを思いだし、心が膨らんでいく。

数歩先へ進むと、近所の主婦が洗濯物を取り入れていて、「こんにちは」と互いに声を掛け合う。ガラス戸の中でプードル犬が狂ったように吠える。「怪しい者ではございませんよ」と内心で言いながら、歯をむき出して吠える、その必死の姿に登志子は思わず笑う。

深呼吸する。空気が美味しい。もう一度、真っ青な空を見上げて深呼吸する。昼下がりの日差しを受けてこうしていると、何だか大きな温かい手に抱かれているような感じがする。優しい気分が満ちてくる。そんな自分を感じながら我が家に戻る。我が家の庭も新芽と花々が咲き乱れている。

腕時計を見ると、もう三時前だ。机の周りを少し整理しながら、書く態勢を整えていく。

壁に掛けたままの彼の写真に目が行く。彼を偲ぶ会で使われた遺影だ。これを掛けてもう二十五年になる。見れば涙が出て、そっと顔を背ける。でも見なければ淋しすぎて、視線を戻す。そんな矛盾する心を繰り返しながらたどり着いた今は、走馬灯のように懐かしい思い出が駆け巡る。

現役時代に仕事が予定どおり終わらなくて、待ち合わせの時間を三十分くらい遅れた時、彼はレストランの横の花壇の椅子に腰を掛けて待っていてくれた。言い訳をする私に彼は一つも嫌な顔をせず、「街ゆく人を眺めるのも、結構面白かったよ」と笑顔で迎えてくれたっけ。花は確か色とりどりのパンジーだったな。またある時は予約した料亭で、私を待って横になって居眠りをしてたっけ。前夜は締め切りの原稿で寝てなかったと言ってたな。

そんなこと、あんなことを思い出していると、登志子は胸がいっぱいになって、「私、頑張るからね」と写真に向けて言っていた。出会って五十年近く経つのに、いつまでも心に住みついている彼。縁談はたくさんあったけどそれには目もくれず、彼だけを見つめて生きて来た私。愛って不思議だね。登志子は溜息交じりに声に出しながら、パソコンを起ちあげた。

病室で書き始めていた作品のアイコンをクリックすると、文章が現れた。高校二年生の少女が一級上の他校の少年に恋心を抱いて一夏を過ごす物語。登志子も少女になりきって一喜一憂する時間。物語を紡ぐということは、人生を何通りも生きることだと思えて、得をした気分になる。二時間ばかり書いて、パソコンをオフにし、階下へ降りて行く。姉は自室で絵を描いているようだ。

キッチンに立つと、猫たちが寄って来た。「これからマンマを作ってあげるから、待ってね」

そう言って流し台に皿を五つ並べ、猫缶詰から中身を取り出して分けていく。さらにドライフードを入れ、鰹節を振りかける。

「さあ、みんな夕ご飯だよ。おいしいよ」

それぞれ好きな位置があって、そこへ皿を置いてやる。パクパク食べている姿は、見ている者をほっこりさせる。

気配を感じたのか、姉もキッチンへやって来る。色紙《しきし》にバラを描いていたようで、持ってきて「どう?」と問う。ピンクのバラの甘い香りが漂ってくるような感じで、「いい感じじゃないの」と短く感想を述べる。自分でも満足感があるらしく、ピアノの上に立てかける。毎月近所の銀行へ展示していて、高齢なのにそれなりに頑張っている。

「お昼は巻き寿司だったから、夜はカレーにするよ。それと野菜サラダにコンソメでいいかな?」

「それで十分よ。明日は私がするからね。ちょっとテレビを見てようかな」

登志子は続きのリビングのソファーに座って、テレビのリモコンを押した。六時のニュースが始まっていて、パリのノートルダム寺院の火災を大きく取り上げていた。まさか、とつぶやきながら、登志子は映像に釘付けになった。後陣の尖塔が焼け落ちたのだ。登志子は姉や友人と二度ほどパリに行き、シテ島のその寺院を訪れていたので、我が家が焼失したような痛みと悔しさを感じて、涙がこぼれそうになった。どうしてなの……、あの美しい後陣がもう見られないと思うと、気持が沈んだ。姉も炊事をしながら、そのニュースに驚き、

「放火かしら? あんなに美しい寺院が無残な姿になって、悲しいね」と嘆いた。

おそらく、国家の威信をかけて修復されるだろう。そして世界中で支援運動が始まり、募金活動が起こるだろう。登志子もせめてそれには協力したいと思った。

「ねえ、今閃いたんだけど、〈追想のノートルダム〉って題で、この思いを絵で描くわ」

姉が突然声を上げた。

「それ、いいわよ。ぜひ描いてよ」

「よっしゃ、そうと決めたら、明日から始めなきゃあ」

やる気満々の姉は、すぐにも取り掛かりたいふうだった。


夕食後はまた、時事問題のテレビ番組を見た。ノートルダム寺院の火災が、ここでも取り上げられていた。世界遺産でもあり、パリの象徴的な寺院だから大きく報道され、インタビューを受けたパリ市民は、みな残念がり、涙ぐんでさえいた。失ってその存在感がいっそう大きくなっているようだった。

登志子は午前中に二時間、午後も二、三時間はパソコンに向かい、夜は二つの局の時事問題のテレビを見て、残りの時間を読書に使う。これが大まかな日程だ。日によって多少の変更はあるが、書く時間はできるだけ守るようにしている。風邪をひいて数日寝込むこともあるし、今度のように半月も入院を余儀なくされることだってあるのだ。こんなふうに書きたくても書けない時があるので、できるだけ原則は守りたい。それに姉が車の免許を返納してからは、食料品や猫の餌等の買い出しも登志子の仕事になり、これらに相当な時間を割かねばならないのだ。

そんな生活の中で友人や教え子が不意に訪ねて来ることもあるし、手紙への返信や確定申告等の雑事で、結構予定外のこともしなければならない。生きていくという事は予定外のことだらけが待ち受けているということで、それは仕方のないことなのだろう。

毎日がこうして過ぎていき、庭にはつつじが咲き始め、樹々は新芽から爽やかな若葉に変わっていた。

山田朋子から電話があったのは、連休の最後の日の午後だった。

「その後、調子はどう？」

「順調よ」

「よかった。八日が近づいたので、確認の電話をしたの。クレセントホテルの六階の〈瀬戸〉に十二時半、覚えてる？」

「もちろん、覚えてるわ」

「彼女、物書きのあなたと会えること、喜んでたわよ。夫とはあまりうまくいってないらしいけど、詳しくは会ってから話すそうだから、本人に直接聞いてね」

「分かったわ」

「うちの方は娘が彼氏と秋に結婚することになって、一応ほっとしたけどね。式場から式の在り方まで、全部自分たちで決めるんだって。だから親の出る幕は一ミリもないのよ。自立心はいいんだけど、ちょっと淋しいわ」

「いいんじゃないの。そういうご時世よ。親に面倒掛けないいんだから、あっぱれ、孝行娘だよ」

「とはいうものの、やっぱり淋しいわね。少しは迷惑をかけてくれなくちゃあ。それじゃあ、五月の八日、十二時半、〈瀬戸〉でね」

そう言って山田朋子は電話を切った。

もうすぐ三時になるので、登志子はお湯を沸かした。姉も気配を感じたのか絵筆を置き、リビングにやって来た。お茶の時間にはコーヒー、紅茶、抹茶をその日の気分で飲んでいた。コーヒーの日が圧倒的に多かったが、この日は抹茶にした。冷蔵庫から桜もちを取り出して皿に盛り、抹茶は登志子が点てた。茶碗は三十年前に家族旅行した時に求めた、萩焼と薩摩焼にした。姉が言った。

「指宿《いぶすき》には母さんも一緒で、砂風呂を楽しんだねえ。外は一面菜の花畑が広がり、母さんが綺麗じゃのーと感動した言葉が、今も耳に残ってるわ。母さんは戦前も戦後も苦労のし通しだったから、多少余裕が出て来た娘二人があちこち旅行に連れて行き、晩年はまあまあ幸せだったのかなあ」

「本人もそう言ってたな。私たちもあと何年かしたら、否でもあちらの世界へ行かなきゃあならないんだから、かりそめの日々を生きてるんだと、つくづく思うな。愛したり、憎んだり、わずかばかりの成功を有頂天になって喜んだり、人間って、可愛いものね」

「あんた、えらい達観したことを言うじゃないの。地上での生活はかりそめの日々ではあるけど、それが結構長いんだよね。私が九十歳になろうとはねえ」

「ほんとにねえ。〈人生百年時代〉と言うけど、百年は長いのか、短いのか。昔々ギリシアの主神ゼウスがパンドラという名の女に箱を持たせ、絶対に開けるなと言ってあったのに、好奇心に負けて開けちゃった。すると、あらゆる悪や嫉妬や邪心などが飛び出した。慌てて蓋を閉めると希望だけが残った。それ以来、人間は邪悪だらけの、苦労の多い世の中で生きていく運命を背負わされたから、百年となると、大変でもあるな」

「パンドラねえ……、私たちだって、この歳になって、やっといろんなことを乗り越えて今に至るわけだけど」

姉は含みのある言い方をした。その過去を知るゆえに、登志子は胸が騒いだ。妻子ある男との恋愛や、どう考えても誠意があるとは思えない男との恋愛など、その時は家族の意見に耳を貸さず、大変だったのだ。自分も彼や彼の弟妹とのしがらみに心が揺れ、愛憎に苦悩した日々もあったけど、今は弟妹を憎む気持は薄くなり、許しの気持が勝っていることを実感している。

「歳月が痛みや憎しみを和らげてくれるのは、確かだね。もはや切羽詰まった悲嘆や憎悪の感情が和らぎ、懐かしい思い出に変わっているのね」

そう言いながら、登志子は深い溜息を吐いていた。

「ま、すべては抗いようもなく過去になってしまうのね。そして自分の周囲から一人、また一人とあの世へと旅立って行く。そんな中で、こうして今日もまあまあ健康で、私は好きな絵を描き、あんたは小説を書いて過ごせるんだから、我らは果報者と思わなくちゃあね。明日も、また明日も、そのまた明日も、我らに幸あれ、だね。抹茶で乾杯、というわけにもいかないか」

そう言って姉は声を立てて笑い、登志子も釣られて笑った。

猫たちがいつの間にか傍にやって来て、おやつをねだっているふうだった。

「あんたたちは矢沢家に拾われて、ラッキーだったね。おやつなんて貰える猫はめったにいないんだよ」

登志子は袋から餌を取り出して、五皿に入れてやるのだった。

（四）

退院後の二週間は、手紙の返信や雑用で飛ぶように過ぎていき、五月の連休もあっという間に終わった。作品の方はまあまあの進み具合だ。

連休が明け、七日の午後、山田朋子からまた電話がかかってきた。くどいようだけどと前置きして、明日、八日は予定通り、十二時半にクレセントホテルの六階〈瀬戸〉で待ってるから、と確認した。それから花木さんは明日急用ができて、来られないということだった。

「あなたのことを足立さんに話すと、物書きの人と知り合いになれるなんて、初めてよ、嬉しいな、と喜んでたわよ。ひょっとしたら、自分のことを書いてほしいなんて思ってるんじゃないかしら?」

「どうでしょうね。私の心にグッとくるものがあればね。恋愛なら何でも作品になる、というわけでもないのよ」

「ま、とにかく会って、聞いてあげてね。彼女はあなたに期待してるようだから」

「分わったわ」

電話はそれで終わった。山田朋子にお供するだけだと思っていたら、いつの間にか自分が主客で、朋子が付き添いのような形になっているので、苦笑した。事の経緯を姉に話すと、

「今さら他人の恋路に関わるなんて、うまくいくわけないでしょ。面倒なことになるだけよ。恨まれたりしたら、大変だよ。もっとも、前科のある私に言えたもんじゃないけどね」と笑った。

「こっちは病友と久しぶりに会って、ランチするだけの軽い気持だったんだけどね」

「深入りしないこと。お医者様でも草津の湯でも、治すことができないのが恋の病だからね」

「経験者は語るなあ」

登志子が剽軽《ひょうきん》な言い方をすると、姉はプッと吹き出し、二人してしばらく笑った。今は笑い話で済むけれど、当時は相手を離婚に追い込んで、何が何でも結婚するかに見えた。相手が金銭的にルーズで、借金も相当あり、食事に行ってもいつも姉に払わせるので、人間的に疑いが生じて、別れたのだろう。別れて清々したと言って、姉はまるで未練を感じないように見えた。

登志子の場合は違っていた。結婚を約束しながら、トップの役職に就いた彼は週二度も上京して文部省などの役人と面会して交渉するなど多忙を極め、しかも癌に侵されて、結婚の約束も果たさずにあの世へと旅立って行ったのだ。けど、彼は未だに登志子の心に住み着いていて、人生を一緒

に歩んでいるのだった。

それを姉は不思議に思っているようだし、友人たちもそんな心情を理解し兼ねるようで、それに対して登志子は「法律上の結婚はしなかったけど彼はせいいっぱい愛してくれたし、私がそれほど彼を好きだったたっていうことよ」としか応えられなかった。「亡くなって二十五年にもなるのに、あなたって奇特な人だね」と言われれば、そうなのかもしれない。心情の不思議さを、登志子自身もそれ以上説明することはできない。これは理屈ではないのだ。


八日は五月晴れと言うにふさわしい快晴。他者と会うとなると、やはり朝からいつもとは違う気分だ。洋服ダンスから取り出した服は、やや抑え気味のピンク系。二年前デパートでマネキンが着ているのを見て気に入り、少々値段は張ったけど、迷うことなく買ったものだ。デザインがモダンで、鏡に映る姿はとても見栄えがよい。平素はラフな服装をしている登志子だが、出かける時は色調や格好の良さを考えて洋服を選ぶので、見違えるほどハイセンスだと、身びいきの姉が言う。

十二時十分前に車を発進させる。渋滞がなければクレセントホテルには約二十分で到着するが、万一を考えて早めに出発した。

幸運なことに車はスムーズに進み、予定通り二十分で到着した。ホテルの駐車場に車を入れ、エレベーターで六階へ。〈瀬戸〉の受付で山田朋子の名を告げると、係の和服の女性が「はい、予約をいただいております」と言って、窓辺の予約席へと案内してくれた。登志子が座って、メニュー

を見ていると、

「わあ、長いこと待たせちゃった？」

背後で山田朋子の華やいだ声が弾けた。

「私もほんの数分前に来たばかりなの」

「そう、よかった、あまり待たせなくて」と言うと、後ろに控えていた女性を指さして、

「この人がこの前お話しした旧姓足立浩子さん、現在は松村さん。いろいろ悩みがあるんだって。お食事しながら相談に乗ってあげましょうよ」

そう言うと「そう、そう、この方が物書きの矢沢登志子さんよ」と紹介した。

二人が同時に「初めまして」と頭を下げて挨拶し、名刺を交換した。名刺には旧姓のままだった。

足立浩子の職場は、公立の大きな病院の薬局だ。今時の人は、結婚しても仕事を続けているのだ。

「今日のお奨め料理で、いい？」

山田朋子が二人の顔を見ながら言った。

「私は、いいわよ。何だって美味しく食べるんだから。この方は？」

登志子の言葉に応じて足立浩子は「私もそれでいいです」と遠慮がちに言った。一人の男性を追い求める人だと聞いていたので、食べ物にもこだわるかと思っていたが、あっさり人の意見に賛成するので、意外だと思った。

まず小さな七輪と鍋、薄切りの豚肉が用意され、係の女性が火をつけてくれた。他に季節の野菜

の和え物や、卵とじに赤だし、巻き寿司など、かなり豪華に並べられた。

「うちは少しばかりこのホテルの株を持ってるから、二割引きなの。二千円程度に納まるから安心して」

山田朋子が得意そうに言った。

食事が終わるまでは料理やファッションなど世間話をしていたが、デザートの段階で山田朋子が話題を変えた。

「足立さんは悩みがあるんでしょ。吐き出せば気持が少しは楽になるかもよ」

「やっぱり……、別れようと、思います」

足立浩子は言いにくそうに言った。

「えッ、まだ新婚三ヵ月だよ。それに、清水先生も婿入りされてるということだし」

山田朋子が歯切れの悪い言い方をした。

「それはそうなんですが、初めからこの結婚はおかしかったの。新婚旅行を決める時も彼は乗り気がなくて、どこだっていいと言うし、パリではルーブル美術館にはみんなと一緒に行ったけど、自由時間にオルセー美術館に行こうと誘っても、ぼくはホテルで寝てるから、君だけ行ってこいなんて言うの」

「へえー、もったいない。芸術の都に行ってオルセー美術館に興味がないなんて、珍しい人ね」

山田朋子は驚いた様子だった。登志子は先ずは足立浩子の言うことをじっくりと聞くことにして、口を挟まなかった。

「だから私だけオルセーに行ったの。絵を観るのは好きだし、一人の方がかえっていいかとも思ったけど、でも、新婚旅行で妻を一人で行かせる男って、おかしいと思いません？」

「それはそうだね、お医者様としては立派な方なんだろうけど、新婚の夫としては、ちょっと思いやりが足りないかもね。これから生涯を共にしようという女に、しかも外国で、そんな事でいいのかしら？　ねえ」と、山田朋子が登志子に問いかけてきた。

「そうねえ、ちょっと変かな。よほど疲れていたとか、理由があったのかしら？」

「理由なんて、ありません。私たち、ツアーで見学が終わるとみんなでレストランに行って夕食を済ませ、ホテルに帰ってテレビ見てすぐ寝てたんだから、そんなに疲れるわけないわ。私もそれ以上のことを望んでなかったから、その場はそれでもいいかなと思ったりしたんだけど。でも何かおかしいでしょ？」

足立浩子は胸の内で不満が渦巻いているようだった。

「それに免税店では結構ブランド物の財布やネクタイなど自分のものを買うのよね。男はそんなことにあまり関心がないと思ってたけど、違うの。ブランドに大いに関心ありよ」

「質のいい物や、流行のものを好きなんでしょうね。それは好みの問題でもあるから、あまり気にしなくてもいいかもよ」

山田朋子が客観的な言い方をすると、足立浩子は、

「あなたの夫がパリまで行って、オルセー美術館に無関心で、そういうことに熱心でも、いい？」と訊いた。

「そりゃあ、いいとは思わないけど、あの人の好みだからと諦めると思う。価値判断をしてると、これまでの平和共存が崩れるでしょ。こんな言い方、歯切れ悪いかな」

「悪いですよ、大いに。新婚旅行なんだからもう少し格好つけて、妻をいたわる態度を見せてほしかったな。結婚って妥協の産物と言う人もいるけど、毎日を妥協して生活するものなんですか？」

足立浩子は溜息交じりに、質問した。

「そうねえ、妥協の産物、種の保存、孤独の表面的解消、いろんな側面があるわねえ」

山田朋子は答えあぐねているようだったので、登志子が口を添えた。

「あのねえ、いろんな人がいて、いろんな結婚の形があるのよ。確かに、山田さんが言うように、種の保存、孤独の表面的解消、など妥協的な面があるわね。でも、心から愛し合って、精神的な結びつきが強い結婚だってあると思うの」

「それ、それなんです。心から愛し合うのじゃないと、一緒に暮らす意味がないわ」

「青い、青い、ほんとに心が青い。結婚って、現実の毎日の生活なんだよ。恋愛中の燃えるような愛は陽炎《かげろう》のようなもので、実生活の中ではそう長くは続かないの。ある諦めと、努力、そう、努力が要るのよ」

「山田さんは、心がおばさんなんだ。それでも毎日をやり過ごせるんだから、ホントーにお幸せで、羨ましいな」

足立浩子は皮肉たっぷりな言い方をした。

「まっ、生意気言って。結婚って、およそ、そんなもんでしょ。それ以上でもないし、それ以下でもない。多くの人が結婚生活を維持しているのは、それなりに、まあまあのところがあるからよ。ねえ」

同意を求められて、登志子は答に困った。

自分は理由があって法律上の結婚はしなかったけど、大恋愛をして一時的に同棲をしたこともある。二十五年も前に故人となっている彼が、未だに心に住み着いているのだ。だから制度としての結婚は、どうでもいいと思っている。この点では足立浩子の考え方に同感だ。

同意を求めて山田朋子は登志子の顔を覗き込んだので、何か言わないわけにはいかなくなった。

「ともかくも、ご主人との生活をもう少し努力してみよう、という気はないのですか？」

新婚旅行までした人に愚問だと思いながら、敢えて訊いていた。

「新婚旅行と言ったって、さっきお話ししたような状態だったので、迷ってるんです。このまま離婚したら、みっともないことこの上ないでしょ。私だって誇りは持ってるから、傷ついたまま引き下がることは嫌だし、かと言ってDVがあるわけでもないし……、ただあんな情熱のない人とこれからずっと生活すると思うと……、お先真っ暗な気がするんです。きっと間違った結婚をしたんでしょう」

「そう、確かに、この人と人生を歩みたい、という情熱がないと、惰性に流れるわね。相手の職業や学歴などで打算が働いたのかもしれないけど、ひとたびは結婚しようと思い、実際結婚したんだから、くどいかもしれないけど、もう少しよく考えて、結論を出した方がいいんじゃあないかしら。離婚はあなただけでなく、相手をも傷つけることになるんだから」

「矢沢さんが言うとおりよ。今日明日に結論を急ぐんじゃなく、どちらにとっても、できるだけいい方向が出るよう、考えてね」

山田朋子の言葉に、足立浩子が大きく溜息をついた。

「ごめんね、私、おばさんだから、いい相談相手になれなくて。矢沢さんは男女の愛をテーマに小説を書く人だから、これからも相談に乗ってあげてね」

こうして食事会は終わったが、登志子はいい相談役になれなかったことで、苦い思いを嚙みしめながら帰宅することになった。

（五）

その夜、早速山田朋子から電話があった。

「彼女、幸せな初夜を過ごすことができなかっただけじゃなくて、その後もセックスレスのような生活らしいじゃないの。三十七歳の男と三十二歳の女が一つ屋根の下で、そんなことで、これからの人生をやっていけると思う？」

いきなりストレートな話で、登志子も的確な応答ができなかった。

「そうね、性は結婚生活で重要な部分を占めるから、その潤滑油がないとなると、結婚生活はうまくいかないかもね。夫をいっそう嫌になるかも。かたや、清水先生が好きでたまらない気持が嵩じて、余計に夫に失望するってことかな」

「清水先生もいけないのよ。彼女の退院祝いに一緒にお食事でもしてあげて、と私たち同室の者が懇願すると、ちゃんと実行してくれたまではよかったんだけどね。その時の服装やマナーが実に紳士的で、彼女はますます惚れ直したと言うんだから、先生もその心を素直に受けてあげればいいのに、自分は患者さんには手を出せないなんて、律儀なことを言ってさ。馬鹿だよ、あの男も。あんな五十も出た、子持ちの離婚女と結婚するぐらいなら、足立さんと一緒になった方がよっぽど幸せになれるのにさ」

山田朋子は時間の経過とともに腹立たしさが倍加したのか、口調も荒っぽくなった。

「まあまあ、そんなに興奮しないでよ。事はなるようにしかならないんだから」

「そうではあるけど、足立さんが可哀想じゃないの。ご覧のように、顔立ちもよく、いい仕事にもついているのに、それに性格もそう悪くないでしょ」

「そうだね。出会いの運が悪かったのかなあ。まあ様子を見ましょうよ。私に何か言ってきたら、誠意をもって対応するから」

「頼むわよ。また、三人で会おうね。足立さんを慰める、いや、励ます会も悪くないでしょう。それに、あなたも時にはパソコンを離れて、頭を空にすることが必要よ」

「そうだね、また誘ってよ」

登志子がそう言うと、山田朋子もようやく気持が収まったらしく、電話を切った。

姉が言うように男女の問題は面倒で、大変で、しかも話がうまくまとまることなどまれで、手を焼く問題なのだろう。

それにしても、清水医師はなぜあのような結論を出したのだろう、と登志子は思う。私立としては大きな病院の、院長になりたかったのか。つまり名誉欲に負けたのか。口下手だが、患者に対する態度は真面目で、お陰で登志子も股関節の手術が成功し、颯爽と歩けるようになったのだ。医師として患者の痛みを取り除いてやろうと一生懸命だったように思う。

では離婚した年増の女性に並々ならぬ魅力があり、その魔性に絡めとられたのか。清水医師は傍目には風采が上がらない男だが、その女から見ると男性として魅力があり、これは取り逃がせないと思って、しっかりと捕まえて離さなかったのか。清水医師を知っているだけに、登志子はどれも苦笑せずにはおれなかったが、〈蓼食う虫も好き好きか〉と、その諺をまた発していた。

そしてロシアの文豪トルストイの『アンナ・カレーニナ』など、東西古今の名著の中に答が、いやヒントがあるように思え、男女の問題はどんな形もあり得る、恋愛小説を読むといい、と改めて思うのだった。

自分は彼が鬼籍に入って二十五年たっても、毎日をともに過ごしているような感覚で生きている。だから足立浩子が結婚してもなお清水医師が好きだという気持を持ち続けることを非難したり、奇特な人だと笑ったりしない。でも、間違った結婚をしたと言う彼女に、何を言えばいいのか。創作の中では何とでも言えるが、現実問題としては、逡巡するばかりの自分が登志子は歯痒《はがゆ》いのだ。

さっきから猫のヒナが傍でミャーミャー鳴いている。電話が長いと猫は嫉妬して「早くやめろ」と鳴くらしい。

「はい、はい、長電話でごめんね」と言って抱いてやると、やっと鳴き止んだ。やれやれ、この歳になって、猫のご機嫌を取らねばならないなんてね、と言いながら登志子は声に出して笑った。

光沢のある若葉の季節はそう長くない。緑が濃くなり、光沢もしだいに薄れて、葉は厚みを増し、鬱蒼と茂ってきた。もう夏の兆しが見え始めている。庭の様相も変化していた。花はゼラニュームやペチュニア、ベゴニアにマリーゴールドの全盛時代だ。庭木の下のあちらこちらに、植えた覚えはないのに、百合の花のつぼみが膨らんでいた。そよ風に乗って来た種子がうちの庭に落下して、花開いたという。球根だけでなく、こんな芽生え方もある、と友人に教えてもらった時は驚いたものだ。

時々鶯の鳴き声が聞こえる。近くのゴルフ場の一角に森が残り、そこで鳴いているのだろう。ケキョ、ケキョ、ホーケキョ、ケキョ、抑揚のある鳴き声は、何を意味しているのだろう。快晴で微風は、鳥たちにも心地よいのか、嬉しがっている声のように聞こえる。

さっきから登志子はパソコンを打つ手を止めて、じっと耳を傾けている。ちょっと違う鳴き声が連呼しているようにも聞こえる。二羽いるのだろうか。恋人同士なのか、親子なのか、いろいろ想像してみるのも楽しい。でも、よくあんなに長く鳴き続けられるものだ、と感心する。

創作はかなり進んだ。目指すは四〇〇字詰で百二十枚程度。ようやく三分の二あたりだ。何度も読み直しては推敲しながら進むので、速度は遅い方だろう。

一時間ほど書いては椅子から立ち上がり、自分なりの血流をよくする軽い体操をする。数分間のことだが、こうすると持続力が増すだけでなく、体力増強にもつながるのだ。若いころは何も考えなくてもよかったが、年齢を重ねるにつれて意識して健康管理をしないと、好きなこともできなくなる。

友人たちはこの話やリハビリ体操のことを言うと「そんな毎日きちんとはできない。ついさぼりたくなる」とすぐ白旗を掲げるが、登志子はこの点に関しては自分に厳しい。頼りにしている同居の姉が病臥に伏し、亡くなった時を考えると、子供のいない登志子は独りぼっちになる。甥や姪はいるが、叔母の面倒をみるような優しさと人の好さはないし、また彼らを当てにしてはいけないのだ。

つまり自分は、人生の終わりまで独りで自立して生きねばならないのだ。それゆえ、このことは肝に銘じておかねばならない事項で、これしきの事を厭《いと》ってサボってはいけないと思っている。

夕食後、七時のニュースを見ていると、アメリカのトランプ大統領が来日したニュースを報じていた。登志子はトランプの言動に賛同し兼ねることが多く、ノーベル賞クラスの学者が多いアメリカも、政治の面では人材不足なのだとつくづく思う。その風貌にも言動にも品性が感じられないばかりか、彼を見習って大衆迎合のポピュリズムが世界に蔓延しつつあることを憂えている。

インターネットは調べ物をする時には確かに便利はいいが、登志子はブログやツイッターなどはしないし、他人のそれを読みもしない。それらは個人が自分の意見を一方的に述べたに過ぎず、間違った情報を信じて虚偽を拡散させたり、他人を誹謗中傷して傷つけたりすることが多い。要するに客観性に欠け、信用するに足りないからだ。

新聞は一応裏を取って報道するが、ポピュリストはそれをフェイクニュース（偽情報）だと決めつける。そんな風潮が世の中にまかり通ると何が真実か分からなくなって、人々は思考停止状態になり、民主政治は衆愚政治に陥ってしまう。トランプのことが報じられるたびに、登志子は困った世の中になったものだと嘆かわしい気持になるのだった。

テレビを見る時は、リラックスした姿勢で見る。つまりソファーに座って、スツールに足を伸ばすのだ。すると猫たちが伸ばした足に乗って来る。少々重たいが、可愛いのであまり苦にならない。猫は甘え上手で、私の負けだ、といつも苦笑する。人間も猫と同じ。甘え上手な者が得をするのだろう。

ニュースが終わると衛星放送に切り変え、時事問題の番組を見る。一月ほど前に高齢ドライバーが暴走し、三歳女児と母親を死亡させた交通事故が起きた。事故を起こした本人はブレーキを踏んだと言い張っているようだが、恐らくアクセルを踏み間違えたのだろう。

このところ高齢ドライバーの暴走による死亡事故が頻発しており、この事故をきっかけに高齢者にはペナルティを課すべきだとか、免許返納を推奨すべきだなどと世論が巻き起こり、番組でもこうしたこと全般が論じられていた。

認知症が始まっていることに気づかずに運転をする高齢者がいることには、空恐ろしさを感じた。登志子は、自分はまだその点では大丈夫だが、後十五年はハンドルを握りたいので、いっそう気を引き締めて運転しなくては、と改めて思うのだった。

自室に上がってパソコンを起ち上げようとした時に、電話が鳴った。

「遅い時間に申し訳ありません」と前置きして、足立浩子がかけて来たのだ。

「あれから十日過ぎましたが、夫と共存していくことを努力してみましたけど、やはり気持がついていきません。仕事にはちゃんと出ていますが、頭がおかしくなりそうです。もう一度会っていただけますか？」

声に緊迫感を感じて、登志子は嫌な予感を覚えた。

「この前以上のお話はできそうもないな。それに今書くことに集中したいのだけど……」

「……」

足立浩子は沈黙したままだ。電波を通して息苦しい気持が伝わって来て、登志子は何か言わずにはおれなくなった。

「あなたも大変なのね。三日後の二十五日、土曜日ね、午後なら何とかなるかな。それでよければ？」

「それで結構です。ああ、よかった」

足立浩子のホッとする息遣いが聞こえてきた。

「じゃあね、二十五日、土曜、午後二時、どこで待ち合わせたらいいかな……、そうだ、うちに来る？」

「えっ、プライベートゾーンに立ち入ってもいいんですか？」

「そんな隠すこともあまりないし、その方が私は交通時間を節約できるのよ。バスセンターの一番線で井口台行きに乗って、公園前で下りれば、すぐよ。あなたの帰り道の途中下車って感じでしょ」

「分かりました。二時ごろ到着するように行きますので、よろしくお願いします」

「じゃあ、その時間に待ってるから」

登志子はそう言って電話を切ったが、男女の問題はややこしく、そう簡単には解決しないだろうと思った。悠久の時の流れからすると一瞬にすぎない人生で、折角出会った男女が毛嫌いしたり、憎み合ったり。蔑みあったりするよりも、もっと楽しく過ごしていこうと努力した方が幸せになれることは分かっているのに、そうならないのが人生であり、人間の罪深い業《ごう》なのだ。自分は諸事情で彼と結婚できなかったけど、それゆえに彼はいまだに心に生き続け、愛は惰性に流れることはないのだろう。

こんなふうに人生に躓《つまず》いて悩み、苦しみ、そうした中にも些細なことに喜びを見つけて、また前に歩き出すのが、人間の人間たる所以《ゆえん》なのかもしれない。それを文字に記すのが、小説なのだ。そう思いながら、登志子はパソコンのキーボードを打っていった。


その日はすぐやって来た。

玄関チャイムが鳴り、「足立浩子です」と声が聞こえた。

「いらっしゃい、どうぞ」と玄関のドアを開けると、青白い顔をした足立浩子が「失礼します」とお辞儀をして入って来た。リビングへ通し、ソファーに座らせると、足立浩子は包みを差し出して言った。

「これ、私が焼いたクッキーです。召し上がってください」

「まあ、気を遣ってくださって、ありがとう」

登志子はすぐに包みを開け、

「まるでプロ並みね。万一失業しても、これで商売できるわよ」と言いながら、続けた。

「お菓子は私も用意してるけど、これも少し出しましょうね。で、飲み物はコーヒーがいい、それとも紅茶にする？」

「紅茶にします」

「すぐ入れるからね。うちのお菓子はマドレーヌよ。作るような能力はないので、既製品でゴメンなさいね」

「いろいろと、すみません」

登志子はカップに紅茶を入れ、お菓子と一緒にトレーにのせて「さあ、召し上がれ」と差し出した。足立浩子はお腹がすいていたのか、美味しそうに紅茶を飲み、お菓子を食べた。

「顔色、あまりよくないようだけど」

登志子がそう言うと、

「例の件で、このところあまり寝てないので」と応えた。

「それはいかんねえ。いろいろ心配事があるとは思うけど、体あってのことよ。食べて、寝る、この基本は守らないと、体壊すわよ」

「それは分かっているのですが……」

会ってほしいと言うだけあって、足立浩子は相当悩んだらしく、顔色だけでなく、ひとまわり痩せたような気がした。

「で、話とは例のことでしょ」

「ええ、この前お話ししたような生活がその後も続いていますので、私から離婚を切り出してみました。すると彼は、一年たってからなら、それでもいい、とさらりと言うんです。それまでは駄目だと。そして、この家で過ごすことも絶対条件だと」

「どうしてそんな、勿体《もったい》を付けちゃって」

「やはり体面だろうと思います。すぐ別れると、何か体に原因があると詮索されるのが嫌なんでしょう。一年ぐらいたてば、性格が合わなかったとか、普通の理由になるのでしょうね」

「そうなのか……。立派な職業についてらっしゃる方だから、いろいろ勘繰られるのはプライドが許さないのね」

「そんな彼に、ふっと殺意を感じることがあるんです」

「エッ、それはダメ、それだけは実行しちゃダメよ。あなたの人生そのものが、それで終わっちゃうから」

「分かってはいるのですが……」

「それだけはダメ。約束してね」

「分かりました。お約束します。私たちは離れの一戸建にいるのですが、医院は市街地にあります。母屋にはリタイアした彼の両親がいて、とてもいい方なのですが、とくにお義母さんが顔を合わせると、おめでたはまだ、と訊くんです。そのたびに笑ってごまかしてますけど、それが耐えがたく嫌なんです」

「そうなのか……、つらいわね。彼のプライドというのが、困ったもんだね。ただ、ひょっとして、あなたに愛情があるのかもよ。一年すれば体の方は何とかなるかもしれない。そしてあなたが彼に愛情を感じてくれるかもしれない、と密かに思っているのかも」

「それはないでしょう。私に対する愛情なんて、日頃の言動から、考えられません」

「そう、それは残念だね。どうしたらいいかなあ……。別れるのなら、早い方がいいようにも思うけどな。その一年に意味があるのなら別だけど」

「それなんです。私にとっても、彼にとっても、大事な持ち時間ですもの」

登志子は思いあぐねて「庭に出てみない？」と誘ってみた。別に意図があったわけではない。ただ、樹木の下草の中に白百合が数輪、咲いているのが見えたからだ。数日前にはまだ蕾《つぼみ》だったのに、満開に咲いている。生命は不思議な力を持っている。そのことに登志子は感動していた。

鼻先に甘い、いい香りが漂って来る。登志子はそれを深く吸い込む。ただそれだけのことなのに、心が膨らんで、優しい気持になれるのだ。

「百合の花って、いい香りがするんですね。あの方の机に挿してあげたいな」

「あの方って……、清水先生のこと？」

「ええ、尊敬する先生。ステキな紳士ですの」

「そう、山田さんからお聞きしてるわ。今も股関節の治療で、先生の医院に通ってらっしゃるの？」

「はい、二週間に一度。医師と患者の関係ですが、それでもいいんです。あの方のお顔を見ることができるだけでも、ほんの一時ですが、気持が晴れるのです」

「そう、私にも若き日にそんな経験があるな。だからその気持、よく分かるわ」

登志子の胸に若い日が蘇り、熱い思いが波打っていた。

「よかった。嬉しいです」

「ただ、清水先生は既婚者だし、それも結婚されて間がないし、困ったわね」

「それでもいいんです……。二週間ごとにお目にかかれるから、それだけが救いです」

「そうなのか……、足立さんって、ほんとに純粋なのね。今時、そんな人、少ないわ。そんな人が不幸であってはいけない。幸せにならなくては」

登志子はそう言わずにはおれなかった。ただ一人の男性を愛し続けた自分の内面を、覗いているような気がした。縁談が多くある中で、結婚にたどり着くまでに難題があり過ぎる男を何故愛するのか、と周りから詰問されることが多かったが、自分は一歩も引かなかった。結局、彼は外面上の仕事には成功したが癌に斃れてあの世に逝ってしまい、結婚はできなかった。でも、登志子はそれでもいいと思っている。愛し続けたことが、そして今も彼が心に生き続けていることが、登志子にとっては大事なのだ。

そうではあるが、この三十代の前半の女が、これで果たして幸せになれるのだろうか、と心が痛むのだ。離婚を決意しながら、一年間待て、そして一つ家に暮らすように、と夫は言っている。好きな男は別の女と結婚したばかり。その男に二週間に一度、股関節の痛みを診てもらう。それだけを頼りに本当に生きていけるだろうか、と登志子は不安と疑問を感じるのだ。

「幸い、私は公立病院の薬局で働いているので、経済的にはどう転んでも生きていけます。後は心の問題だと思います。ただ、一年間も彼の家での生活を強いられる、それが嫌なんです。そうまでして、私が彼の体面を守ってあげなければならないのでしょうか？」

「……あなたはある面で優しいのね。今すぐにでも家を飛び出したいのに、なお彼や彼のご両親のことも考えてしまう、でしょ？」

「そうなんです。優しくはないけど」

「私があなたでも、悩んだ挙句、やっぱり結論を出しかねるだろうなあ。それにしても、ああ、難しい問題ね。適切なアドバイスはできそうもないな、ごめんね」

登志子はそう言って、深く頭を下げた。

「ごめんなさいを言わなきゃあならないのは、私の方です。私の悩みを聞いていただいて、気持が少し落ち着きました。お時間を取っていただき、ありがとうございます」

「清水先生は私も存じ上げてる方だけど、どうしてあんな結論を出されたんだろう。あなたと一緒になった方がよっぽどいいと思うのにね。ほんとに大バカヤロウだ」

「そんなにおっしゃらないでください。ステキな方なんですから」

足立浩子はややムキになって言った。

「ごめん、ごめん、あなたにとっては白馬に乗った王子様なんだからね」

そう言いながら、ふっと愉快な気持になり、笑った。足立浩子も「私も相当バカな女かな」と言って笑っていた。

ちょうどその時、姉がトレーにアイスクリームとイチゴをのせて持ってきてくれた。

「楽しそうね。お悩みが晴れましたか？」

とんちんかんなその問いに、足立浩子はまた笑った。

「そうじゃないのよ。悩み事がそんなにスピーディーに解決するようなら、そんなの悩みじゃないわよ、ねえ」

登志子の言葉に対して、足立浩子はただ微笑んでいた。時間も相当経っていたので、登志子は「これ食べたら、今日のところは、終りにしましょうね。どうしても気持が沈むときは、またいらっしゃい」と促した。

「私って少し元気になっては、また弱るので、どうぞ見限らないでくださいね。イチゴ、美味しかったです」

そう言うと、キッチンの姉にも礼を言って帰って行った。登志子はその後ろ姿を見送りながら、若き日の自分を見るようで、胸が痛かった。

（六）

あの日からすでに一週間が過ぎている。もうすぐ梅雨が始まるのだろう。

庭に紫陽花が咲き始めた。花言葉は〈移り気〉だそうで、人々はこの花を好きだ、と大っぴらに言うことにためらいを感じるらしい。だが、登志子は紫陽花が大好きだ。大粒の雨が降ろうと、風が吹こうと、形を崩さずに立っている。そんなに頑丈な花びらでもないのに散りもせず、折れもせず、風雨に耐えている姿は感動を呼ぶ。そして励まされるのだ。

電話が鳴った。山田朋子だった。

「その後、彼女、何か言ってきた？」

「ええ、一週間前、会ってほしいと言うので、会ったわよ。あなたには彼女から報告すると思って、連絡しなくてごめんなさい。彼女の方から離婚を切り出して、夫は認めてくれたそうだけど、条件付きでね。一年先でなきゃあダメ、そして今の家で生活すること、この二つの条件をクリアしないといけないんだって。彼の両親が隣の母屋に住んでいるので、それへの配慮と世間体なんでしょうね。そんな回りくどいことしなくてもいいのにねえ。彼女が、彼を嫌がるはずだよ」

「そうよ。私にも同じようなことをメールしてきたけど、変なプライドを持った男だね。あの家をすぐにでも、飛び出すことはできないのかしら？」

「母屋には彼の両親が住んでいて、そうしたしがらみもあって、すぐ飛び出せないようよ。要するに、彼女は優しいのね」

「じゃあ、一年待つのかしら？」

「さあ、そこのところは分からないわ。いいアドバイスができなくて、悪いなあと思ってるの」

「まあ、聞いてもらえる人がいるだけでも、慰められるんでしょ。お話変わるけど、クレセントホテルでビヤガーデンが始まったから、また三人で会いましょうよ。私が計画たてるから。また電話するわ。じゃあ、バイバイ」

山田朋子の電話はそれで終わった。

取り組んでいた作品がようやくでき上がった。もう一度通読して、完成ということにしよう。二日後には原稿を印刷屋にメールで送るつもりだ。

少しだけ休んで、次の作品に取り掛かるのだ。「継続は力なり」と言うではないか。ストーリーの大筋は頭の中ででき上がっている。実人生は一回きりだが、作品の中で別の人生を疑似体験できるので、作家は得をしたような気がする。次の作品の主人公は四十代の男性だ。男を描く時は、彼を思い出して参考にしている。


「お茶にしませんか？」

昼食後、書斎で本を読んでいると、階下から姉の呼び声が聞こえた。

「オッケー、今行きます」

本を閉じると、登志子は階下へと向かう。六十代前半までは階段を走って下りていたが、今は手摺を持ってゆっくりと降りる。万一足を滑らすことがあっても手摺を持っていれば、せいぜい二、三段で止まるだろう。それなら怪我も小さくてすむ。若作りの登志子も、こんなところで、歳を感じるこのごろだ。

「さっき食材を買いに行って、美味しそうだったからついでに買ったの」

「まあ、モンブランじゃないの。嬉しいわ。あの雪を頂いた山を思い出すな」

「あの当時はつまらん恋愛を清算して清々したつもりだったけど、やっぱり心は相当傷ついていたの。だからあの雪を頂いた雄大な山を見て、なんてちっぽけな自分だ、そして馬鹿げた恋に気づかされ、気持が癒されたのよ。美味しそうなケーキを見て、ふっとそんなことを思い出しちゃった。今は昔、の物語ね」

姉は五十年以上も前のことを、そんなふうに言いながら笑った。

あの旅行は登志子が誘ったのだ。母もまだ生きていて、情況をよく分かっていたので「行っておいで」と勧めてくれた。愛したり、憎んだり、泣いたり、罵倒したり、眠れぬほど悩んだり、と姉の状況に家族は振り回されて大変だったが、歳月が浄化したのか、想い出の一つになっているのだろう。

「そうだね。時はすべてのものをそよ風に乗せて、過ぎ去っていく。なんだか、かりそめの日々を過ごしてると、実感するな」

「そのそよ風に乗せてって、いいフレーズじゃないの。私の絵のタイトルにしてもいい？」

「どうぞ、どうぞ。ただ、こないだのノートルダム寺院の方はどうなったの？」

「下絵はほぼできてるわ。五十号だから、これから本塗りが大変だけど、楽しいのよ」

「その歳でそこまで楽しんで描けるとは、大したもんだよ。リスペクト、尊敬するな」

「またまた、おだて上手なんだから」

姉は声をたてて笑ったが、まんざらでもなさそうだった。

「ところで、こないだの離婚したいって人、その後どうなった？」

姉が話題を変えた。

「まあ、現状維持ってところかな。離婚することは決まったけど、愛することのできない夫と一年間は同居が義務付けられてるの。彼女は心から好きな清水先生——最近離婚歴のある年増の女で、亡くなった病院長の娘と結婚したばかりの先生に、二週間に一度診てもらうことだけを心の支えとして生きて行くって言うんだから、純情物語よね」

「あんたと似てるじゃないの。一途な愛に生きるってことが。本当に人生それぞれ、なのね。そうではあるけど、かりそめの人生とはいえ、もう少し愛に恵まれないものかしら」

「心の中で清水先生と生きてるから、彼女にとってはそれが愛なのよ」

「ピュアー過ぎるな」

「報いられなくてもいい、と決心してるのでしょ。一途な愛に生きる人は、周りが何を言っても無駄だと思うな」

「そうそう、経験者は語る」と言って、姉はそれ以上言わなかった。

「何が幸せか、分からないよね。ま、聞き役しかできそうもないいな」

「それでいいのよ。自分の人生だもんね、自分が納得してるのであれば、それでよしだね」

「そうね、そろそろ書斎に戻るわ。今読んでるのはローマの物語だけど、面白いのよ。おいしいモンブラン、ありがとう」

そう言って登志子は腰を上げた。


庭の柊《ひいらぎ》やリラ、ハナミズキの葉が濃くなり、うっそうと茂っている。この前までは柔らかく、淡い色だったのに、植物の成長は思いのほか早い。庭に樹木があることは、ほんとにありがたい。緑は目を休めたり、気持を穏やかにしてくれるし、金木犀《きんもくせい》などは芳香で幸せ感を与えてくれる。それらは登志子にとっては精神安定剤に等しいのだ。

この家と敷地は三十一年前に実家とマンションを売って、なお足りないのでローンを組んで購入した。家は自分で設計して建てたので、庭とのバランスも良く、満足している。庭に木を植えたことは本当に良かったと思っている。母が生きていたころ、庭に出てお茶をよく飲んだものだが、ハナミズキを見上げて「ほお、白い花が綺麗じゃのお」と言った声と姿は、登志子の脳裏に焼き付いている。

今は紫陽花が花盛り。その年によって色が違い、紫が濃い年もあれば、赤みがかっている年もある。土地が酸性かアルカリ性かで色が変わるらしい。今年は青紫が強い。紫陽花って、まるで柔軟性が大きい人間のようだ。ふわっと綿菓子のような花が咲いていて、夢の世界へと誘いこんでくれそうな気がする。

椅子に座って庭の樹々や花を眺めていると、白内障でほとんど視力を失った愛が右往左往しながらやって来て、膝に上がろうとしたので抱き上げた。愛は近所の公園に捨てられていた半年ぐらいの子猫だった。腰に大怪我をしていたので捕まえて動物病院に連れて行き、何度も手術を繰り返して、うちで飼ったのだ。あまりにも可愛いので〈愛〉と名付けた。その後は健康で、十八年と三ヵ月が経っている。だから絆は深く、愛玩動物などではなく、家族の一員なのだ。首を撫でてやると、気持よさそうに目を細めている。

登志子はもともと犬が好きで、猫はあまり好きではなかった。あちこちに捨猫がいても、風景の中の点に過ぎなかった。が、飼って世話をしてみて、可愛いと思うようになり、捨猫に憐憫《れんびん》の情を覚えるようになって一匹ずつ連れて帰り、今では五匹になっている。

こんなふうに人の気持は変わりうるのだ。足立浩子の気持も、ひょんなことから変わるかもしれない。ただ、好きだと思い込んだら、なかなか変わらないのもまた事実だ。足立浩子が一途に清水先生を好きな気持は、よほどのことがない限り、変わらないだろう。だとすると、状況の変化は望めないのか……。そう思うと、登志子は暗い気持になるのだった。

その夜、パソコンを起ち上げてメールをクリックしてみた。いろんな業者から三十通ぐらいメールが来ていた。一度インターネットで何かを買うと、次から次にメールが来て、そのうち何十通にもなり、開けずに消していく。そして時々何通かは配信停止にする。けれど、情報を得るために十通程度は残しておくのだ。

多くのメールをいつものように消しながら、登志子は、おやっと思った。足立浩子から来ていたからだ。

矢沢登志子様
この間はお宅にまでお邪魔して私の話を聞いていただき、ありがとうございました。
その後も単調な、相変わらずの日々ですが、仕事の方は順調にこなしておりますので、他事ながらご安心ください。家庭生活は離婚を前提にしておりますので、お話ししたような、忍の一字に尽きる生活です。
でも、ちょっと（私にとっては大きな）変化がありました。実は昨日は私の三十三回目の誕生日でした。祝ってくれる者はいないけど、帰り道にある洋菓子店で美味しそうなケーキがあったので、ついつい手が出ました。一人分だけ買うのは気が引けたので、とっさに夫と義父母の四人分買ってしまったのです。

その日は六時ごろ帰宅したのですが、義母が早速やって来て、バラの大きな花束を差し出して言いました。

「秀雄が浩子さんのお誕生日のために、病院の近くの花屋に頼んだらしいわ。あなたがお勤めでお留守だったので、私が受け取ったの。鈍感なあの子が、洒落たことをするじゃないの。お誕生日おめでとう」

私は二の句が継げられませんでした。予期せぬことで、驚きと、まさか彼がそんなことを、と不思議でなりませんでした。しばらく呆然としてしまったほどです。そしてもう一つ、私を驚かせたことがありました。メッセージカードまであり、次のような言葉が書かれていたのです。

——浩子さんへ
お誕生日、おめでとう。三十三年間、いろんな人にお世話になって、よく頑張ったね。まずご両親に感謝してほしいな。これからも健康に留意して仕事やその他、いろんなことにチャレンジしてください。
秀雄

ほんとに驚きました。今まで彼からこんな優しい言葉を掛けられたことがなかったからです。彼を拒否している私も、恥ずかしながらグッときました。私ってきっと愛に飢えているのでしょうね。

そのことがよく分かりました。

その夜、食後に二人でケーキを食べました。ケーキには喜んでいましたが、思うような会話はできませんでした。ひょっとしたら彼はシャイなのか、とも思ってみたりしましたが。今もって彼がどんな人なのか、よく分かりません。

義父母にもケーキを渡しましたが、こちらは大喜び。期せずしてよい嫁を演じてしまい、苦笑しています。

こんな状態ですが、心はあの方に占領されております。それにしても、一年はほんとに長いなと思います。

矢沢様のお時間が許すときに、またお目にかかって、ご意見など受けたまわりたく存じます。

私のつたない文にお時間を取っていただき、ありがとうございました。

足立浩子

足立浩子は結婚しても夫を拒否する人だから、常識など無視する自由人かと思っていた。が、こんな礼状をくれるぐらいだから、ごく普通の常識もわきまえているようで、登志子はギャップに戸惑ってしまう。

それにしても、心の微妙さ、複雑さに登志子は改めて感じ入っていた。しばらく目をつむってじっとしていた。プラスと出るか、マイナスと出るか。問題は夫の体のこともあるだろう。せめて触れ合うことがあれば、心がつながることもあるだろうに……。それが今のところ不可となると、やはり状況は難しいだろう。

ああ、男女のことは思うようにいかない。姉が言うとおりだ。創作の世界では如何様にでもなるが、現実はしがらみが絡み合って、出口がなかなか見つからない。登志子はさっきから溜息ばかりついていた。


足立浩子のメールから一ヵ月が過ぎ去った。梅雨の晴れ間の日曜日の午後三時過ぎ、登志子が庭に出て樹々や花々を見ていると車が止まり、「こんにちは」と背後で声がした。振り向くと、足立浩子だった。

突然の来訪に「おや、まあ、運転するんだ」と驚いて、車を駐車場に入れさせ、「さあ、さあ、どうぞ」と家に招き入れた。リビングのソファーに座る前に、足立浩子は紙袋を差し出して言った。

「彼の患者さんからたくさんナッツをいただいたので、またクッキーを作りました。お裾分けです」

「そう、喜んでいただきますよ」と言いながら登志子は、訪問はそのためだけではあるまいと察知して、訊いていた。

「何か話したいのでしょ。お顔に書いてありますよ。訊きたまわりますのでおっしゃって」

「はい、さすがに作家、お見通しですね」

足立浩子はクスッと笑った。そして続けた。

「昨日、あの方の病院で股関節を診てもらいました。ついでにあの方にもクッキーを差し上げました。あの方は、もうたくさん貰ったので、次からはいいよ、とおっしゃったので、悲しくなりました。これって、ただの患者になってほしいって、暗に示してるのでしょ？」

足立浩子は登志子の顔をじっと見つめた。そんなに見つめられると心が動揺して、言葉が出にくくなった。

「……そうねえ、単純に遠慮したってこともあるけど、この場合……、あなたが言うように、婉曲にそう言ったのかもしれないわね」

「やっぱり、そうなのか。悲しいな。報われなくてもいいと思ってたのに……」

「人生って、思うようにいかないわねえ」

登志子はそうしか言えなかったが、彼女の手を強く握ると、思いつくままに言葉を発していた。

「自然界には快晴の日もあり、雨の日もある。嵐の日や吹雪の日もあれば、春うららかな日やそよ風が樹々を優しく揺らす日もある。人間も自然界に生きている限り、事の成り行きを受け容れないと、いかんのかねえ……」

自分でも歯切れの悪い言い方だと思ったが、これ以上の智慧は湧かなかった。

「一週間前、彼が話をしようと言うので、向き合いました。こんなことは初めてのことで戸惑いましたが、彼が――自分は小学校時代からずっと学力優秀者としてプライドが高く、負けや弱みは絶対見せなかったと話してくれました」

ここまで言うと、彼女は一息ついて、姉が出してくれたコーヒーを一口飲み、話を続けた。登志子は聞き役に徹することにした。

「地元では噂がたてられたりして嫌だから、岡山の病院で診てもらったそうです。これまでメンズサプリや指定医療部外品など、密かに使って自分で治そうとしたそうですが、あまり効き目無し。で、プライドの高い彼が意を決して、ひと月前に岡山の病院で診てもらったそうです。病院には行ける時に行って、大抵は電話やオンラインで治療の処方をもらい、少しずついい方へ向かっているそうです」

また彼女はコーヒーカップに口をつけた。

「そんなことまで話してくれたの？　新婚旅行のころと比べて、ずいぶん変わったのね。なにが原因でそんなに変われたのかしら？」

「さあ……、分かりません。で、精子の方も調べた結果、いたそうです。ほっとしたんだよ、と言ってました」

「そこまで言うってことは、これまでの離婚を前提の生活をやめて、あなたと夫婦の関係を続けたいってことじゃないかしら？」

「……そうかもしれません」

「で、どうするの？」

「私も迷ってるんです。これまでは清水先生一筋に思い続けていましたので、急には頭が回らないのです。正直に話してくれた彼のことを思うと、振り切って出ていくことに罪悪感を感じるし……。私も大した人間じゃないくせして、ね……」

「誰だって大した人間じゃないわよ。そんな人間が助け合って生きてるってことでしょ」

「ああ、どうしたらいいのかしら、前のようにバッサリと切り捨てることができたら、どんなにラクだろう。ああ、私、どうしたらいいの、死んだ方が楽だ！」

最後の言葉は絶叫に近かった。

「まあ、まあ、落ち着いて。死んだらそれでお終いよ。馬鹿なことを言わないの。やっぱり彼はあなたに愛を感じ始めたのよ。プライドの塊のような人が、いろいろと努力してるじゃない。そこは評価してあげなくちゃ」

「私って、傲慢なのかしら？　冷静に考えれば、清水先生はあのような人生を選ばれた。それを変えろとは言えない。ひたすら私が思い続けて先生の周りをうろつくことは、迷惑かもしれませんよね。でも……」

「でも、やっぱし好きなんでしょ。それは仕方のないことよね。その人と結婚できれば一番いいのだけど、今となっては不可能でしょ。人間の気持なんて当てにならないこともあるのよ。失恋してもう誰も愛することはできないなんて絶望してた教え子が、不承不承に見合い結婚して、その後、子供もでき、ご主人を大好きになってる人がいるけど、あの時の悲壮感はどこへやら、というのもあるしね」

足立浩子は黙って聞いていた。登志子もそれ以上言わなかった。しばらく沈黙が続いた。

それを破ったのは姉だった。

「お話、もうそろそろいいでしょう。さあさあ、暑くなってきたので、今度はアイスクリームでも召しあがれ。これ、美味しいのよ」

それは昨日登志子が買って来たハーゲンダッツだった。

「あ、これ、私、大好き」

足立浩子はすぐ蓋を開け、スプーンですくって口に運んだ。

不意に姉が自分のことを話し始めた。話すと止まらない癖がある。

「私も今はこんなおばあさんになってるけど、その昔はバカみたいな恋愛をして、それなりに悩んだのよね。その時、登志ちゃんがフランスとスイスのツアーに誘ってくれて、生まれて初めて飛行機に乗ったの。一万二千メートルの上空から下界を見ると、何万トン級のタンカーも波に揺れる一枚の木の葉みたいに小さいの。点在する無数の漁船はなお小さくて頼りなく、そこで働いている漁師さんたちは、ほんとに点ぐらいにしか見えないの。その時、つくづく思ったのよ。私は小さな世界で右往左往してたんだなあと。悠久の時の流れの中では、人間の営みなんて一瞬にしか過ぎないのに、もっと穏やかに、そよ風に吹かれるままに生きることはできないのかってね」

「まあまあ、そんな昔話をして……」

登志子はいささかあきれて、それ以上の進行を暗に止めた。姉も分かったようで、

「ごめんね、老人はこれだから、困るわね」と言うと、姉は空になったコーヒーカップをトレーにのせて、リビングの続きのキッチンへ退散した。

「いいお話でした。胸にそよ風が吹いてきたような感じです」

足立浩子は姉の背中に言葉を飛ばした。

「あの歳になっても公募展に応募して入選するヤリ手さんだから、出しゃばりしちゃって、ごめんなさいね……」

「いいえ、ステキです。私もあんなふうに歳をとりたいです」

キッチンでカップなど洗っていた姉にその声が聞こえたのか、

「ありがとう、メルシィ　ボオクー」と歌うように反応した。

「いつも、あんな調子だからね」

登志子がそう言って苦笑すると、

「羨ましいです。私には姉がいましたが、私が五歳の時、肺炎で突然亡くなりました。あんなふうに愉快にコミュニケーションが取れる姉が欲しいです」と羨ましそうに言った。

「そうだってよ」

登志子が大きな声で呼びかけると、

「聞こえましたよ。私がいるから、この家は楽しいのよ。エヘン、わかったか」と応じた。

「そうです、そうです、そのとおり」

登志子の声で大笑いとなり、いっそう明るい雰囲気になった。

時計を見ると、五時前だった。

「夕食、作るんでしょ？」

そう登志子が問いかけると、

「ええ、そろそろお暇《いとま》しなくちゃあ」

足立浩子はそう言うと立ちあがり、

「こんなに長居をして、創作のお時間を奪って申し訳ありません」と深々と頭を下げた。

「今日は庭に出てリラックスしてたから、いいのよ。夕食は姉が作ってくれるの。これからパソコンを打ちますから」

登志子がパソコンを打つ真似をすると、足立浩子はまた頭を下げた。姉に向けて「いろいろありがとうございました」と声をかけるとリビングを後にした。

「どういたしまして。またいらっしゃい」

姉の声を背に足立浩子は玄関を出て行き、車に乗った。発進を見届けて、登志子は二階へと上がって行った。

それから一週間後、登志子宛の足立浩子からの手紙を受け取った。メールでは失礼だと思ったのか、立派な和紙の便箋紙にきれいな文字がしたためられていた。

先日はプライベートな話に付き合っていただき、ありがとうございました。いろいろ考えるところがありました。とくにお姉様が何気なく言われたことが、胸にいつまでも残っています。永遠の時の流れの中では一瞬にしか過ぎない人生で、私も穏やかに、そよ風に吹かれるままに生きたいと思いました。

これまで私は森の中で美しい夢の花を求めて、その一点だけを探し続けて、樹々や下草を見ようともしなかったのではないか。

見上げるように高い栃の木には実がたわわについていたり、シダはレースのように葉を広げていたり、それぞれ美しく、たくましく存在しているのに、見ようともしなかったのです。

彼も変わろうと努力しています。その姿は、頑固な私よりずっとステキなことでしょう。人が変化を試み、工夫や努力をしている姿には胸を打たれるものですね。私も頑なな心をほぐして、新しく生まれ変わらないといけないのでしょう。己も大した人間でないのに、相手に多くを求めるのはおかしいですよね。反省ばかりの毎日です。

結婚してもう五ヵ月目に入りました。新婚旅行中のスイスの山歩きで痛めた股関節もほぼよくなったので、通院もそろそろ止めようと思います。

迷いの多い日々ですが、それなりに頑張って行こうと思います。朝晩の食事時に彼との会話が少しずつ増えているように思います。強そうに見えても弱い私ですので、くじけそうになる時があるでしょう、そんな時はハッパをかけてくださいね。これからもよろしくお願いします。浩子

令和元年七月四日

矢沢登志子　様

読み終えて登志子は、事がプラスに出たのだろうか、と思った。人の心はそうたやすく変わるとは思わないが、相手の誠実さに触れると、心を動かされることだってあるのだろう。彼女にとって一番いい結論が出ますように、と登志子は祈らずにはおれない。

きっと彼女は山田朋子にも、何らかの連絡をしていることだろう。それでも登志子は、彼女の微妙な変化を山田朋子に一時も早く話したいので、これからすぐ電話してみようと思う。三人でビアガーデンに行く計画も本気で立ててほしい、とお願いもしよう。

そして、いつの日かきっと、いや近い将来、登志子は足立浩子の件からヒントを得て、大人の恋愛小説を書いてみたいと思うのだった。

めぐり会い

（一）

「アッ……」

私は驚きのあまり声を失った。頭髪は白くなっているが、水村周平に違いない。私はそう確信した。ちょうど私がガイドとして、自己紹介をするために客席の方に振り向いた時のことだった。ツアー客の中に三十年前の恋人、水村周平がいたのだ。それも悲しい別れ方をした恋人が……。

水村周平は観光バスの前列から三番目の座席に一人掛けしていた。彼の方も私に気づいたのか、射抜くような視線を向け、その顔は驚きを隠せなかった。そしてとっさにお互いに黙礼をしていた。

私はリスボンで観光会社の企画室長をしている。もとはといえば私もガイドだったが、十年前に企画室に入り、五年前から現職となったのだ。普段はガイド役などもはや卒業しているが、このツアーのガイド役、小宮澄子が昨夕盲腸で緊急入院したため、ピンチヒッターとしてマイクを持つことになったのだ。そんなわけで今朝ツアー客の名簿を手渡されても、私は名前まで確認してバスに乗ったわけではなかった。

「みなさま、おはようございます。ポルトガル語で、ボン　ディーア」

私がそう言うと「ボン　ディーア」とみんなの威勢のいい声が返ってきた。

「もう、覚えましたよね。さて、今朝はみなさまにお詫びをしなければなりません。昨日今日とみなさまのガイド役の小宮が、昨日オビドス観光を終えて会社に戻って、翌日の打ち合わせをしていると急に右腹が痛みだし、それも尋常でない痛み方なので救急車で病院に運ばれました。で、急性虫垂炎ということで緊急入院しましたので、ピンチヒッターとして私、大滝早苗がみなさまとご一緒することになりました。少々歳を食ってはいますが、一生懸命ご案内しますのでご了解ください。ドライバーは昨日と同じ、ビドーさんです」

私がお詫びと挨拶を済ませると、バスの中は驚きのためか、ざわつき始めた。しかしそれも数刻すると収まり、私はポルトガルのルールに則って客に背を向けてガイド席に座り、マイクを持ちなおした。

「今日はスケジュールどおり、午前中にリスボン市内を観光し、昼食もリスボンで済ませて、午後はシントラ観光、そしてヨーロッパ最西端のロカ岬に参ります。リスボンに帰り着くのは六時前でしょうか。夕食は予定では七時半から、ポルトガルの民族歌謡ファドを聴きながら、ということになっております。バスを降りて観光になりましたら、昨日までと同じようにイヤホンでの説明となりますので、器具をお忘れなくお付けください」

そう言って、私はしばらくマイクを置いた。

仕事中は仕事に専念しなければいけない。これは鉄則だが、私は思いがけず水村周平とめぐり会ったことで心が乱れた。名簿から推測すると、彼は一人でツアーに参加したらしい。

私の胸に遥かな昔の痛みが戻っていた。

そう、大学四年生の私は彼と恋仲だった。自分としては、卒業の年の秋には結婚できると思い込んでいた。だから卒業後の就職は本気で考えず、ポルトガル語教室のアシスタントや家庭教師のアルバイトをし、料理教室や華道教室に通う日々を送っていた。

そんな七月の初め、突然彼が「きみが嫌いになったわけじゃないが、ぼくのことは忘れて、他の男性と結婚してほしい」と言ってきたのだ。彼の愛を信じて疑わなかった私には、その言葉は不意打ちそのもので、しばらくは何がなんだか判らない状態だったが、同じ言葉を二度繰り返されると、私もようやく事態を理解し、泣き崩れたのだった。

そしてその秋も終わりのころ、彼が上司の娘と華やかな結婚式を挙げたこと、彼の妻となった女性は名門の出であるばかりか、大変な美人だということを親友の田原涼子から聞いて、私は劣等感と敗北感に打ちのめされた。逃げていく男など追うな。今ならばそう言えると思うが、そのころの私は純情一筋で、なお彼を愛していたのだ。

——きみが好きだ。ぼくと一緒に人生を歩むことを考えてほしい。

付き合って二ヵ月目にそう囁いた彼が私を裏切るなど、考えられないことだったし、考えたくもなかった。私は泣いてばかりの日々からなかなか立ち直れず、死に場所を求めて彷徨《さすら》ったほどだった。

あの辛かった日々から三十年、いや、正確には三十三年が過ぎようとしているのだ。

私が水村周平と出会ったのは、品川のホテルで催された日葡友好協会のパーティーでだった。私は外大のポルトガル語学科の三年生で、その秋、田原涼子に誘われて、初めて日葡協会のパーティーに出席した。そこでたまたま隣の席に座っていたのが、水村周平だったのだ。当時、私はまだお酒を口にすることなどめったになかったので、出されたワインを飲むことに躊躇っていると、水村周平が笑顔を向けた。

「このワインはね、ポルト産のルビーって言うんです。色が鮮明で綺麗でしょ。樽で四、五年ぐらい熟成させていましてね、まろやかな甘味があって、女性に向いてますよ」

その言い方が優しく包み込むようなトーンだったので、まずは好感をもった。それにやや低めのソフトな声も、私を惹きつけた。彼が同じ大学の出身で七年先輩だと判ると、私たちはいっそう話が弾んだ。大学の授業や先生たちの話、そして大学祭のことなど、私はこんなに自分が饒舌《じょうぜつ》だったかしらと思うほど、よく喋った。彼も上機嫌で、十六世紀に活躍したポルトガルの大詩人、カモンイスの詩『ウス・ルジアダス』の一節など口ずさみ、それが一つも嫌味に聞こえなかった。

初めて妙にフィーリングが合う人と接して、私は久しぶりに満足感に浸っていた。彼もよほど楽しかったのか、名刺をくれ、「時々は暇つぶしでもいいので、電話を下さい」と言った。私は名刺を作っていなかったので、手元の紙切れに住所と電話番号を書いて渡すしかなかった。

次の週、早速彼から夕食の誘いがあり、私は精一杯おしゃれをして出かけた。学生の分際だからこれまで高級なレストランには縁遠かった私にとって、その日のレストランは一見して豪華で上品な雰囲気が漂い、私は内心で怖気《おじけ》づいていた。そんな私を水村周平は察知したのか、笑いながら言った。

「ここは見た目にはハイグレードな感じでしょ。ところが意外に庶民的なんですよ。服装もラフな格好でいいし、お値段もそこそこ。シェフのレパートリーも広く、フランス、スペイン、ポルトガルの三ヵ国の料理をちゃんとこなすんです。だから週末は家族連れや恋人たちでいつも満席だっていいますよ。不意に来ると長いこと待たされるから、みんな予約を入れて来るそうです」

水村周平の言葉で、私の怖気と緊張はしだいにほぐれ、自然体で振る舞うことができた。この最初のデートがとても楽しいものとなり、水村は「これからも時々食事に誘っていいですか」と言ってくれた。私は自分に好感を持ってくれるから次も誘ってくれるのだ、と自尊心をくすぐられ、幸せな気分に包まれた。

今から思うと、若くて浅智慧の私だからたわいもないことしか話さなかったのだろうが、水村周平はそれらをフンフンと笑って聴いてくれた。やはり共通の話題は、まだ見ぬポルトガルのことだった。大航海時代に羅針盤を頼りにカラベル船で果敢に未知なる海域へと出かけたポルトガル人に、水村周平は大変敬意を払い、その強力な支援者であったエンリケ航海王子にはとくに興味を持っていた。

「東地中海や中近東ではオスマン・トルコ帝国の勢いが強くなり、商業上いろいろと面倒になって来たので、その領域を経由しないで東洋と香料貿易がしたいとか、アフリカにあると信じられていた伝説のキリスト教国と連携してイスラム勢力を駆逐しようなど、物欲や征服欲が動機ではあったけど、それでもぼくは、未知なる世界を探検しようとする勇気と志の高さにやはり打たれるな」

情熱的に語る水村周平が、私には誰よりも輝いて見えた。

食事が済むと水村は、いつも別のビルのティールームに連れて行ってくれた。彼はコーヒーを、私はレモンスカッシュを注文することが多かった。多分、ここでも私のことだから大した話はしなかったのだろうが、水村は辛抱強く私の話に耳を傾けてくれた。水村周平と一緒にいるだけで、私は全身で喜びを感じていたのだ。

食事代もお茶代もいつも水村が払ってくれた。私が払おうとすると、「これしきのことは、ぼくに任せておいて」と気前がよかった。私は甘えすぎてはいけないと思い、アルバイトで稼いだお金で、時々はネクタイやシャツなど買ってプレゼントしたものだ。

当時、水村周平は大手の貿易会社に勤めていて、経済成長で豊かになった日本人にフランスやイタリア、ドイツのワインばかりでなく、ポルトガルのワインも飲んでもらうのだと、その部門に力を入れていた。食事に誘ってくれた時は、大抵ポルトガルのワインを注文した。その種類も味もよく知っていて、その点でも私は彼を尊敬した。

何度かデートを重ねるうちに、私たちは手をつないで歩くようになり、「きみが好きだ。ぼくと一緒に人生を歩むことを考えて欲しい」と告白を受けた日から、別れ際にはさよならのキスをするようになった。こうして、私は大学三年生の晩秋から将来を約束する恋人を持ち、花を見ても夕日を見ても、微風に吹かれても、心に住みついた水村周平といつも対話し、愛しさでいっぱいになり、切ない思いが胸に満ちているのだった。あんな気持になったのは、人生であの時だけだった。

バスはホテルを八時四十分に出発して、最初の目的地、ベレン地区にあるジェロニモス修道院に九時十分に到着した。私は胸中の思いを振り払って、職業人に徹すべしと自分にいい聞かせた。

添乗員の三浦さんは恐らく三十代前半で、英語は達者だがポルトガル語はあまりできない。今日は人数の確認程度をしてもらえばいい。性格が大らかなようで、彼女となら私は仕事がやりやすいと思った。

平日だが、やはり世界遺産で超人気の観光スポットゆえ、客が列を作って並んでいた。先ずは壮麗な南門の前で足を止めた。

「この南門はマヌエル芸術の最高傑作と言われるものです。私たちはこの門からは入れませんが、一五八四年八月、天正《てんしょう》の少年使節四人はここから迎え入れられました。当時のド田舎の日本からは想像もつかないほど壮麗なこの修道院に、少年たちは驚いたでしょうね」

「そりゃあもう、天地がひっくり返るぐらいのショックでしょう。現代の私たちだってこんなに驚いてるんだもの」

女性の誰かがそう言うと、周りで「そう、そう」と賛同の声が連なった。

「さてさて、マヌエル様式についてはすでに説明があったと思いますが、復習しましょう。その特徴は大航海にふさわしい帆を支えるロープや錨、貝殻や珊瑚《さんご》、天球儀など海洋にまつわる装具や、異国の動植物をモチーフにした浮き彫りでしたね」

「そうでーす。毎日見て、説明を受けましたので、マヌエル様式は絶対に忘れません」

さっきの人より若そうな女性が自信ありげに応えると、笑いが起こった。

「そこまで言っていただくと、ガイドとして嬉しいですね。でも今日は今日で、中に入りましたら近くで柱をよーくご覧くださいね。今申し上げたような物がたくさん見られますから。それと中庭を囲む回廊のアーチ、実にきれいですよ。まるでレースみたいに繊細な透かし彫りで、五百年前の人々の美意識には脱帽ですね。建築技術も相当高かったようで、一七五五年の大地震のときも倒れなかったそうです」

私が説明すると、「バターリャの修道院もすごかったけど、ここは輪をかけてすごいわ」と溜息交じりの女性の声が聞こえた。

「今はポルトガルなんてヨーロッパの僻地《へきち》もいいところの小国だけど、こんな豪華絢爛《けんらん》な建物をあちこちに建てるほど、勢力を振るってた時代があったんだねえ」

また別の女性がそう言った。すると男性の声が呼応した。

「そう、だからアメリカだっていつ没落するか判らないよ。ソ連なんかは落日しつつあると思いきや、いきなり消滅したんだから。小国でもこうして生き残ってるだけ、大したもんだよ」

三十六人いるメンバーも同じ思いなのか、そうだね、と口々に言っている。

「そうそう、申し遅れましたが、あの上方の中央にある彫像が、かのエンリケ航海王子です。その上の壁のレリーフが、この修道院の名でもある聖ジェロニモスの生涯を表しています。そして一番上がここの守護神、聖母マリア像です」

私が指をさして説明すると、「聖ジェロニモスって何をした人？」と質問が飛んだ。

「ごめんなさいね、説明不足で。彼は旧約聖書と新約聖書をラテン語に翻訳した、四世紀の偉大な哲学者であると同時に、神学者でもありました。ほら、あのころはローマ帝国が地中海をぐるりと取り囲んで支配してましたでしょ。ところが最初の聖書はギリシア語で書かれていたので、キリスト教が公認されると、その普及、定着には当時のローマ人の言葉、すなわちラテン語に直す必要があったのです。彼が翻訳した聖書が中世を通じて使われたわけですから、ジェロニモス、ラテン語ではヒエロニムスという人はキリスト教にとってとても重要な人物で、ローマ教会から聖人に列せられたのです」

私の説明でみんなは得心した様子だったが、七人グループの女性からまた質問が出た。

「私が観たレオナルド・ダ・ヴィンチやカラバッジョの絵では、髑髏《どくろ》やライオンが描かれていましたけど、あれはどうしてです？」

「あの新旧の分厚い聖書の翻訳は、想像しただけでも大変な仕事ですよね。だから彼は勉強部屋に髑髏を置いて、こうなる前にこの大事業を成し遂げねばと、ストイックな生活を自らに課したのです。以来、多くの巨匠たちが彼を描きましたが、髑髏が必ずといっていいほど描かれるのは、西欧の大事な観念、〈メメントモリ〉、つまり死を忘れるな、という教訓もあるようです。そうそう、この修道院の食堂に、確か絵が掛かってますよ。ライオンの方は、足にトゲが刺さったライオンのトゲを抜いてやったら、以後彼に付き従ったという逸話ですね」

「そうだったのか。よーく解りました」

カメラを首からぶら下げた男性が言った。この人も一人参加のようだが、写真が趣味なのか、カメラを二台も首から下げていて、私の横で今の今まで写真を撮っていた。

「この絢爛豪華さの向こう側から、諸行無常の響きが聞えてきますね」

そう締めくくったのは、意外にも水村周平だった。私の恋人だったころの水村はやる気満々の負けを知らぬ男だったので、その口から〈諸行無常〉が飛び出してくるとは、彼に刻まれた歳月を感じないわけにはいかなかった。私はその言葉を噛み締めながら入場口の西門へと誘導した。団体受付を済ませると、私たちは待つこともなく聖母マリア礼拝堂に入った。

この修道院は、もとはと言えばエンリケ航海王子が船乗りのために、聖母マリアを祭る小さな礼拝堂を建てたことに由来する。十五世紀もいよいよ末期の一四九七年、かのヴァスコ・ダ・ガマもここで祈りを捧げて船出し、インド航路を発見したのだ。

その船出に際して、国王マヌエル一世は航海が無事に成功したら、この地に立派な修道院を建てますと聖母マリアに誓ったという。航海は成功し、ガマが持ち帰った香料とその後の香料貿易でポルトガルは巨万の富を築いた。このマヌエル一世時代にポルトガルは全盛期を迎え、大航海時代の幕開けに力を注いだエンリケ航海王子を称えて、一五〇二年、ジェロニモス修道院の建設が始まった。香料貿易や植民地からもたらされた富を惜しみなく使って建てられたこの修道院は、当時も今も人々の目を奪い、讃嘆の声をあげさせる。

中に入ると、バターリャから移された国王マヌエル一世夫妻の威風堂々とした墓があり、さらに一角に立派な石棺が横たわっていて、ここにあのヴァスコ・ダ・ガマが眠っていると説明すると、みんなの関心がぐっと高まり、シャッターを切る音がしばらく続いた。そして少し離れた所にガマの壮挙を称えた大詩人、カモンイスの石棺が安置されていて、みんなはそちらへ移動した。

「この二人がポルトガルの国民的英雄らしいね。立派な棺がそれを証明してるな。ガマの方は高校の世界史で習ったので、名前とインド航路発見ぐらいは知ってたけど、カモンイスのことは全く知らなかったので、今度の旅の大収穫だ。その『ウス・ルジアダス』とやらを帰ったら読んでみようかな」

またカメラを二台も首からぶら下げた男性が、私に向かって言った。

「すばらしい！　そのように関心を広げていただくと、ご案内した甲斐があります。こちらでは毎年の独立記念日に、大統領がカモンイスの『ウス・ルジアダス』の一節を読み上げるんですよ」

私も嬉しくなって、そう応じた。

教会の内陣をぐるりと回って、回廊に出た。それは五十五メートル四方の中庭を囲み、石灰石の白いアーチの透かし彫りがまるで美しいレースさながらで、設計したフランス人ボイタックのセンスのよさを後世に知らしめていた。

「この回廊や中庭を修道士さんたちが祈りながら散策して、迷いを断ち切ったり、邪悪な心を浄化されはったんですねえ。天井の梁《はり》と言うのかなあ、幾何学的ですてきやわあ。五百年前にしては超モダンで優雅、現代人は古人《いにしえびと》に負けました」

一番若そうな女性がそう言うと、

「ほんまやねえ。百聞は一見に如かずと言うけど、大航海時代がもたらしたものと、ポルトガルが今のアメリカみたいな力を持っていたことがよう解ったわ」と誰かが呼応した。人数が多いことと、今日一日のピンチヒッターだから、全員の名前までは覚える自信はないけど、このツアー客の反応のよさに私は感心していた。

礼拝堂と回廊の見学に約三十分を使い、外に出ると、ベレンのお菓子、パステル・デ・ナタを食べる時間を、トイレ休憩も兼ねて二十分ほどとった。菓子屋は修道院のすぐそばだし、ポルトガルの伝統菓子を食べてみるのも、旅を味わい深くすると思ったからだ。

パステル・デ・ナタは人気のお菓子で、並んで待つようだったが、店員たちは意外に手際よく、私も五分以内でそれを手にして、外で立ち食いした。水村周平もそのお菓子を食べていた。一人参加で淋しそうだったし、そ知らぬ顔を通すのも人情がなさすぎると思って、私は声をかけた。

「水村さん、お久しぶりです。お元気そうで、何よりですね」

「ほんとに……三十三年ぶりですね」

水村周平は感慨深そうな眼差しを向けた。私はこれで会話を断ち切るのは、何だか不自然のように思えて、続けた。

「パステル・デ・ナタのお味は、いかがですか？」

「甘味が抑えてあってとても美味しいです。日本ではエッグタルトと言ってるようですが、あれは甘すぎますね。でも、これならぼくも大丈夫です」

「それはよかったですね。何せ、ここは百七十年前にジェロニモス修道院から伝授された作り方を、今も守り続けているお店ですから、味には相当拘っているようです」

それだけ言うと、私は見えない力に促されるような気配を感じて、腕時計を見た。南門を見学してから一時間経っていたので、みんなに集合の合図をかけた。すると七人グループの女性たちが少し離れて写真を撮っていた男性に「大野さーん、集合ですよ」と声を張りあげ、手招きした。

夢中で写真を撮っていた男性は慌てて小走りし、みんなの所へやって来た。それで私は、カメラを二台首から提げたこの男性の名前を覚えた。そして七人グループから「あの人、自分の写真はアートだって言うの。キザなんだから」とか「腕はセミプロだって言ってた」などと情報を仕入れた。

人数を確認すると、私は数百メートル先に見えるベレンの塔へと誘導した。広場を横切りながら、私は自分から水村に声をかけたことで、いささか気持が揺れていた。

（二）

テージョ川に浮かぶベレンの塔は、海にせり出した小さなおとぎの城のような建物だ。この地を旅した司馬遼太郎が「テージョ川の公女」と称えたというだけあって、マヌエル様式の白い外観が瀟洒《しょうしゃ》で女性的だ。マヌエル一世の命令によってここに出入する船の監視塔、要塞として建てられたという。四階、五階、六階は王家の居室だが、三階は兵器庫、二階は砲台というから物騒な建物だが、見た目には司馬氏の言葉を借りずとも、この上もなく優雅で美しい。ただ一階は潮の干満を利用した水牢だと説明すると、一番若そうな女性、青木さんが——彼女の友人がそう呼んでいたので、いち早くその名前を覚えたのだが——言った。

「あの時代、残酷さと優雅さが共存してたんやね。日本でも戦国武将が人殺しをしながら、茶の湯を嗜《たしな》んでいたのと同じやないかな」

「さあ、どうでしょう」

私が躊躇っていると、水村周平が言った。

「もともと人間には、いつの時代も真善美を求める心と、それを壊す残酷な心が共存しているのだと思いますよ。人権や平和思想が発達している今日といえども、残酷性を理性で抑えているだけでしょう。ぼくだって、みなさんだって、心に悪魔を潜ませていて、何かの拍子に思いがけず、それが鎌首をもたげるんじゃないですかね」

「そやろうか。言われてみると、なんか、そないな気もしてくるけど。こりゃあ、さっきの回廊に戻って散策せんとあかんかなあ」

青木さんがそう言うと、「そや、そうや」とお囃子《はやし》と笑いが起こった。

「あのいろんな国旗が立ってる大きな建物は、何やろか？」

また青木さんが興味津々に訊いた。

「あれは、一九八六年にポルトガルがEUに加盟したのを記念して建てられた、EUの文化センターです。一九九二年に施工されたので、まだ十年少々ですよ。広大な敷地に贅沢な空間を使って建てられ、おそらく東京の文化センターも及ばないでしょう。中にはいろんな施設があって、国際会議やイベントもよく行われてますし、現代美術館もあって、結構いい企画展をやってますよ。残念ながら、今日のコースには入ってませんけど」

「そりゃ、ほんまに残念やなあ……」と青木さんが悔しがるので、友人が「ええやんか。また来るチャンスができたいうもんやで」となだめた。

「そう、ぜひまたいらしてくださいな。みなさん、お写真を撮られましたら、あそこに見えます〈発見のモニュメント〉にそろそろ移動しましょう。このベレン地区はよく整備されていて文化施設も多く、いわばリスボンの文化ゾーンですね。見るところがたくさんありますので、次回にどうぞ。それじゃ、行きましょう」

私が周囲を見回して一歩を踏み出そうとしたとき、「ちょっと待って。テージョ川の貴婦人をバックに我らを撮ってください」と七人グループの女性たちが声を張った。それを皮切りに、何組かが同じことを頼んできた。私は気軽にそれに応じながら、ふと一人参加の水村周平のことが気になった。風景を撮るのは問題ないとしても、自分を撮るのにいつも他人に頼むわけにもいかず、困っているのではないだろうか、と。

ガイド時代、私は一人参加の人には大抵「シャッター、押しましょうか」と、こちらから声をかけてあげたものだ。水村周平は知り合いだからというのではなく、お客として親切に対応しないといけないような気がして、私はまた呼びかけていた。

「水村さん、お撮りしましょうか?」

「ああ、じゃあ、ベレンの塔をバックに一枚、お願いします」

私はカメラを構えながら一瞬、心に強い痛みを感じた。いや、痛みではなく、憎しみだったかもしれない。長い年月、忘れようと心掛け、傷も完治したと思っていたのに、偶然のめぐり会いによって再び傷が疼き始めていることに、私はやはり戸惑い、動揺しているのだ。シャッターを押しながら私は「冷静に、冷静に」と自分に言い聞かせるのだった。

「これも、きれいやなあ……。ジェロニモス修道院も、ベレンの塔も、みな白い石灰岩を使うてるから統一感があって、しかも青い空に形がくっきり浮き上がって、ええなあ」

青木さんはカメラで捕らえるよりも、自分の目で捕らえ、心で感じようとしている。こんな感動屋さんに出会うと、私は旅行の仕事をしていてよかったと思う。

この〈発見のモニュメント〉は一九六〇年、エンリケ航海王子の五百回忌を記念して建てられたものだ。カラベル船の船首をモチーフに、ポルトガル人のレオポルド・デ・アルメイダが彫刻した。エンリケ航海王子の石像を先頭に、天文学者、航海士、地理学者、詩人、宣教師ら三十一人が後に続く。

十五世紀後半、エンリケ航海王子が海洋探検事業に多大なエネルギーを投入したからこそ、ポルトガルは大航海時代のリーダーたり得たのだ。彫像群の中にはインド航路を発見したヴァスコ・ダ・ガマは無論、彼を称えた大詩人のカモンイスも、日本にやって来た宣教師のフランシスコ・ザビエルもいて、私は彼らを指で示しながら、過去の輝かしい時代をこのような形で確認することで、ポルトガル人は今の自分たちを鼓舞しているのでしょう、と締めくくった。

みんなはまたしばらく写真を撮っていた。そして私もまたカメラマンに早変わりして、いろんなグループのシャッターを押していた。夫婦、女性グループ、兄弟姉妹、親子、不倫らしきカップルなど、このツアーメンバーにも様々な人がいるらしいことが次第に分かってきたが、レンズを通して見える彼らの幸せそうな笑顔に、――それが束の間のできごとであったとしても、私は微かな痛みを覚えずにはおれなかった。

そう、水村周平と別れて以来、私にはこんなひと時はなかった。失恋して、死に場所を求めて彷彷徨った挙句、逃げるようにリスボンにやって来て、五年間は日本人向けのツアーガイドのアルバイトに明け暮れ、生活するのがやっとだった。そんな中で出会ったジョアンから熱心なプロポーズを受けて結婚したが、性格や生活習慣の違いが乗り越えられず、結局、七年で結婚生活を解消した。ひとり娘のマリーアが私の手元に残り、彼女を育てることが私の生き甲斐となったのだった……。

「すみません、また撮ってもらえませんか」

一番最後に水村が遠慮がちにカメラを差し出した。私は快諾し、フレームの中でモニュメントと水村の配分を考えてシャッターを押した。カメラを戻すと、水村が訊いた。

「あの橋がサラザール橋ですか？」

「ええ、そうです。これからご説明しますので」と応えながら、私は「みなさん、ご注目くださ い」と大きな声を張った。イヤホンを外している人が多いように思ったからだ。

「対岸の小高い丘の上に大きなキリストの彫像が見えますね。あの橋より六年前に造られました。エレベーターで足元まで登ることができ、そこからの眺めはまさに絶景です。この次に来られる時は、ぜひ足を伸ばしてくださいませ」

私はそう言うと、本題に入った。

「さて、あの橋ですが、一九六六年に完成しました。当時の首相の名をとって、サラザール橋と名づけられました。彼はみなさんが第三日目に観光されたコインブラ大学の教授でしたが、首相となって三十六年に亘る独裁政治を行いました。一九六八年に病気になり、七〇年に亡くなりますが、その後も彼の独裁体制は維持されました。が、一九七四年四月二十五日、アントニオ・スピノラたち革新派軍人によって無血クーデターが起こされ、新政権が誕生して、橋の名前も四月二十五日橋と改められました。全長二二七八メートルの吊橋で、上段は車、下段は鉄道専用です。この橋もポルトガル人の自慢の一つです」

「いつかまた元のサラザール橋に戻るんと違う？ ロシアのサンクト・ペテルブルクだって社会主義時代にはレニングラードと改名されて、今じゃ、また帝政時代のサンクト・ペテルブルクに戻ってるじゃない」

七人グループの北森さんが――この人の名前も覚えたが――、仲間に言っていた。私はもう少し説明を加えた方がいいと思った。

「北森さんのお話、漏れ聞こえましたが、あり得るかもしれませんよ。ポルトガルはかつて立憲王政でしたが、一九〇八年二月一日、国王一家が保養先から王宮へ帰る途中、コメルシオ広場を通りかかった時、カルロス一世国王と皇太子が共和主義者に暗殺されました。で、次男がマヌエル二世として即位しますが、一九一〇年の総選挙で共和主義政党と社会主義政党が圧勝し、王はイギリスに亡命して、ここにポルトガルは王政が終わり、共和国になったのです」

「まあ、二十世紀早々、この国にもそんな酷い歴史があったなんて、知らなんだわあ」

青木さんが驚くと、「そりゃ、だれもだよ」

と自称セミプロ写真家の大野さんが応じた。

「しかしその後十六年間にクーデター二十六回、大統領九人、首相四十四人、ゼネスト百五十八回を数え、政情は安定せず、財政も経済も大混乱を来していました。これらにピリオドを打たんとして一九二八年、コインブラ大学の財政学教授、サラザールが大蔵大臣に抜擢されたのです」

ここで私は一呼吸入れ、さらに続けた。

「サラザールは期待通り、一定の効果をあげました。そこで一九三二年からは首相となって、まだ続く世界大恐慌を何とか乗り切り、また第二次世界大戦が始まると中立を宣言します。そのお陰で、枢軸軍から爆撃を受けることもなかったのです。彼の政治は独裁ではありましたが国政を安定させたので、――賢明だった――と評価する人たちも存在します。そうしたこともあるので、もっと後の世には再評価されて、北森さんが言うように橋の名前も元に戻るかもしれませんね」

「ね、そういう筋書きだってあり得るんだ」

北森さんは得意げだった。

「あのォー、ヴァスコ・ダ・ガマ橋っていうのもあるんでしょ？」

自称セミプロ写真家の大野さんが訊いた。

「ええ、ここからは見えませんが、数キロ上流のテージョ川にかかる新しい橋で、一九九八年のリスボン万博の時に開通しました。その年はガマがインド航路を発見してちょうど五百年目に当たりますが、全長十七・二キロの、ヨーロッパ最長の橋ということです」

「ヘーエ、そりゃあすごいな。けど、そんな名前をつけて、過去の栄光にしがみつきすぎのような気がするなあ。日本では新しい橋は、鳴門大橋とか瀬戸大橋とかで、秀吉橋とか家康橋なんてつけませんよねえ」

水村周平がそう言って笑った。

「ま、こっちは世界史上の重要人物だと言いたいのでしょう。その気持、解ってやってくださいな。ところでみなさん、足元をご覧ください。色の違う大理石で描かれた世界地図がありますでしょ。あちこち〈発見された年号〉が記入されていますが、日本は一五四一年とあります。日本史では一五四三年にポルトガル船が種子島に漂着して鉄砲伝来となったと習いますが、実はその二年前にポルトガル船は豊後《ぶんご》に漂着していて、この国ではこちらを採用しています。ポルトガルから見ると〈発見〉したことが重要なんでしょう。でも、発見されたなんて、嫌な感じですよね」

私が笑いながら説明すると、大野さんが声を立てて笑い、

「やはりただの到達や到着と言ったんでは、世界史の中で意味をなさないのでしょう。他に代わる言葉がないから、ま、〈発見〉でよしとしましょうや」と締めくくった。

「なるほどね」と、水村周平も納得していた。

まもなく私たちはバスに戻り、バイシャ地区のロシオ広場へと向かった。その近くに昼食のレストランがあるからだ。

平日だから渋滞がほとんどなく、予定より早く中心街に入った。コメルシオ広場が見えて来たので、私はマイクを握った。

「みなさん、前方をご覧ください。コメルシオ広場です。さきほどご説明した国王暗殺現場です。一九〇八年二月一日、王一家は保養先から今通過した埠頭、カイス・ド・ソドレまでフェリーで帰り、馬車に乗り換えて王宮へ向かっていて、あの角を曲がる所で、共和主義者数人から銃撃されました。国王カルロス一世は即死、皇太子ルイスも病院に運ばれて間もなく死亡し、交響曲で言うならば、王政廃止への第三楽章が鳴り響いたのです」

「へーえ、ここだったのか」

「カメラ、カメラ」

バスの中は少々騒々しくなり、何人かが慌ててシャッターを押していた。ドライバーのビドーさんが気をきかして、速度を落としてくれた。

「何や凱旋門みたいなのがあって、真ん中にブロンズの騎馬像が立ってて、ずいぶん立派な広場やなあ」

青木さんはカメラを構えるより、自分の目でしっかりと見たようだ。私はもう少しだけ説明した。

「ここは、もとはあのマヌエル一世が建てたリベイラ宮殿でした。だから一辺が二百メートル近くもある広大な広場なのです。一七五五年のリスボン大地震によって宮殿は倒壊し、このような広場に生まれ変わりました。広場の周りの建物は政府関係の庁舎や港湾・貿易関係の建物です。美しい門の向こうは、リスボン一の賑わいを見せるアウグスタ通りです」

私の説明が終わると、ビドーさんはバスの速度を戻した。

まもなくバスはロシオ広場に到着したが、約束の時間には少し間があるので、近くの金銀細工のフィリグラーナを扱う専門店へ案内した。女性たちからフィリグラーナがほしいと声が出ていたし、この店に立ち寄ることは一応コースに入っていたので。

フィリグラーナは極細の金銀の針金や小玉を使って細工されたポルトガルの伝統的な宝飾品だ。最近はEU商品に押されて需要が減り、宝飾店から姿を消しつつあるが、ブローチやペンダントはやはり美しい。それらがずらりと並ぶ陳列台を前にして、私は支配人の説明を日本語に翻訳した。そしてデザイン、純度、値段の手頃なものを紹介した。

日本人は本当によく買う。純度十八金で三万円から四万円程度のペンダントが飛ぶように売れていた。水村周平も陳列ケースを覗いていたので、私は「奥様へのお土産ですか？」とつい言ってしまった。

「いや、ただ見てるだけです。彼女とは好みがまるで違うので、買って帰ると一騒動起きますから、彼女のものは一切買わないことにしてるんです」

「まあ……」

私は次の言葉を失った。しばらく沈黙が続いたが、それも息苦しくなり、私はあまり考えもせずに言葉を発していた。

「でも、その方がいいかもしれませんね」

「ええ。お金がかかっても、プレゼントする相手がいて、しかも喜んでくれるということは、幸せなことなのでしょう」

「でしょうね」

私は相槌を打ちはしたが居たたまれなくなって、その場を離れた。余計なことを言わせたような気がして、後味が悪かった。

結局、その店には三十分ほどいた。よく売れたので、支配人も店員たちも恵比寿顔で見送ってくれた。

レストランは歩いて五分の距離なので、バスは迎えに来なかった。途中にサンタ・ジュスタのエレベーターがあり、私は立ち止まるよう指示して簡単に説明した。

「リスボンの街は七つの丘の上に開かれましたので、坂が多いんです。で、上の通りまで行くのに何十段もの階段をあがるのは相当きついので、リフトが考案されました。ご覧のように鉄製ですが、五階建のモダンな造りで、フランス人が設計しました。一九〇〇年に建設が始まって二年後には完成しています。最上階は展望台で、カフェにもなっていて、パノラマの眺めは最高ですね。明日ロカ岬に行かれる方は多分、夕方までには帰って来ます。まだ明るいので、それからでも乗ってみてください。自由行動の方は一日券を買えば、地下鉄、トラム、ケーブルカー、そしてこのエレベーターも乗り放題ですから、ずいぶんお得ですよ」

「そのフランス人て、エッフェルですか？」

一番若そうな青木さんが質問した。

「残念でした。それほど有名ではありませんが、ポンサルドという人です。見てのようにいかにもフランス的で、よくエッフェルと間違われます。造りがお洒落ですよね。百年以上経ってるなんて、思えませんでしょ」

「思えませーん」

女性たちが声を揃えた。青木さんも七人グループも本当に反応がいい。水村周平との思いがけないめぐり会いで、私は人知れず動揺し、舞い戻った胸の痛みに耐えていたので、この人たちの向日性によって救われていた。

レストランは奥に長細い造りで、私たちは地階に案内された。外が見えないので残念がっている人もいたが、「その分、食事に集中できますので、ひと時を楽しんでくださいな」と私が言うと、女性たちが「ものは考えようね」とあっさり同調してくれた。

私とドライバーのビドーさんと添乗員の三浦さんは一番奥のテーブルに座った。レストランには前もって人間関係を伝えてあったので、テーブルのグループ分けがきちんとできていて、スムーズに着席できた。

一人参加の水村周平は、同じく一人参加の自称セミプロ写真家、大野さんと同席していた。私はウエイターと一緒に、テーブルごとにドリンクの注文をとって歩いた。水村は、ポルトの赤ワインを注文した。私は三十四年前、水村に勧められて初めてポルトの赤ワインを飲んだ日のことが偲ばれて、胸が疼いた。

食事は、バカリャウというタラの料理がメインだった。どのテーブルもワインやビールで乾杯し、おしゃべりの花を咲かせていた。水村と大野さんもアルコールが入ると、なにやら話が弾んで楽しそうだった。

(三)

昼食を済ませると、バスは一時半にアルファマ地区を目指して発車した。シントラに行く前に古いリスボンの下町を少しだけ散策するためだ。夕食後に聴く民族歌謡のファドはこの町で生まれ、ライブハウスやスタジオもここにたくさんあることを説明すると、「夜はガイドさんも、ご一緒してくださるんでしょう」と北森さんが声を飛ばした。

「それが残念ながら、ご一緒できないんですよ。添乗員さんだけの付き添いとなります。ま、ドリンクを飲みながら、哀愁のある歌を聴くだけですから」

「残念だなあ。で、明日はどうですか？」

北森さんが再び訊いた。

「明日エヴォラへ行かれる方は、現地でガイドが付きます。自由行動の方は、今日地下鉄の乗り方をお教えしますので、ご自分で行きたい所へどうぞ、ということになります」

その他にもいくつかの質問に応えていると、バスはいつしかテージョ川のほとりを走り、アルファマ地区に入っていた。リスボンは東京に比べると小さな町だから、渋滞がなければ意外に早く目的地に到達する。

アルファマ地区は、イスラム系の子孫が多く住んでいることも説明した。アルコール、アルカリなど、アルがつく言葉にアラビア語を語源とするものが多いこと。アルファマの〈アル〉もそうなのだと言うと、「〈アル〉については、高校の世界史で習ったわ。スペインのアルハンブラ宮殿だってそうやね」と、一番若そうな青木さんが得意げに言った。

下町はやはり道路の幅も狭く、車は一方通行で、上から洗濯物の水滴が降ってきそうだ。実際に降ってくることもある。足元にも気をつけないと犬の糞が転がっていたりして、整然としていたベレン地区とは大きく違うが、路地裏の面白さがあり、みんなは喜んで写真を撮っている。

とくにカメラの腕前はセミプロという大野さんは、写真の撮り方がみんなとは違う。屈んでカメラアングルを低くしたり、手振り身振りで地元の人々に許可を貰って、人物にぐっと接写して撮ったりもしている。やはりアート写真は、あながちホラでもなさそうだ。

一軒だけ土産物店に入り、二十分程度買い物タイムを作った。少々時間をオーバーしたが、全体の予定をこなしているので、私は何も言わなかった。

水村周平はコルクで作った帽子を買って、すぐ被っていた。みんなが「いいわね」と誉めると、「値段は張りましたが、リスボンの思い出にと思って買いました」と、珍しくみんなと打ち解けていた。

買い物の後はまたバスに乗って。シントラへと向かった。

「これから行く所、シントラはリスボンの西二十八キロ、シントラ山系の緑に囲まれた美しい別荘地です。夏の王宮を中心に貴族や資産家の瀟洒な別荘が点在し、ここに来たイギリスの詩人バイロンは〈この世のエデン〉と称えたそうです。旅好きで有名なアンデルセンも来てるんです。一九九五年、町全体が文化的景観として世界遺産に登録されました」

私は後ろを振り向いて、みんなの様子を見渡した。昼食時のアルコールが効いてきたのか、眠り始めている者も何人かいた。水村も船を漕いでいる様子だった。時が過ぎればもっと居眠り組が増えると思い、私はもう少しだけ説明することにした。

「みなさんはヨーロッパの十字軍というのをご存じですよね。十一世紀末から約二百年間、ドイツやフランスを中心にイスラムからエルサレム奪還をはかった運動ですが、こちらでも同じ時期レコンキスタといって、イスラムからの失地回復運動が起こってきて、十二世紀の半ばにアルフォンソ一世がシントラを奪い返しました。そしてエンリケ航海王子の父君、ジョアン一世が立派な王宮を建て、あのマヌエル一世のとき大々的に増改築がなされます。そんなわけで、シントラの宮殿はゴシック様式、マヌエル様式、イスラム風が混在した独特の雰囲気を持っております」

そこまで説明したとき、突然バイクの青年が右車線から割り込んで来たので、バスは急ブレーキを掛けてバウンドし、キーッと車の軋《きし》む音が響いた。みんなびっくりして、居眠り組も目が覚めたようで、騒然となった。ドライバーのビドーさんが「気をつけろ、危ないじゃないか」と外に向けて怒鳴った。

「ハーイ、本当にびっくりしましたね。でも、もう大丈夫ですよ。こういうことは滅多にありませんから。さて先ほどの続きですが、一五八四年の八月末に九州のキリシタン大名たちが派遣した天正の少年使節がシントラに来て、手厚いもてなしを受けたそうです。そんな関係もあり、シントラは一九九七年から長崎県の大村市と姉妹都市縁組を結んでおります。渋滞がなければ四十分足らずで到着しますので、それまでどうぞお休みください。近くになりましたら、またご案内させていただきますから」

私はそう言ってマイクを置いた。そしてガイドブックを開いて復習した。かつてベテランガイドと言われた身ではあるが、もう何年も現場に出ていないので、いろいろと確認しておきたかったのだ。

しばらく復習して、私はガイドブックを閉じた。四月も終わりともなれば、街路樹の緑も野山の緑も淡く、目に優しい。車の流れもスムーズで、さっきのような不届き者がいなければ、快適なドライブだ。おそらく予定よりも早く着くだろう。

ホッと一息ついて、私はしばらく目を瞑《つむ》った。東京に留学している娘のことが偲ばれた。水村と結婚できたとして、私は娘を産んでいただろうか……。

ひとり娘マリーアによって、私はこれまでどれほど救われたか知れない。失恋した挙句の果て、逃避行さながらにリスボンにやって来て、ポルトガル人のジョアンと出会い、望まれて結婚した。

三十一歳で娘を産み、しばらくは人並みに幸せな生活を送っていたが、しだいに性格や生活習慣、考え方の違いが忍耐の限度を超え、七年で離婚した。そんな中で娘を育てることが私の生き甲斐となり、そして家計を支えるために一生懸命働いた。

娘は中学生の一時期、荒れて私に反抗した。親の離婚で娘も相当に傷ついていたのだろう。この時期の私はただ嵐が過ぎるのをひたすら待ち、祈った。

その娘もこの秋には二十四歳になる。私が失恋して、死ぬほど辛い思いをしていたころと同じ年頃だ。娘は私の過去を知らない。とても辛くて語れなかったのだ。父親のジョアンとは会いたければ会っていいと言ってあるので、時々は会っているらしい。娘は向学心があり、昨年、東京の上智大学の大学院に入学し、心理学を学んでいる。

娘にはボーフレンドはたくさんいるが、心から好きだと思える人はいないらしい。本人がそう言うから信じるほかないが、これから好きな男性ができた時、私のような悲しい思いだけはさせたくない。離れて暮らしている分、私は母親として時々不安に駆られることがある。娘は自分の分身ではあるが、母親といえども、もはや彼女の心にまでは立ち入ることはできない。そのことを私は悲しいと思うが、この悲しさは耐えねばならないのだろう。自分もかつて親の気持など踏みにじり、反対を押し切って、ポルトガルにやってきたのだから。

そろそろシントラに近いのではないか。そんな気配を感じて目を開けると、樹林の間に赤い屋根の館があちこちに見えてきて、すぐそこまで来ていることを告げていた。

後ろを振り向くと、ほとんどの人が眠っていた。水村周平は出発時点では船を漕いでいたが、今は起きていた。彼と目が合い、互いに黙礼をした。彼は私のことをどう思っているのだろうか。よもや、ただのガイドとは思わないだろう。明日はエヴォラに行くのだろうか。それとも自由行動を取るのだろうか。そんなことが気になりながら、私は内心で「さあ、仕事開始だよ」と言ってマイクを持った。熟睡状態のみんなを起こすのは忍びなかったが、「みなさん、起きてください」と呼びかけ、到着を知らせた。

外に出ると、冷気を感じた。ここは標高二〇七メートルの山の上なのだ。夏はきっと涼しいことだろう。ここに王家が夏の離宮を建てた理由が解るような気がする。それに山の上だからペストがしばしば流行した中世にあって、避難場所としても最適だったのだ。

宮殿は外観だけ見ても階段が多そうで、年配者が多いツアーだから、何人かが足に自信がないと怖気づいたので、「階段はゆっくり上がりますので、大丈夫。頑張りましょう」と励ますと、一番若そうな青木さんや、どちらかというと写真のために独りで行動することが多い、セミプロ写真家の大野さんが「折角ここまで来たんだから、みんなで行こうや」と殊勝なことを言った。

宮殿には小さな部屋も数に入れると四十以上の部屋があり、そのうち公開されているのは二十五という。それを全部見ることは、ロカ岬に行くことを考えると時間的にとても無理で、私は主な部屋だけをいくつか案内することにした。

先ずは一番大きな〈白鳥の間〉から見学した。天井に白鳥が二十七羽描かれているのでそう呼ばれるが、白鳥のつがいは相手を代えない、という教訓が秘められているらしい。王侯貴族はそれほどに相手を変える現実があったということか、と独断と偏見で私見を述べると、北森さんが「さもありなん」と応じ、大野さんが「中世の貴族はええなあ」と笑った。この部屋は来賓の晩餐会や舞踏会に用いられた。「天正の少年使節も、ここで盛大なもてなしを受けたのですよ」と説明すると、青木さんが感心してつぶやいた。

「飛行機で来たってポルトガルは遠いのに、あの時代、十三歳や、十四歳の少年が二年もかけて、よくぞここまで来たよねえ。不安もあったろうにねえ」

私も三十余年前、はるばるリスボンにやって来たので、少年たちの不安と驚きが理解できる。私はここで少し天正の少年使節のことを言っておいた方が、ポルトガルと日本の関係をぐっと引き寄せられると思って説明した。

「結局八年の長旅を終えて帰国すると、世の中がかなり変わっていて、秀吉の禁教令がすでに出ていましたが、これはまだ徹底したものではなかったようです。帰国の翌年に、南蛮帰りのもの珍しさもあって、秀吉は聚楽第《じゅらくだい》に彼らを呼び謁見しています。しかし徳川時代が始まると改めてキリシタン禁教令が出され、しだいに鎖国へと傾いて行き、取締りも厳しくなっていきます。彼らがヨーロッパで見たものや感動したことのすべてを忘れないと生きていけないようになっていくわけで、やがて棄教したり、国外追放になったり、不遇のうちに病死したり、ただ、中浦ジュリアンだけは国に留まってなお信仰を捨てなかったので、逆さ吊りの刑で死んだそうです」

「まあ、気の毒至極やわあ。うちはこのツアーで感動したことを胸の内に収めて誰にも言うなと命じられても、よう黙っとれません。感動したことはみんなに伝えたいもん。ほんまに可哀想やねえ」

青木さんが少年使節に同情たっぷりの口調をした。

中庭を通り過ぎて〈カササギの間〉に入った。百三十六羽のカササギは侍女の数を表すと言われ、この部屋にはエピソードがある。ジョアン一世が妻の侍女にキスをしたところを妻に見られ、黙っていた妻に王はとっさに「善意からだ」と言ったという。それが侍女たちの間で噂になり、王は戒めるために天井にお喋りの代名詞カササギの絵を描かせたという。嘴《くちばし》には妻の実家、ランカスター家の赤いバラを一輪くわえさせ、その足に〈善意から〉と書かれたメッセージを持たせている。

「ハハハハ、浮気をそんな風に言えるなんて、さすがに王様だ。笑っちゃうよ」

大野さんがそう言うと「あなたも、奥さんにそう言ってみたいのでしょう」と、北森さんが応じた。すると仲のよさそうな老夫妻の夫君が「おれだって言ってみたいよ」とつぶやいたので、笑いが生じた。監視員から「お静かに」と注意されそうで、私は小さくなって見回した。幸い監視員は大らかな人柄なのか、何も言わなかった。

隣は〈ドン・セバスチャン王の間〉だ。この王はアフリカをキリスト教の国にしようとしてモロッコへ遠征したが敗走し、行方不明になった。女嫌いで独身ゆえに子がなく、一五八〇年にスペインに併合されて、六十年間支配されることになったと簡単に説明して、通り抜けた。

「それにしても、どこへ行ってもアズレージョとマヌエル様式。少々、食傷気味だな」

女性の誰かが言うと「そうだな」と男性が呼応した。多分、毎日見て来て、目に慣れすぎたのだろう、と私も苦笑する。

ポルトガルのあちこちでそうであるように、この宮殿のどの部屋の壁もアズレージョという色彩タイルが貼られているが、これなどはイスラムの影響とみられる。

礼拝堂の壁も美しいアズレージョで装飾されている。かの天正の少年使節四人も、この礼拝堂でのミサに参列したのだと伝えると、「そうなのか……」と青木さんが溜息交じりにつぶやいた。

他にアラブの間、中国の間、紋章の間などを案内した。いかに素晴らしいものでも、こうたくさん見ると、人は感動を損なうらしい。

最後は、遠くからでもそれと判る、白い円錐の二本の煙突が突き出ている厨房だ。

「三十三メートルの高さって、すごいな。工場の煙突みたい。こうして見上げてると、吸い込まれそうやわ。ここまで大きな煙突が必要だったとは、一体、どんな料理をつくってたんやろ」

青木さんが上向きのまま言った。

「ここは狩場の館でもあったそうだから、狩をして射止めた猪とか鹿とか、おおよそ肉三昧の料理でしょう」

北森さんがそう応えて、続けた。

「見てご覧。当時の鍋がこんなにずらりと並んでいて、保温庫まで備えてるんだもの。王族や貴族はそりゃあ、贅沢な肉料理を毎日食べてたんでしょ」

その発言には誰しも賛同していたようだ。

厨房を最後に見学を終えて外に出た。トイレに行った人たちを待ちながら、青木さんが「宮殿って、恐ろしい所でもあるんやね」と言った。

「どうして」と、北森さんが振り向いた。

「礼拝堂へ行く途中に、アルフォンソ六世の部屋があったでしょ。入口の柵から覗いてみて、可哀想やなあと思ったの。彼は精神病扱いされて、実の弟に王位と妻を奪われ、生涯あの広くもない部屋に閉じ込められていたなんて……。同じ所ばかり歩くから、そこだけ床が磨り減ってしまったとは、涙ものやわ。ベルンの塔もそうだったけど、近代以前は華やかな宮殿の中に、平気で牢屋みたいな残酷な部屋を置いたのね」

青木さんは感受性の強い人なのだろう。私はガイド時代に、こんな客にあまり出会ったことがない。

「江戸の大奥だって、北京の紫禁城だって、フランスのベルサイユ宮殿だって、みんなそうでしょ。もともと人間の心そのものに、天使と悪魔が潜んでるんだから」

横から水村がそう言った。

「お宅さんはベルンの塔でもそんなこと言わはったけど、いつもそないな見方、考え方をしてはるんです？」

「まあ……、そうですね」

「言うてはることは恐らく正しいのだと思うけど、でも変わったお方やわあ」

青木さんは不思議そうな顔をして、水村周平を見た。三十三年前、私は水村からそんな言葉を聞いたことがなかったので、歳月は人を変えるのだ、と複雑な思いを嚙み締めた。

トイレを済ませた人たちが戻って来て全員揃ったので、私たちはもう土産物屋に寄ることもなくバスに乗り、今日の最後の見学地、ロカ岬を目指した。

「今日は渋滞がないようですから、ロカ岬まで三十分少々で行けそうです。シントラの宮殿で階段を上ったり下りたりしてお疲れでしょうから、それに山道を走りますので、あまり観るものもありませんので、到着までどうぞお休みください。近くになりましたら起こして差しあげます。そして少々ご説明しますので、それまではどうぞ、リラックスなさってくださいませ」

そう言うと私はマイクを置いた。時計は三時四十分を指していた。遅くても四時半にはロカ岬に到着するだろう。今度は復習することもないので私も緊張がほぐれたのか、不覚にも転寝《うたたね》をしたようだ。

ドライバーのビドーさんに「もうすぐだよ」と呼び掛けられて目が覚めた。窓を開けると潮の匂いが微かに鼻を刺激した。私は深呼吸をして、マイクを握った。

「さあ、みなさん、間もなくロカ岬に到着しますよ。窓を開けてみてください。大西洋を吹く風が潮の匂いを運んで来ます」

そう言うとあちこちで窓を開ける音がし、大野さんがカメラを構えると、みんなも同じようにシャッターを切るのだった。

「なかなか数字は頭に入らないと思いますが、一応申し上げておきましょうね。ロカ岬はユーラシア大陸の西の果て、北緯三十八度四十七分、西経九度三十分の位置に在り、崖の高さは百四十メートルで、いつも大西洋から強い風が吹いております。前方に赤い屋根の灯台が見えてまいりましたが、あそこに観光案内所があって、有料でユーラシア大陸西端到達証明書を発行してくれます。みなさんもそれを貰えるように、すでに手続きしてあります。とてもいい思い出になりますよ」

早速、大野さんからそれをいつ貰えるのかと質問が出た。今日だと答えると、拍手が湧き起こった。

「それにはですね、名前と日付がステキな装飾文字で書かれ、裏には到達証明とカモンイスの『ウス・ルジアダス』の一節《ここに地果て、海始まる》が——これは石碑にも書いてありますが、主要七カ国語で書かれています。まずポルトガル語、英語、フランス語、ドイツ語、イタリア語、ロシア語、そして最後は何語と思いますか？」

「に・ほ・ん・ご、でーす」

まるで一致団結したかのように、熱気ある声がバスの中に響き渡った。

トイレタイムも入れて散策の時間を約三十分とし、私はみんなを岬へ案内した。添乗員の三浦さんには、すでにできているはずの到達証明書を貰うために、観光案内所へ行ってもらった。

まずは十字架の碑へと誘導した。その碑にはカモンイスの詩の一節が書いてあり、平日にもかかわらず、人垣ができていた。その外側に私たちも連なった。

「このあたりがカメラスポットです。灯台、断崖、大西洋が全部カメラフレームに入ります。今日は西欧人だけでなく、韓国人もいますね。これだけ人が多いと、この碑の前でのお写真は、どうしても他のグループも入ってしまいます。ま、それも思い出になっていいかもしれませんね」

「ロカ岬がこんなに大人気とは知らなんだなあ。やっぱり、百聞は一見に如かずだ」

そう言って、セミプロ写真家の大野さんはもうカメラを構えている。

「それから、いい写真を撮ろうと思って時々柵を越える人がいますが、それだけは絶対にしないでください。何せ、この断崖ですから、下は、荒波に削り取られて切り立つ岩と波飛沫《なみしぶき》が待ち構えていますので、落ちれば命はありませんよ。それではお気をつけて。五時五分前にはバスにお戻りください」

私がそう言うと、みんなは早速写真を撮り始めた。私は夫婦や友達グループ、一人参加の人のシャッターを押してあげるために、そこに留まった。このツアーは年配の人が多いようで、一番若そうな青木さんでも四十一歳というから、平均年齢は六十を少し出るのではないか。それにしては元気で、反応もよく、写真を撮る時もVサインを出したりして、茶目っ気たっぷりだ。

次々とシャッターを押していき、最後は水村周平だった。他の人はカモンイスの碑の前だけだが、水村には灯台と岬をバックにもう一枚シャッターを切った。やはり他の人の時とは気持が違う。一瞬心が揺れるのだ。歳月は流れていても、傷口は完治していないことを、私は思い知らされるのだった。水村は「あのォー」と何か言いかけたが、「いえ、ありがとう」とだけ言うと、その場を離れて行った。

私は水村が言いかけて止めたことは何だろうと気になりながら、観光案内所に引き揚げていると、青木さんが屈んで花を見ていた。アロエに似た多肉質の植物に白や黄色い花が咲いていた。こごめ桜に似た白い花や、形はマーガレットに似たピンクの花も咲いていた。青木さんにその名を訊かれたが、私も植物には詳しくなく、オカヒジキではないか、松葉菊ではないか、といい加減なことしか言えなかった。せめてロカ岬の植物くらいはちゃんと勉強しなければ、と私は猛反省した。

「地面は岩盤だし、こんなに風が強く吹いてたら、背の高い木はダメやね。背の低い灌木ばかり。こんな荒地に這い蹲《つくば》って、ちゃーんと花を咲かせてるんだもん。健気《けなげ》やなあ。感動もんや」

灌木にまで心を傾けている青木さんは、何とすてきな人だろうと思う。こんな人に出会う率は年々低くなっている。

観光案内所で添乗員の三浦さんと落ち合った。大陸西端到達証明書は人数分、ちゃんとできていた。バスの中で渡そうということになった。

五時五分前に、みんなバスに戻ってきた。年配組は意外に時間を守る。戦後の日本は貧しく伝統も崩壊したが、それでもまだ社会には一定の規範があり、あの時代に少年少女を過ごした人は、社会的訓練ができているのだろう。それに比べて最近の若者たちは時間的にはややルーズで、ツアー客に若者が多いと、ガイドは一苦労するようだ。

「さあ、出発しますよ。みなさんがいつも時間を守ってくださったので、今日の観光は予定をパーフェクトにこなして終わりそうです。この時間、多少は渋滞があるかと思いますが、ま、四十分程度でホテルに到着できるかと思います。で、お部屋には入らず、徒歩五分の地下鉄アヴェニーダ駅へ直行し、乗り方をお教えします。明日、エヴォラ歴史地区へ行かれる方はそのまま地下鉄に乗車し、サンタ・ジュスタのエレベーターに乗って黄昏時のリスボンを見られてもいいですね。お疲れの方は明日も多分、この時間には帰って来れると思いますので、明日でも大丈夫かと思います。自由行動の方は明日、一日券のリスボンカードをお求めくださいね。どの交通機関でも利用できて、実に便利なカードです。場合によっては、それで美術館の割引もあるんですよ」

そこまで言って、例の大陸西端到達証明書をまだ渡していないことに気づき、添乗員の三浦さんから一人一人、名前を確認して渡してもらった。装飾文字はとても人気があり、いい記念だとみんな喜んでいた。

「あ、そうそう。ご参考までに紹介しておいた方がいいでしょうね。宮本輝氏がカモンイスのあの言葉《ここに地終り、海始まる》に触発されてタイトルにし、長編小説を書いています。内容はロカ岬とは別の話ですが、ロカ岬から主人公の女性に出された絵ハガキが鍵を握っているというもので、意外に面白かったです。何かの終わりは、新しい何かの始まりだと言いたいのでしょう」

そう付け加えると、もう説明することもなく、私は「どうぞお休みください」と言ってマイクを置いた。

ホテルに到着したのは、五時四十分より少し前だった。その足で地下鉄アヴェニーダ駅に向かい、三つのグループに分けて、それぞれ街に出かける人に実地で自動販売機から乗車券を買ってもらった。大部分の人が明日は何があるか判らないので、これからサンタ・ジュスタのエレベーターに乗って、黄昏のリスボンを眺め、夕食に間に合うように帰ってくる、ということだった。

「じゃあ、ガイドさんとはこれでお別れね」

北森さんがそう言って握手を求めると、他の人たちも次々と同じように握手を求めた。一番若い青木さんも、セミプロ写真家の大野さんも両手で固い握手をし、「とてもいいガイドだったので、ポルトガルが大好きになりました。ありがとう、オブリガード」と、ポルトガル語で感謝してくれた。

「こちらこそ、イグアルメンテ、ありがとうございました、ムイント　オブリガータ。明日もどうぞ、よい旅をお続けください。さようならは、アデウスですね」

私は出かける人たちを改札口まで見送り、添乗員、自由行動組の数人とホテルへ引き返した。水村もその中にいた。彼は遥かな昔、仕事でポルトに行ったことがあると言っていたので、恐らくはリスボンにも立ち寄っているのだろう。それで市内の様子が判るので、自由行動の方を取ったのかもしれない。

添乗員、ドライバー、私の三人で今日のミニ反省会を済ませたら、私はビドーさんの運転するバスで会社まで帰り、メールや留守中の様子などをチェックしておこうと思った。久しぶりにガイドの仕事をして私は疲れてはいたが、みんなから感謝されて、心は温かいもので満たされていた。

ホテルに帰り着くや、私は背後から水村周平に呼び止められた。

「あのォー、明日お会いできませんか？　あなたにもご都合があるでしょうから、ほんの少しの時間で結構ですので。勝手を申してすみません」

咄嗟《とっさ》のことで私は一瞬躊躇ったが、「ええ、いいですよ」と答えていた。ひょっとしたら、私はそういう問い掛けを、無意識のうちに待っていたのかもしれない。水村はその昔、一度仕事でポルトに来て、そのつながりでリスボンにも二泊したことがあるそうだが、あくまで仕事中心で、観光はほとんどできなかったと言った。

「じゃあ、私がご案内しましょう。これでもスタッフが八人おりますので、私が休んでも穴埋めは十分やってくれますから。見たいところを言ってくだされば、お連れします」

「じゃあ、お言葉に甘えて、例のエレベーターとサン・ジョルジェ城、それにグルベンキアン美術館に行けたら本望です」

「わかりました。午前と午後の二部に分けて、私が適切なルートを考えましょう。明日の朝、ホテルに九時十分前にお迎えに行きますので、朝食を済ませてロビーで待っていてください」

そう言って、私はドライバーと添乗員が待つロビーの一角へと急いだ。

(四)

昨夜はやはり心が乱れて、なかなか眠れなかった。失恋して、辛くて死に場所を求めて彷徨ったころのひりひりする痛みは歳月が癒してはくれたが、やはりそのころの自分がいとおしくて、泣いてしまった。親友の田原涼子に電話して気を鎮めようと思ったが、東京との時差を考えると、それもできなかった。結局ワインの助けを借りて、ようやく二時ごろ眠りに就いたらしい。

目が覚めたのは七時前だから、約五時間は寝ている。睡眠時間はこれで十分だ。朝食をいつもどおりに済ませ、化粧はいつもよりていねいに仕上げた。裏切られてしばらくは恨みもしたけど、やはり昔の恋人に会うとなると、お洒落をして身を飾る気持が起こっていて、私は苦笑した。

午前中はグルベンキアン美術館をメインに見学するつもりだ。ただ美術館は十時開館だから、その前の一時間がもったいないので、地下鉄で二駅目のバイシャ・シアードまで行ってサンタ・ジュスタのエレベーターに乗り、丘の上のバイロ・アルト地区にあがる。その界隈にはいい教会もあるので、少し散策してバイシャ・シアード駅まで戻り、同じ線で六駅目のプラザ・デ・エスパーニャで下車する。そこから二、三分も歩けばグルベンキアン美術館だ。美術館では一時間半程度、観賞すればいいだろう。昼食は、どこか近くのレストランで食べればいい。

午後の行動開始は二時ごろになるだろう。サン・ジョルジェ城に行くための交通機関を考えると、先ずは地下鉄プラザ・デ・エスパーニャ駅から一本の線で行けるサンタ・アポローニア駅で下車し、ポルトガル史上活躍した人々を祭るサンタ・エングラシア教会を見学する。そしてブラガンサ王朝の霊廟であるサン・ヴィセンテ・デ・フォーラ教会までは、そこから徒歩でほんの数分だ。霊廟の見学が終わると、そこからは市電28番に乗って、カテドラルまで行く。これも乗車時間はせいぜい十五、六分だろう。そこはもうサン・ジョルジェ城の麓だ。時間があればカテドラルの筋向いにあるサン・アントニオ教会を覗き、そこからお城行きのミニバス37番に乗って五時ごろお城に入場すれば、城址の見学と黄昏時のリスボンを眺めることができるはずだ。私の頭ではそのような計画を立ててみた。

地下鉄アヴェニーダ駅で下車すると、私はどの乗り物にも利用できる一日券、リスボンカードを二枚買った。自分と水村のために。

リベルダーデ通りを横切って次の通りを左折し、しばらく行くとルイ・ヴィトンの店がある。そこを左に折れると水村たちが泊まっているホテルが見えてくる。建てられて六十年は経つ古いホテルだが、アールデコ調のなかなか品のいいホテルだ。私はふっと、水村と出逢ったころを思い出し、これから恋人に逢いに行くのならどんなにいいだろう、と楽しかった時期の過去を懐かしんでいる自分に気づき、苦笑した。

ホテルには予定より五分早く着いた。水村はロビーのソファーに座って待っていた。私を見ると立ち上がって右手を上げ、「今日はほんとに申し訳ない」と開口一番そう言った。

「まあ、お座りくださいませ。今日の計画を少しご説明しますので」

そう言って私はソファーに座り、地図を出して、自分が計画した見学ルートと内容を簡単に説明した。

「これで、いかがでしょうか？　他に見たい所があれば、付け加えますが」

「いや、これで結構です。見たい所は全部入っています。ぼくは昨日もちょっと言いましが、三十代で一度ポルトに仕事で五日ほど来ていますが、リスボンは飛行機に乗るために行き帰りの二日ほど宿を取っただけで、ほとんど見てないんです。ホテルはポンバル侯爵広場の近くでしたが、その周りをぐるりと散策してすぐ空港へと急ぎましたので、ま、滞在はしたけど、見てないのと同じですね」

「あのころは南周りならリスボンに来るだけでもしっかり二日はかかりましたし、アンカレッジ経由でもロンドンやパリで乗り継いで、やはりずいぶん時間がかかりましたもの。もっとも今だって リスボン直行は無くて、ヨーロッパのどこかの空港での乗り継ぎは変わりませんけど。だから当時は用件を済ませると観光どころではなく、次の仕事のためにすぐターンしなければ、という時代ですものね」

「ほんとに、そのとおりでした」

「さあ、出かけましょう。これ、一日券です。使ってください。地下鉄の場合は改札口に、バスなどは昇降口に感知器が設置してありますので、それにかざすだけですから。小さいので、なくさないでくださいね」

そう言うと私はソファーから立ち上がった。

アヴェニーダ駅まで並んで歩きながら、私たちはほとんど無言だった。駅に到着して水村は初めて「ずいぶん綺麗な通りでしたね」と言った。

「ええ。リベルダーデ通りって言いますけど、一七五五年の地震の後、造られたんです。パリのシャンゼリゼ通りに似てますね。この通りに日本大使館もあるんですよ」

そう言っているまに電車が来た。通勤時間を過ぎているので、車内は意外に空いていた。二駅目のバイシャ・シアードで下車し、カルモ通りを数分歩いた。サンタ・ジュスタのエレベーターは二基あり、頻繁に上下していて待たずに乗れた。あっというまに上がり切り、螺旋階段を上って展望台兼カフェに行った。昼から行くサン・ジョルジェ城も、ロシオ広場も、バイシャ地区の赤みがかったオレンジ色の街並みもパノラマで見ることができる。私たちはコーヒーを飲むとすぐ腰を上げ、高い地区という意味のバイロ・アルトへの連絡橋を渡って、カルモ教会の裏側に出た。

しばらく歩いていると、サン・ペドロ・デ・アルカンタラの展望台に出た。ここもパノラマの景色が見えるが、さっきエレベーターの展望台で見ているので、水村の写真を一枚撮ってあげると、元の方向へ引き返した。スケジュールは始まったばかりなので、あまり悠長にはできないのだ。近隣を一回りしてエレベーターに戻るつもりで前に進むと、サン・ロケ教会の広場に出た。

「ここは天正の少年使節が一ヵ月ほど滞在したイエズス会の教会で、日本との縁が深い所です。一七五五年の地震で倒壊しましたが、このように再建されました。中に入ってみましょうね」

そう言って中に入った。右へ行けば博物館の入口に通じているが、これは割愛した。内陣へと進み、礼拝堂のきらびやかさには何度見ても目を見張った。珊瑚やメノウのモザイクで飾られていて、その美しさはリスボンでも比類がないと言われる。地元の人らしい老夫婦が静かに祈っていた。私たちもその後ろの椅子に座って、しばらく頭を垂れた。

「今度の旅で、天正の少年使節が東洋の国、日本の存在を西欧に知らしめてくれたということがよく判りました。当時の西洋人が、彼らのことを結構書いているようですね。開国派の信長が暗殺されずに、そして江戸時代、鎖国にならなければ、日本の歴史はもっと違った方向に進んでいたでしょうね」

「歴史に〈もし〉ということが許されるならば、ほんとにそうですね。南蛮貿易でポルトガルの物品が入ってくるばかりか、ポルトガル語もたくさん日本語に参入して、今じゃ元からの日本語のように思ってしまうほどですもの。歴史的にはこんなに深い関わりがあるのに、今の日本人には、ポルトガルはやはりヨーロッパの果ての、遠い国なんでしょうね。私の生涯は、そんなポルトガルと日本との掛け橋になることですわ。ポルトガルの真の姿を日本に紹介するＤＶＤも何本か作り、Ｎ

ＨＫや民放で、放映されましたのよ」

「そうですか。それは知らなかったな……。ぼくの方は仕事に明け暮れて、いつしかポルトガルから遠ざかってしまい、ポルトガル語も忘れかけている有様です。あなたは、偉いなあ……」

「そんなことありません。ただ、状況がそうさせてるだけです。そろそろ出ましょうか」

私がそう促すと、水村も「そうですね」と賛同した。入口の近くにロウソクの火を立てる台座があって、水村は「ちょっと待って」と言って献金箱にコインを入れ、一本のローソクに火を点し、台座に立てた。そして手を合わせ、深く頭を下げた。この人は何を祈っているのだろうか。私と別れて後、一体どんな人生を歩いて来たのだろう、と私は胸の内で問うていた。

サン・ロケ教会を出てしばらく歩くと、左手に考古学博物館がある。その先を左に折れると、カルモ教会の横伝いにサンタ・ジュスタのエレベーターへの連絡橋があり、それを渡っていると、水村が訊いた。

「これ、どうしたんです？　爆撃ではないですよね。ここは第二次大戦中は中立国だったはずだから」

「ええ、例の一七五五年の地震でこの教会は全滅したそうです。ポンバル侯爵の凄腕で街は異例の速さで復興しましたが、当時リスボン最大と言われたこの教会だけは、再建がなりませんでした。あの地震のただ一つの生き証人ですね。修道院の一部は模様替えされて軍の宿舎になったり、さっき横を通りました考古学博物館も元はといえば、この修道院の一角です」

そんなことを説明しながら、サンタ・ジュスタのエレベーターまで来ていた。私たちは地下鉄バイシャ・シアード駅に戻り、電車を待った。時計を見ると十時十分前だった。五十分ばかり散策したことになる。まもなく電車が来たので乗車し、六番目の駅、プラザ・デ・エスパーニャで下車した。地下鉄の出口から大きな交差点を渡ると、広大な公園と見紛う敷地の一角に、平屋建てのグルベンキアン美術館が横たわっている。私はカメラを持って来なかったが、記念すべき場所ではシャッターを押してあげると水村に伝えていたので、この美術館の正面でも一枚撮った。

「この美術館には、これまでよほど芸術づいた人しか来ませんし、ツアーのコースにも滅多にここは含まれていませんのよ。水村さんはどうしてここを選ばれました？」

美術館の玄関に向かいながら、私は訊いた。

「実は三年前、腎臓を悪くしましてね。手術して、リハビリでかなり長く会社を休んだことがあるんです。たまたま定期検診での帰りに東京都庭園美術館の前を通っていると、アメリカの画家の企画展をやっていたので入ってみたんです。絵の方はまあまあという印象でしたが、室内のガラス工芸が素晴らしくて、その時、初めてルネ・ラリックというフランスのガラス工芸作家を知ったんです。そこで貰ったパンフレットで、グルベンキアン美術館がラリックの世界的なコレクターだと知って、リスボンに行くことがあれば、ぜひ行ってみようと思ってたんです」

「そうですか。おっしゃるとおり、石油王グルベンキアンはルネ・ラリックと親交があり、画商を通さず直接彼から百数十点購入したということです。こんなにラリックの作品を持っている美術館は他にないらしいですね。じゃあ、ラリックの展示室から見ましょうか」

「そうしましょう」

私たちは第一から第八室を飛ばして、最後の第九室、ラリックの部屋に直行し、先ずはラリックに集中した。ガラスの陳列ケースに展示されたガラスの壺や花瓶たち。乳白色で半透明のガラスに浮き彫りされた女性裸像は優雅で、幻想的で、私も好きだ。やはり半透明なガラスに女性が薄絹を纏《まと》って両手を広げ、踊っている立像は、躍動感とエレガンスがうまく調和して、なんとも言えず魅力的だ。水村は一つ一つていねいに見ている。

「素晴らしいな。こういうガラスはオパールセント・ガラスって言うらしいけど、反射光ではクールなブルーに、光を通すと淡いオレンジに変わる不思議なガラスで、目と心を奪われますね。実にラリックはガラスの魔術師だ」

水村が小声で感嘆の言葉を述べた。美術館なので大きな声は禁物だから、私も囁くように言った。

「私は地元ですから、何度かこの美術館には来ていますが、ラリックの作品はどれも素晴らしく、いつも溜息をついてますのよ。これらの香水の瓶もステキですね。やはりオパールセント・ガラスのものが、好きですわ」

「アクセサリーもたくさん作っていますね。ブローチ、ペンダント、かんざし、バックルなど、彼の作品は当時の女性の心を捕えて、人気があったようです。細かい所まで実に綺麗に仕上げていて、芸術家であると同時に職人でもあったんですね」

水村はラリックが本当に好きらしく、食い入るように見ている。

「ああ、これ、これですね、あの一九九〇年のパリ万博で絶賛された《蜻蛉《とんぼ》の精》っていうのは」

そう言って水村は、しばらくそれを凝視していた。それはラリックの人気を不動のものにした作品といわれ、金で縁取りされ、ガラスの中に玉《ぎょく》やダイヤがちりばめられたトンボで、顔と胸は女性の姿を象《かたど》った不思議な雰囲気の作品だった。

こんなふうにていねいに見たので、ラリックの部屋だけで一時間かかり、第一、第二室のエジプト、ギリシア・ローマ、メソポタミアの古代美術、第三室のイスラム美術、第四室の中国、日本の陶磁器や浮世絵などは結局、素通りしながらちらちら目をやるに留まり、残りの時間を第五から第八室の西洋美術、とりわけ絵画を中心に見ることにした。途中で私は「午後の半分、あるいは全部をカットして、ここで心ゆくまでご覧になってもいいんですよ」と変更も申し出たが、水村は「ルネ・ラリックが目的でしたから、おまけに絵画まで見られるんですから、これで満足しています」と言って、予定どおりに進めることを望んだ。

絵画もルネサンスから近代の巨匠の作品まで、ほぼ揃っていた。

「この絵はいいなあ。肌が光り輝いて、いかにもこの若い女性が幸せだということが伝わってきますね」

水村がそう言ったのは、ルーベンスの『エレーヌ・フールマンの肖像』だった。

「ええ、この絵、元はロシアのエルミタージュ美術館の所蔵品でした。ロシア革命後の社会主義政府はお金に困っていたので、そこに一九二九年からの世界恐慌も重なって、グルベンキアンのようなコレクターに、かなり作品を売ったようです。あそこのレンブラントの作品『老人の肖像』も、エルミタージュから買ったものです。ルーベンスも、レンブラントも、エルミタージュにある絵より、こちらの方がよい作品だそうで、後日、ソ連は歯ぎしりして悔しがったとか。彼一人であちこちから六千八百点もの美術品を蒐集《しゅうしゅう》して、それも価値ある作品ばかりですから、グルベンキアンという石油王は、大変な目利きでもあったようですね」

「そうですよ、ほんとに偉い男です。彼はその名前から、ポルトガル人ではないでしょ」

「ええ、イスタンブール生まれのアルメニア人ということです。父親は銀行家だから、彼は裕福な家で育ち、イスタンブールで教育を受けた後、ロンドンに留学しています。卒業後はオスマントルコ帝国の鉱業省で石油採掘に携わり、やがて巨万の富を得て、それを遊興費にではなく美術蒐集に使ったから、こうして私たちは素晴らしい芸術と出逢うことができるんですもの。感謝、感謝ですね」

私は小声ながらそう説明した。こんなプライベートタイムにまで、気がつけば職業意識が顔を出していることに、私は内心で笑った。

「その後、彼はパリに住むようになって、ラリックといっそう親交が深まりますが、第二次世界大戦が始まり、早くにパリはナチス・ドイツに占領されて、ラリックの工房も接収されました。グルベンキアンも中立国のポルトガルに亡命し、気候風土がいいので戦後もここに住み続け、結局十三年暮らして没しますが、亡くなる二年前にすべてのコレクションをポルトガル政府に寄贈しました。この美術館は一九六九年に開館しましたので、残念ながら彼は見ていません。まだ三十数年の若い美術館ですね」

結局、西洋画も重立ったものは割にていねいに見て行ったので、美術館には二時間少々いたことになる。水村はとても満足したようだった。

昼食は、美術館の向かいのエスパーニャ広場から少しばかり東寄りの、カフェレストランでとった。一階は駐車場、二階がお食事処となっていて、私たちは運良く窓辺の席を与えられた。ウエイターが示したメニューの中から、私たちはポテトスープ、タコのサラダ、マグロのステーキを注文した。そして、ポルトの赤ワインのハーフサイズも。

それらが運ばれてくる間、私たちは今まで居たグルベンキアン美術館と、その広大な庭園を無言のままに眺めていた。静かなひと時を破ったのは私だった。

「このお昼は、私にご馳走させてくださいな。その昔、いつも奢《おご》ってもらってばかりいましたので、心ばかりのお返しです」

水村の表情が一瞬曇ったのを私は見逃さなかった。果たして私の心に邪気がなかったかどうかは自分にも判らないが、水村にとっては、覚悟はしていたのだろうが、やはり痛い言葉だったのだろう。しかし、水村はすぐに微笑を取り戻して、

「じゃあ、夕食はぼくに持たせてください。どのレストランがいいか、どんな料理がいいか、ぼく

にはさっぱり判らないので、あなたにお任せしますので」と頼んだ。

ウエイターがワインの栓を開け、グラスに注いでくれた。先ずはワインで乾杯した。私はふっと遥かな昔を思い出していた。ワインのことなど何も知らない私に、彼はこう言ったのだ。

――このワインはね、ポルト産のルビーって言うんです。色が鮮明で綺麗でしょ。樽で四、五年ぐらい熟成させていましてね、まろやかで甘味があって、女性に向いていますよ。

私もうぶで、純粋で、可愛かったのだ。そんな自分が裏切られて、死にたいとさえ思ったあの痛みは、もはやあんなに切羽詰まった痛みではないけど、思い出せばやはり胸がずきんと疼くのだ。

「やっぱり、ポルトのワインは美味しい」

水村はいかにも美味しそうに、舐めるようにして飲んでいる。彼の幸せそうな顔を見ていると、私は、これでいいのだと内心で言いながら、それとは逆に、深く傷ついた私に対して、一体どう思ってるのよ、一言あったっていいでしょう、と責める気持も起こっているのだった。

限りなく白に近い頭髪、刻まれた額の皺が水村に流れた歳月を語っているのだろうが、私の脳裏には初老の男の向こう側に、まだ二十代後半の、若々しい青年の顔が蘇っては消えていくのだった。

「ルネ・ラリックの作品も素晴らしかったけど、芸術を愛し、将来の美術館を夢見て、全財産をつぎ込んであれだけのものを蒐集したグルベンキアンの情熱に、すごく感動しましたね。ぼくの人生は仕事に夢中になって、病に倒れる三年前までは、芸術を忘れて生きてきた人生でした」

「でも今は、その忘れ物を思い出されたのですから、よかったじゃないですか。すばらしいことですわ」

私がそう言うと、水村は「ええ、遅ればせながらですが、本当によかったと思います」と、明るい声で応えた。そして続けた。

「今朝言いましたけど、実は三年前、腎臓ガンだと診断されましてね、片方を摘出したんです。当時はどうして自分がと嘆きましたが、摘出手術で何とか命拾いしましたし、結果として大切なことをいろいろと思い出させてくれたので、今では、病もまたマイナスばかりではなかった、と肯定的に考えています」

「そうでしたか……。そんなふうに考えることができて、よかったですね」

私はただそれだけしか言えなかった。

「東京にお里帰りはされないのですか？」

「もう両親も亡くなりましたし、兄の時代に代わっていますので、いわゆる里帰りはしませんね。青山のお墓には二、三年に一度はお参りしますけど。去年は娘が上智大学の大学院に留学したので、宿探しや台所用品を揃えるやらで、五日ほど東京に帰りましたね」

「そうですか……、娘さんがいらっしゃるんですか。それはよかった」

水村はホッとしたような表情をした。私が結婚し、子を持っていることを知って、安心したのかもしれない。

料理の方はポテトスープも、タコのサラダも、マグロのステーキも問題なく美味しかった。折角お互いを語り始めたのに、時計を見ると二時を十分過ぎていたので、私たちは慌ててレストランを後にした。

地下鉄プラザ・デ・エスパーニャ駅で電車を待っている間に、私は、朝ホテルで伝えたことを――ここから八つ目のサンタ・アポローニア駅で下車し、最初に見学するのはサンタ・エングラシア教会であること、そこへは緩やかな坂道を十分程度、上がって行くことを確認した。

乗り換えなしだから、サンタ・アポローニア駅には二十分足らずで到着した。テージョ川沿いにある駅で、埠頭には何隻かの小型船が停泊していた。しばらく歩いて右折し、緩やかな坂道を上がって行った。近道のために路地裏も歩いた。まもなく大きなドームを頂く、白壁のサンタ・エングラシア教会に着いた。水村はその大きさに驚き、二十年前に仕事でパリに行った時に見た、モンマルトルの丘に建つサクレ・クール寺院に似ていると言った。私が「形はむしろパリのパンテオンや、ローマのパンテオンに似ていると思いますが」と言うと、「そう言えば、そうですね」と賛同した。

広い空間に白い巨大な建物が青い空をバックにスッと立っている。威圧的だが、神々しい美しさがある。水村は何枚か写真を撮っていた。大き過ぎて建物全体はとてもカメラの枠には入らないが、記念のためにバロック様式のファサードをもつ正門の前で、私は水村を一枚撮ってあげた。

「この教会は殉教者エングラシアに捧げるために、十七世紀の終わりに建立されたのですが、その後の王様がやる気をなくして、中途で投げ出してしまいました。結局完成したのは二十世紀の一九六六年で、その時から国立霊廟となり、国家にとって多大な貢献をした名士たちの、言わば合祀殿となったのです」

説明はそれぐらいにして、中に入った。入場は無料だから、財布は出さずに済んだ。すでにその名が何度も出てきたエンリケ航海王子、ヴァスコ・ダ・ガマ、カモンイス、ブラジルを発見したカブラル、現代人ではファドの女王、アマリア・ロドリゲスなど、多くの名士が祭られていた。それらの人に敬意を表して私たちは立ち止まっては手を合わせ、黙礼した。中をぐるりと一巡するのに、それほど時間はとらなかった。

そこから少し坂を上がると、右手に長細いサンタ・クララ広場があり、ここが週二回、火曜と土曜に泥棒市と呼ばれる市が開かれる所だと言うと、水村は、

「エッ、盗品が売られてるんです？　それとも泥棒が多いってことです？」と驚きの声をあげた。

「盗品はあまり無いと思いますが、スリは多いですね。今日は市が開かれない日だから、人っ子一人いませんけど、明日は土曜だから人の出もすごいけど、スリも団体で来るでしょうから、大変ですね。この市で扱う商品は新品から中古やガラクタまで、ほんとに何でもありで、スリにさえ気をつければ、結構面白い所です」

そう言っているうちに、サン・ヴィセンテ・デ・フォーラ教会の裏手に出ていた。この教会は十二世紀半ばの失地回復運動、つまり、レコンキスタでイスラムからリスボンを奪回したことを記念して建てられ、リスボンの守護神の一人、サン・ヴィセンテに捧げられた教会なのだ。十六世紀に改築されて以来、ブラガンサ王朝の霊廟となっている。

この教会の横を通って正面に出ると、水村が「ファサードが美しいですねえ」と感動していた。私は少しだけ説明した。

「ずいぶん大きな教会で、ブラガンサ王朝の霊廟だけはありますね。珍しく鐘楼が二つあって、向かって右が修道院のものです。回廊のアズレージョも美しいですよ。二階にもアズレージョの壁がたくさんあります。それと聖器室は大理石をふんだんに使っていて、一見の価値がありますね」

入場料を払って中に入ると、私たちは内陣を一回りし、聖器室も見て、霊廟へと向かった。立派な石棺が多数並んでいたが、一九〇八年に暗殺されたカルロス一世と皇太子ルイスはその不慮の死を悼んでか、等身大の石像が立っていた。あの暗殺事件からすでに百年近い歳月が流れているのだ。さっとではあるが修道院も見たので、四十分近く経っていた。

外に出て、もう一度ファサードを振り返った。水村が言った。

「今度の旅で、アズレージョはウンザリするほど見たけど、やはり王家の霊廟だけあって、ここのはいいですね。あの失地回復のリスボン包囲戦は迫力があって、よく描けています。白地のタイルに紺の濃淡で絵を描いて焼き付ける、それがいつしか伝統芸術にまで高まったのですね」

言い終わると、水村はカメラを私に渡した。それは一枚撮ってほしいという合図だった。シャッターを押し、カメラを返そうとすると、リュックサックを背負った一人の白人青年が横から「エックスキューズ　ミー」と英語で呼びかけてきた。

「あなた方をお撮りしますよ」

そう言って青年は水村に手を伸ばした。私は一瞬躊躇って水村の顔をうかがった。水村ははにかんだような表情を浮かべて「撮ってもらいましょう」と言うと、カメラを青年に渡した。青年が「チーズ」と言ったので私は微笑んだ。

「オッケー」

青年は手を上げ、カメラを水村に戻した。その時「ご夫婦で旅行なんて、羨ましいな。よい旅を！」と笑顔を向けて去って行った。

「ご夫婦だなんて……、そんなに見えたんですかね。ハハハハ」

水村は声を立てて笑った。私も釣られて笑ったが、内心は複雑な気持だった。三十三年前、私は夫婦になることを信じて疑わなかったのに……。昨日と今日、二人一緒の写真を撮ったのも初めてだった。

細い路地を少し歩いて、私たちは市電28番に乗った。割に混んでいたが、私たちは運良く座れた。この28番は数分おきに出ていて、地元の人と観光客の足として大いに活躍している。電車は細い道を右へ左へと曲がりながら、緩やかな坂をゆっくりと下って行くので、外を見ていて楽しい。十二、三分経っただろうか。人通りが急に増えたので、目指すカテドラルとサント・アントニオ教会はもう近いということが判る。

角を曲がった所で電車は止まった。ちょうどサント・アントニオ教会の前だ。私たちを含めて多くの乗客がここで降りた。すぐ右にはカテドラルが見える。だが、私たちは目前のサント・アントニオ教会の方に先に入る。

ここでも私はガイドになって、説明する。

「この教会はリスボンの守護神の一人、サント・アントニオに捧げられたものです。彼がここで生まれたという伝承があり、十五世紀に小さな礼拝堂が建てられました。そして十六世紀初め、あのマヌエル一世が大きくし、その後の王様によって建て直されましたが、ここも御多分に洩れず、例の一七五五年の大地震で倒壊しました。その後再建されたのが現在の教会で、バロック・ロココ様式だそうです。何故かアントニオは縁結びの聖人として有名で、市民、とくに女性に大人気ですね。毎年六月十三日はアントニオ祭が行われ、イワシを肴に赤ワインを飲んで街は大いに盛り上がるんですよ。礼拝行進も行われ、麓まで練り歩きますね」

「そうですか。何故か、縁結びねえ……」

そう言って水村は祭壇に向けてシャッターを押した。私は水村のつぶやきが多少気になった。今さら縁結びとは関係ない私は、この教会は飛ばせばよかったかなと、ちょっぴり後悔じみた気持になった。

カテドラルに入った。今日見学する最後の教会、大聖堂だ。それにしては何だかせせこましい場所に建っていて、広い敷地に建つ他の大聖堂に比して、私はいつも気の毒に思う。

大体、ポルトガルの教会はレコンキスタに成功した十二世紀半ば以降に建てられたものが多い。このカテドラルもそうで、リスボンでは最も古いといわれる。だが、幾度かの地震——とくに一七五五年の地震はリスボンの街を壊滅させるほどだが——、それに伴う大火で大抵は崩壊し、再建されて今日に至る。このカテドラルも例外ではない。現在の姿になったのは二十世紀の初めという。でも、もう、私はそんな説明はしない。これまでたくさん教会を見てきて、最後は、ここで何かを感じ取ればいいと思うのだ。

「ステンドグラスが、ほんとにきれい。傾いてきた太陽の光を直に受けて、色も深まり、落ち着いた感じですね。図柄もイエスを抱いているマリア様だから判り易いし、これでパイプオルガンが響いてくると、私みたいな者でも額ずきたくなりますわ」

私は、正面入口の上にある丸いバラ窓を見上げながら言った。水村も黙って見上げていた。私たちは内陣を奥に進んで、主祭壇の前の椅子に座った。よく歩いたので足も少し疲れていたのだ。夕拝の時間にはまだ間があるが、右隣で老女が跪《ひざまず》いて小声でお祈りをしていた。何を祈っているのだろうか。その年齢まで無事に生きて来ることができたことへの、感謝の祈りかもしれないと思いながら左隣を見ると、水村も頭を深く垂れ、手を合わせて祈っていた。

私だけ覚めた目で周りを見回している。女一人、異国で子を育てながら生きて行くことは、辛いばかりでもなかったけど、気楽な日々でもなかったのだ。そんな暮らしをしてきて、私はクールになりすぎたのかもしれない。いやな私、胸の内でそうつぶやいて私は立ち上がった。

時計は後五分で五時だった。運良くお城行きの小型バスはすぐ来た。この時間でも乗り手は意外に多い。バスは時々軽くバウンドしながら、幅の狭い坂道を上がって行く。数分もすると丘の頂上、サン・ジョルジェ城に到着した。城門を潜り抜け、チケット売り場に行ってチケットを二枚求めると、係の男性が水村に対して、「シニア?」と訊いた。

「イエス」

何故か私が応えていた。係の男性は「フリー」と言って、キョトンとしている水村に、右手で出口の方向を指した。私の分だけ入場料を払い、貰ったチケットの一枚を水村に渡した。

「ハハハハ、この国でも六十歳以上はタダか。高齢者はどこへ行っても大切に、大切に、されるんですな。ありがたーい世の中です。ハハハハ」

水村が珍しく大きな声で笑った。私も釣られて笑いながら、彼の笑い声に却って哀切を感じ、彼の身に流れた歳月を改めて思わないわけにはおれなかった。

「冬は六時に閉門だけど、春から秋にかけては日没が遅いので、九時に閉門ですの」

「それで、この時間でも入場者がいるんだ」

そんな会話を交わしながらチェック・ゲイトへと進み、チケットを見せて、私たちはようやくサン・ジョルジェ城の、正確には〈城址〉公園に入場した。松の木があちこち植えられていて、日陰を作っていた。水村は何枚も写真を撮っている。太陽はかなり西に傾いてはいたが、見学するにはまだ十分明るかった。一通り写真を撮ると、水村は私の方に顔を向けた。

「眺望がいいですね。これまでもあちこちでパノラマのリスボンを見て来たけど、やっぱり、ここが一番いいように思いますね。空や雲や街並みがやや黄ばみ始め、テージョ川の色もその色に染まり、あと少しすれば街の明かりも灯って、きれいだろうなあ」

「そうですね。ここから眺める黄昏時のリスボンには哀愁を感じる人が多いんですよ。じゃあ、暗くなる前に城壁に登って見ましょう。もっと眺めがいいですよ」

そう言って私は水村を促した。途中、白黒の猫と黒い猫が松の根っこに座っていた。首を撫でてやると、そのままじっとしていた。

「野良猫でしょ。なのに、逃げませんね。それに肉付きもよく、だれか餌をやってるんですかね」

「ええ、ここのレストランや食堂で残り物など貰っているということですよ。観光客も苛める人がいないのか、このとおり、逃げたり隠れたりしませんでしょ。この公園には十匹ぐらいいるそうですが、みな性格が穏やかなようで、よくカメラマンが撮っていますよ」

「じゃあ。ぼくも」

そう言って、水村は二匹の猫を何枚か撮っていた。すぐ横にはレストランがある。私は昼食の時から、ここがいいと思っていたので、足を止めて言った。

「あのですね、ここ意外といいレストランですの。ここで夕食をとりません？　私は友人と年に何回かは来るんですよ」

「そう、ぜひそうしましょう」

「じゃあ、予約して来ますので、ちょっとここで待っててください」

私はドアを開けて中に入り、知り合いの従業員に二人分のコース・ディナーを注文した。一人二十五ユーロも出せばいいだろう。それは約束どおり水村に奢ってもらおう。水村は明朝のホテル出発が七時だから、今夜は早く帰してあげないといけない。だから六時を予約した。あと三十分ばかり、私たちは城壁に上がって、暮れていくリスボンを眺めることにした。

さっきまではまだ明るかったのに、もう空も街も淡いオレンジ色に変わっていた。この時間、周りの風景が刻々と色を変えていく。もう少しすると、赤味を帯びてくるのだろう。そして日没後のほんのひと時、空も街も川も紫色に染まるのだ。

私たちは、城壁のやや広くなっている所から暮れて行くリスボンを眺めていた。観光客も、来た時よりはずっと減っていた。レストランと食堂にはすでに照明がつき、街にもお城にも外灯が点された。

「こういう風景って、いいですね」

水村が心から言っているふうに聞こえた。その直後だった。水村が私を驚かしたのは。

「ぼくは、この旅で偶然あなたと巡り合って、本当に驚きました。そして、いつお詫びしようかと、そればかり考えていました」

私は驚きのあまり胸の内で「エッ……」と叫んでいた。

「今さら詫びて済むというものではありませんが、あの時の自分の行動がずっと心に凍りついていて、この歳まで、いつか詫びねばと思って暮らしていました。リスボンに住んでいらっしゃるなんて知らなかった。本当に、本当に、申し訳なかった」

私は気持が動転し、何を言っていいか判らず、しばらく黙っていた。荒くなった呼吸を整え、やっと口を開いた。

「あの時はあなたを信じて疑わなかったので、たしかに悲嘆に暮れました。でも三十三年の歳月が流れているのです。ご覧のように、私はこんなに強く、元気になりました。リスボンが私を育ててくれたのです。リスボンに来て本当によかったと思います。そのきっかけをあなたが作ってくださった、と思えばいいのです。こちらの人と結婚し、娘を産み、育てました。夫とは七年で離婚しましたが、私も至らないところが多々あったのです。良くも悪くも、成るべくして成るのだと、今は思えるようになりました。先ほどのあなたのお言葉でもう十分、もはやあのことは時効となったとお考えください」

言い終わって、私は自分でない何者かが言わしめたとしか思えないほど、落ち着いている自分を不思議に思った。

「ありがとう」そう言って水村は握手を求めた。私も自然に手を差し出していた。その瞬間、私の胸底にあった重苦しいものが、スーッと抜けていったような気がした。

「勿論、子供さんがいらっしゃるんでしょ？」

「ええ、息子が二人。上は三十一歳、下は二十九歳です。長男は妻子持ちですが、次男は家庭を持つと鬱陶しいと言って、まだ結婚する気はないようです。家は出てるんですがね。二人とも親の家にはあまり来ませんね」

「じゃあ、ご夫婦二人きりで、これからは美術館巡りや旅行など、楽しいことがいっぱい待っていますね」

「ならばいいんですが、家内とは考え方がかなり違いますので。家内はひとり娘でしたから、結構わがままでして、両親も亡くなって、誰もいなくなった実家の方で自由気ままに過ごしています。この歳ですから、もう自由にさせてやってるんです」

「まあ……」

私は次の言葉がみつからず、黙っていたが、気詰まりを感じて、話題を変えた。

「お仕事はもう完全にリタイアですか？」

「いえ、まだ現職です。一応ぼくは取締役ですが、休暇を取ってこの旅行に参加したんです。こんなことは、初めてのことです。社長以外の役員の定年は六十五歳ですが、実は今年いっぱいで辞めようと思っています。男の世界は権謀術数が渦巻いていて、実に汚いもんです。半年前に社長選挙がありましたが、信じられないほど嫌なものを見ました。もう好い加減こんな世界から足を洗って、人生の忘れ物を一つずつ思い出して、ゆったりした生活を送ろうと思うようになりました」

「そうですか……。水村さんがお決めになったことですから、きっといい選択をなさったのだと思います」

「それはどうだか判りませんが……」

「私は今しばらく、企画室長としてがんばります。歴史的にも深い関わりがある日本とポルトガルですが、実際はどちらの国民も、そんな国どこにあるの、といった状態ですよね。だから小さくてもいいから、両国の掛け橋となって、もっとお互いの交流を深めたいと思っていますの。そうそう、忘れぬうちに、私が作ったＤＶＤをお渡ししとかなくちゃあ。まだ四枚ですが、これらはＮＨＫと民放で放映されたものです。お帰りになったら、お暇な時にご覧になってくださいまし」

私はバッグから取り出した四枚のＤＶＤを水村に渡した。

空と雲が赤紫に変化していた。日没はもうしばらくは待つようだ。外灯に照らされた腕時計は約束の六時を示している。一瞬の紫の世界は、私だって見たい。だが明朝の早い出発を考えると、水村を八時までにホテルに帰してあげないといけない。すべてを見ようなんて、やはり欲張り過ぎるのかもしれない。ここまででいい。あとは想像力を効かせるのだ。胸の内でそう言って自分を納得させ、私は「さあ、約束の時間ですから」と水村を促してレストランへと急いだ。

料理はコース料理だから、いわばシェフのお奨め料理のようなものだが、前菜としてリスボンでは定番の、干しタラのコロッケが出た。時を見計らってスープ、魚介類のサラダ、牛肉のステーキが運ばれて来て、最後のデザートはスタンダードなプディンだった。赤のグラスワインもついていた。昔からそうであったが、水村も私も、食べ物ではあまり好き嫌いがなかった。それは三十三年を経ても変わらないようで、食べ残しが無かったので、ウェイターは空になった皿を取りに来るたびに、笑顔を向けた。

「私の胃袋が、わらわは満足しているぞ、と言っております。ご馳走さまでした」

私は礼を述べると立ち上がり、水村がレジで支払いをしている間、ドアの外に出て待っていた。その間に私は携帯電話で、よく使うタクシー会社に城門まで迎えに来てくれるようにと頼んだ。もう七時を過ぎており、一日券では乗り換えがあるので、不安なのだ。異国で、道に迷わずに、無事にホテルまで帰ってもらうには、玄関先まで送ってくれるタクシーに限る。そう判断しての電話だったのだ。タクシーは十分後には行くということだった。

支払いを済ませて出てきた水村にそのことを伝えると、とても気の毒がったが、「そこまでしてもらって、ありがとう」と受け入れてくれた。

レストランの軒下で、六匹の猫たちが三皿に盛られた餌を食べていた。喧嘩もせず、鳴きもせず、黙々と食べていた。水村が「同じ捨猫でも、幸せな猫もいるもんですね」と言った。

私たちは城門に向かって歩いた。もうすっかり夜景になっている。七つの丘に広がるリスボンの夜景は本当に綺麗だ。立ち止まって、しばし夜景を見る。昼と夜と、どうしてこうも風景が違うのだろう。

「偶然があの時のことをお詫びさせてくれて胸のつかえが少し下りました。このツアーに参加して本当によかった」

水村はそう言って、続けた。

「綺麗ですねえ。ぼく、この夜景は生涯忘れないでしょう」

深く感動している水村の横顔を盗み見て、私は内心で「もういいの。十分よ。あなたは教会でだって、深く祈ってたじゃないの」と言っていた。

城門の前で、タクシーが来たことを知らせるクラクションを鳴らした。私たちは急いで車に乗り込み、行き先をもう一度確認した。

私はバイシャ・シアードで降りた。そこから一日券で地下鉄に乗るためだ。タクシーが発車すると、水村は窓から手を振り続けた。どんどん遠ざかるタクシーを見送りながら、私は「人生って、やっぱし不思議ね」とつぶやくのだった。

高原のル・スタージュ

（一）

「失礼しまーす」

若々しい女の声と同時にドアが開く音がした。どうせホテルの客室係だろう。そう思って秀美は窓の外に目をやったまま「どうぞ」と気のない返事をした。

秀美は今朝八時半の新幹線で広島を発ち、名古屋で中央本線に乗り換えて、二度もバスを乗り継ぎ、この高原のホテル、すずらん荘に到着したばかり。ロビーでフランス語の講習会、そう、ル・スタージュの受付を済ませると、エレベーターで五階の自分の部屋、五一三号室へと直行した。

部屋は意外に奥まった所にあった。ドアを開けて一歩踏み込むと、秀美はハッと息を呑んだ。大きなガラス戸の向こうに高原が広がり、花々が咲き乱れていたのだ。秀美は鍵もかけずに窓辺に吸い寄せられ、籐《とう》椅子に腰を下ろすと疲れも忘れて景色に見入った。紫、白、橙を基調とするパステルカラーの巨大な風景画の中に、今は運休中らしいリフトの支柱が斜面に添って走っている。シーズンともなれば、色とりどりのアノラックを着たスキーヤーたちが、この斜面を滑り下りてくるのだろう。

こんなステキな風景をあなたに見せてあげたかったな。そうつぶやいて、秀美は胸に込み上げてくる感情に気づいた。一昨年の秋にあの世へと旅立って行ったあの人のことを思うと、いつもこんなふうに涙ぐんでしまうのだ。花々が繚乱《りょうらん》するスロープを見ながら、秀美は消えない痛みを恨めしく思うのだった。

「あのォ……」

女の催促するような再度の声に振り向くと、「やっぱり、先生ね」と若い女が目に喜びを浮かべ、両手を広げて飛びついてきたのだ。秀美は一瞬ためらったが、すぐにだれだか判った。

それは五年前の高二の夏、アメリカの高校に留学したまま音信が途絶えていた教え子の石坂涼子だった。自分のクラスではなかったのに名前を覚えているのは、一種の問題児として、その名が何度も同僚たちの口に上っていたからだ。たしか庄原《しょうばら》から来ていて、中一から寄宿舎に入っていた。提出物は出さない、時間には遅れる、通常のルールも守れないなど、およそ学校という枠に入り切らない自由児だった。秀美も高一で歴史を教えたが、提出物を出さないので何度か注意したことがある。それでも一向に出さないので、ついにこちらが根負けした。そんなふうだから寄宿舎でも舎監は相当に困っていたらしく、高一の終わりにはルールが守れないなら出て行くようにと言われたほどだ。

こうしたことがおそらくは涼子を深く傷つけ、自由な教育で著名なアメリカの高校への留学に踏み切らせたのだろう。教師たちの問題児扱いをよそに、涼子は同年代の生徒からは一風変わってはいるが、個性的な人として英雄視される面もあったようで、結構人気は高かった。秀美も鷹揚《おうよう》なところがなぜか憎めなくて、留学の際にはポーチを餞別としてプレゼントした記憶がある。でも、アメリカに行ったきり、音信不通のまま今日に到っていたのだった。

「まあ、石坂さんね……。そこに座って」と言って、秀美はもう一つの籐椅子を指した。

石坂涼子は言われたとおりに座ると、「先生、私の名前を覚えとってくれたん。カンドウするな」と、大げさな身振りをした。

「だって、あなたは在学中に目立っていたもの。覚えてますとも」と秀美が強調すると、「エエッ……」と涼子は意外な表情をし、

「やっぱり、そうなんかなあ。きっといろんな人に迷惑かけてたんだ」と、自分を納得させるような言い方をして、照れ笑いした。

「よく判ってるじゃないの」と言って秀美も笑いながら、続けた。

「ま、あなたは多少異次元の世界に生きていたからね。つまり自分独特の時間帯を持っていて、学校のワクに嵌《はま》らなかったのよ。よく言えば、極めて個性的だったってことね。でも、どうしてここに？」

「先生と同じ。フランス語の夏期講習に参加したんよ。先生はどうしてフランス語を？」

「そうね、現状の打破かな。シャンソンがフランス語で歌えたら、人生楽しいじゃない」

それは秀美の気持ちを表していたが、本当を言えば、ラジオのフランス語講座を四月から始めていて、テキストにこの講習会の案内があり、ふっと参加する気になったのだ。

「初級コースのメンバー表を見てたら、先生の名前があるじゃんか。同姓同名かもしれないとも思

ったけど、広島となってるから、こりゃあ間違いないと思って、部屋を訪ねてみたんよ。でも、驚いたなあ」

「そうだったの。こっちこそ驚いたわよ。全国から人が集まって来るというのに、あなたと一緒だなんてねえ。四期もあるというのに、二期のに鉢合わせるなんて。ほんとに奇遇としか言いようがないわ」

秀美は未知の人々の中でのびのびと一週間を過ごしたかったのに、残念だなと内心でつぶやきながら、改めて石坂涼子の顔を見た。化粧っ気はほとんどない。やや荒れた唇をして疲れた感じがないでもないが、皮膚はやはり若い。だから化粧なしでも見られるのだ。

それにしても、何という服装だろう。紫を基調としたカラフルで粗い編み目のオーバーブラウスが腰をすっぽりと覆い、赤や緑に彩られたギャザースカートがふくらはぎにだらりと垂れている。おまけに左足は赤、右足は黒のハイソックスを履いているのだ。本人は前衛的なファッションと思っているのかもしれないが、どう贔屓目《ひいきめ》に見ても秀美には美的とは思えない。そればかりか、いかにもだらしない印象を与えているのだ。この奇妙な服装に高校時代の枠外の生徒が偲ばれて、秀美はつい笑ってしまった。

「それで、アメリカの高校はちゃんと卒業したの？」

「したよ。それから大学に入ったんだけど、何となくつまんなくて、辞めたの」

「事情は判らないけど、ちょっと、惜しいような気もするなあ」

そう言いながら秀美は、言葉をどうつないでいいか頭の中で考えていた。

「私ねえ、理系はまったく能力ないし、かといって文学的でもないし、一応経済学部でマネジメントを専攻したんだけど、ちっとも面白くなかったの」

「そう。で、フランス語もやってみようってわけか。つまり、自分探しの旅？」

「ん、ま、そういうことにしておこうかな」

恩師に対していやに馴れ馴れしい口調が秀美には多少気になったが、五年ぶりの再会をともかくもこうして喜び合ったのだ。

「これから一週間もこの宿にいるんだから、アメリカの話はゆっくり聞かせてもらうとして、今現在は何をしてるの？」

「地元の語学学校で非常勤講師してるの」

「へーえ……」と言ったきり、秀美はしばらく言葉が出てこなかった。

「先生、よっぽど驚いたみたいだね。昔を知ってるから、驚くのは無理ないかなあ」

「そうよ。人は変われば変わるもんだ。人間て、捨てたもんじゃないと、実感してたの」

驚きがまだ収まらないままに、秀美は気になっていたことを切り出した。

「あのねえ、ここでは先生という呼び方は御法度にしようよ。いい？」

秀美の念押しに、涼子は「分かったわ。でも、何て呼ぼうかな？」と聞いてきた。

「そうねえ、森野さんでいいかな」

「森野さんねえ……。アメリカじゃ先生たちを愛称で呼んでたけど、日本じゃ森野さんて言うの、何となく抵抗あるな……」

「頼むわよ。それに、もう一つ、人前では教え子だなんて言っちゃあダメよ」

「どうして？」

「私もこの一週間は自由人でいたいのよ。第三者の前では、同県人の誼《よしみ》でこうして親しく口をきいてるってことにしてよ」

「つまり、他者を欺くってことね。先生がウソをつけって言うんだから、オモシローイ。お互いに自由人でいれば、ロマンスだって生まれるかもしれないもんね」

そう言って涼子は声を上げて笑った。

「私の方は、それはないと思うな……」

そう言いながら秀美は、不覚にも胸の奥でまだ癒えない傷が疼くのを感じて、目頭が熱くなった。

そう、彼とは歳の差が一回り以上あった。知り合って熱烈な恋に陥り、すぐ婚約したのに、週二日だけを一緒に過ごせるようになったのは十三年も過ぎ去ってからだった。そんなにも遅れた理由は、高齢で入退院を繰り返す長患いの彼の両親がいたことや、兄を熱愛するあまり、秀美に憎悪をむき出しにする独身の妹が存在したこと、それに年を重ねるごとに彼には仕事の重責が降りかかってきて、多忙を極めていたことなどであったが、秀美は待つことがお互いの関係を新鮮にしているとも思えたので、敢えて結婚という形式に拘らなかったのだ。

幸せな日々が思いがけず伏兵に襲われたのは、それから五年後のことだった。彼は肝臓ガンだと診断され、秀美も動転して冷静さを失って泣き暮らし、一ヵ月は食事もろくに喉を通らなかった。彼の方は少しでもよくなることを信じて、積極的に闘病生活に入ったのだ。そして入退院を繰り返しながら、結局、一番やりたかった研究を残して、無念だと言い続けながら、一昨年の秋にあの世へと旅立って行ったのだった。時が悲しみを幾分和らげてくれはしたけど、秀美の心に住みついている彼は、これからも出て行きそうもないのだった。

「ただ、ちょっと別人になりたいだけ。でも勉強が済むと時々は二人きりで散歩したり、お茶を飲んだりして、その時は真実の姿に戻って、アメリカのお話なども聞かせてよ」

秀美は気持ちを盛り上げるために、声を弾ませた。

「私も聞いてもらいたいことが山ほどあるんだ。能天気のように見えても、結構苦労したんだから。じゃあ今日はこれで失礼するね」

石坂涼子は籐椅子から立ち上がると、部屋をぐるりと見回した。

「この部屋、先生一人で？」

「そう。忙しかったので予習が全然できてないの。で、夜中も起きて辞書と首っ引きになりそうだから、相部屋じゃ人に迷惑するでしょう。勿体無いけど個室料金を払ったのよ」

「いいなあ、お金持ちは。私なんか四人よ。デパート勤めの人と学校事務員、それに短大に行ってる人で、性格は好い人たちみたい」

「なら、いいじゃない。私はお金持ちではないけど、他を始末して、多少の我が儘を許してもらうのよ」

「ところで、この部屋、お風呂とトイレある？」

「エッ、ないの？」

そう言って秀美は初めて部屋を見てまわった。それらはどこにも無かった。

「いやーだ。このホテル、冬のスキー客を鮨詰めして儲けようというのね。でも、いまさら文句言ってもどうにもならないけど……。ま、勉強のための宿にはふさわしいかな」

「そう。山小屋よりちょっとマシ。涼しいだけが取り得みたい。大風呂が地階にあるよ」

涼子はそう言って笑うと、糸屑《いとくず》でもついていたのか、長いスカートの裾を手で払った。

「その服、色も材質も変わってるわね。個性的と言おうか、独特な雰囲気だこと」

秀美の口から自然に言葉が出ていた。

「でしょう」涼子は尻上がりに言いながら、「こっちに帰ってくる前にメキシコに行ったの。ティファナというアメリカとの国境の町で、インディオたちがバザールを開いてて、そこで買ったの。上下で百ドルもしたんよ」

涼子は得意げだった。材質や図柄や色調は確かにおもしろい。でも、上下の色合わせがメチャクチャ。その点でも、涼子は天下御免のユニークな教え子なのだ。秀美は、年頃からいえばレディがこんな格好で平気でいられることがむしろ彼女らしく、憎めないなと思えるのだった。

外に出てみた。疲れてはいたが、やはり秀美は好奇心旺盛なのである。もう日は陰っていて空気がひんやりしている。この辺りは高原の入口で、すずらん荘からL字型に折れる道路に沿って瀟洒なホテルが数軒並んでいるだけだ。すずらん荘の前の道路はもっと奥の高原に通じているというから、この高原の広さがうかがえる。その道路を隔てて大きな池が横たわっているが、夕食までの散策に一周するには時間がなさそうだ。

それで秀美は、ホテルが並ぶ道を行き止まりまで歩くことにした。すずらん荘の斜め前にはモダンな喫茶店がある。客は入っていないが灯は明々とついている。いつか入ってみようと秀美は思った。どのホテルも人の気配があまり感じられない。レンガ造りの高級ホテルも閑散としている。夏枯れというか、寂れた感じさえする。やはりこの高原は、夏よりもスキーシーズンが本命のようだ。

すずらん荘に戻ると、玄関前に中型のトラックが横付けされていた。その傍らで石坂涼子が白髪の老人と話をしていた。老人は直立不動の姿勢で涼子と向き合っている。どう考えても不釣り合いな二人であり、秀美は何事だろうかと気にしながらロビーに入った。

夕食は六時半からだから時間はまだある。ソファーに座って見るともなくテレビを見ていると、五十回目を迎えた広島の平和記念式典が、ニュースとして報じられていた。ああ、今日は八・六だったのだ。秀美は朝までは覚えていたのに、高原に来るところっと忘れている自分にいささかショックを覚えていた。これまで、広島を離れてこの日を迎えることはほとんどなかった。秀美の一家は戦後台湾から引揚げて来たけど、上の姉は大阪の女子専門学校に内地留学し、たまたま夏休みに広島の親戚の家に来ていて被爆した。そして二十年前、原爆症で死んでいる。

そのうえヒロシマで教師をしていると、八・六は日常的に意識に在る。少なくとも秀美はそう思っていた。それなのに、ほんの一日広島を離れただけで、ニュースを見なければ意識から消えているなんて……。これは一体どうしたことか。これでは被爆地以外の人々に痛みを共感してほしいと思うのは、無理ではないか。秀美はそんなふうに、いささか自分を責めながら映像を見ていた。

八・六の平和公園は例年同様、驚くほど人が集まっている。カメラがそれを広角で巧みに映し出す。献花のトップバッターは広島市長だ。続いて遺族代表。そして内閣総理大臣と続く。やがてカメラは平和宣言を読み上げる市長の顔をクローズアップした。そして遺族代表の二人が平和の鐘を突く。アナウンサーが原爆投下の時間を知らせる。「黙禱」の合図でしばらく無音のスクリーンが映し出され、秀美も遅ればせながら黙禱した。

目を開けると、ハトが群れをなして空に飛び立っていた。羽音がいやに鼓膜に響く。その映像が消えて別の映像に変わったその時、横から女の声が聞こえた。

「五十年前、原子爆弾で人がいっぱい死んだから、ああやって思い出して、戦争したらいけないと誓っていたのよ」

秀美はオヤッと思って振り向いた。若い母親が、まだ幼稚園くらいの女の子に説明していた。奇特な人の存在に秀美は感心し、少しばかり嬉しくなった。

食事前に一度部屋に戻って着替えをしてこよう。そう思って秀美がソファーから立ち上がろうとすると、石坂涼子が大きな袋を抱えて玄関から入って来た。すぐ秀美に気づき、そばに来て袋を差し出した。

「これ、同室の人と食べなさいって。戦友が持ってきてくれたの。お裾分けします」

「戦友って……、さっきトラックのところにいた白髪のご老人？」

秀美は腑に落ちぬといった気持ちで訊いていた。

「そう。お父さんの部下だった人」

「エッ……」

「うちの父さんは昔、陸軍の将校で、二百人くらい部下がいたんだって。さっきの人、名古屋に住んでて、あのトラックで私を名古屋からここまで運んでくれたのよ。他の戦友がここから割に近いところに住んでるらしく、そこで用事を済ませて、帰りにまたおやつを持って寄ってくれたの。昔の人って、すごく律儀だね」

「そうだったの」と言いながら、秀美はやはり腑に落ちなかった。将校で部下が二百人となれば、おそらく当時三十歳は超えていたにちがいない。戦後五十年も経っているのだ。単純に計算しても、父親は八十過ぎということになる。涼子は二十二のはずだから、常識では歳が合わない。ひょっとすると、貰い子かもしれない。あるいは何か複雑な家庭の事情があるのだろうか。そう思うと、秀美は迂闊《うかつ》に家庭のことは訊けないなと自戒した。

食堂は二階にあった。夕食は決められた時間内で、それぞれ食堂で自由に食べるようになっていた。テーブルにはかなりデラックスなお膳が用意されていて、秀美は合宿で刺身が出ようとは思ってもみなかった。

「さっき聞いたんですけど、夕食は毎日こんなふうにお刺身がでるんですって」

そう言って早速仕入れた情報を伝えてくれたのが、隣に座った黒木直子さんだった。彼女は偶然同じ初級で、札幌から来たと言った。一見して年齢が近いらしく、秀美は同じクラスに同世代がいることにほっとした。

「じゃあ、あの参加費は高くないですね」

秀美は八万円を少々出た費用に納得した。

食堂はいつのまにか満席になっていた。秀美はぐるりと見渡し、参加者が思いのほか多いのに驚いていた。見知らぬ同士がすぐに打ち解けて、どのテーブルも談笑で賑わっていた。後ろの席からはフランス語が聞こえてきた。「Bien sur《ビャンシュール》（もちろん）」とか「Bonne idee《ボニデ》（いい考えだ）」などは何とか聞き取れた。ラジオ講座でしか触れたことのないフランス語をこうして直に聞いて、秀美はほんとに高原での講習会に来たのだなと実感した。

食事が終わると黒木さんが「少し辞書引きましょうか」と言って、意外に早く腰を上げた。彼女も予習のことが気になるらしい。

「そうしましょう。私、ほんとに初心者ですのよ。解らないところ、教えてくださいね」

秀美のその言葉に、黒木さんも「こちらこそ、よろしくお願いします」と頭を下げた。

エレベーターを待っていて、黒木さんが不意に言った。

「明日からの教室、見られました？」

「いいえ」

「じゃあ、一応見ておきましょうか」

「そうしましょう」ということになり、地階まで下りた。初級の教室は半地階で、隣はスポーツの部屋らしく、卓球台とウォーキングマシーンが置いてあった。教室では数人の若い女性たちが辞書を引いて予習をしていた。入口には自動販売機が設置されていた。黒木さんはコーヒー好きなのか、早速それを求めて、部屋で飲むと言った。そして急に閃いたのか、「私たちもここで予習しますか？」と訊いた。

「いいえ、私は自分の部屋がいいわ。あなたは？」

秀美は少し気儘に振る舞いたかったので、たとえ彼女がここで予習すると言っても、自分は部屋に戻るつもりだった。

「私はここに来ようかな。解らないところがあれば、みんなに訊けるし。ともかくテキストを取りに一旦帰ります」

そう言うと、また二人でエレベーターのところに戻った。


開校式とオリエンテーションは、食堂で八時から五十分間の予定で行われた。気がつけばまた黒木さんが隣に座っていた。同世代の連れがいることに安堵したものの、日本人教師、木村先生の説明を聞いていると、秀美はだんだん不安になってきた。この講習会への参加を決めたのが多忙な一学期末だったとはいえ、もう少し予習をしてくるべきだったと、早くも後悔するのだった。

それに、若い人はきっと飲み込みが早いことだろう。自分だけが取り残されるのではないか。英語教師といえども、フランス語ができるとは限らないのだ。そう言い聞かせながらも、それでプライドが許せるかというと、そうもいかない自分がいて、秀美は、学ぶということの意味を改めて心に問うてみるのだった。

木村先生の説明が終わると、フランス人教師デュマ先生が母国語で挨拶をした。秀美にはところどころ単語が解る程度。そんなわけで、明日からの学習にいっそう不安を覚えずにはおれなかった。

初級クラス二十五名中、男が十五名。その内、三、四十代とみられる者が五名、あとはおそらく二十代だろう。女は十名中、半月前に四十代の終わりに手が届いた秀美と、札幌から来た黒木さんが見た目にも年齢が高く、他は明らかに若くて、大学生かＯＬのようだった。自己紹介は翌日の授業の中でフランス語で行うことになっていて、その夜はそれくらいのことしか判らなかった。

秀美は仲間とのあまりの年齢差にいささか驚いていたが、黒木さんも不安を感じているようだった。話していて彼女は四十六歳の独身だと判り、初級クラスでは結局秀美が一番年長らしいことが判明した。

上級クラスは男女ともなぜか高齢者が多く、彼らは毎年この高原で行われるこの講習会の常連らしい。互いに顔見知りなのか、傍目にも親しそうだ。彼らはフランス人教師とフランス語で会話ができて、中には二年半後にこの地で開催される冬季オリンピック大会のボランティアとして働きたいと、目的がはっきりしている者もいた。秀美は、その口から流暢なフランス語が出てくる彼らに圧倒され、尊敬の念さえ抱くのだった。

石坂涼子は昼間の奇妙な服装で、若者たちの輪に違和感なく加わっていた。物おじしないところが、高校時代からの彼女のいいところなのだ。

オリエンテーションは予定より早く終わったが、石坂涼子をはじめ若者たちは残って交流を深めるようだった。

秀美は自分の部屋に戻ると、地階の大浴場へと急いだ。入浴時間は十一時までだが、予習のこともあり、あまり遅くならないうちに済ませておきたかったのだ。

先客が一人、浴槽に浸っていた。オリエンテーションでは見かけない顔だったので、講習会に来た人ではなさそうだった。

「いいお湯ですね」

秀美が挨拶を交わすと、相手も「ええ、疲れがとれますわ」と応えた。秀美は「失礼します」と言って、大きな浴槽の向こう側へと泳いで行った。さざ波が立ち、女が笑っていた。全身が伸びて気分がいい。さっきまで部屋に風呂がないことを残念に思っていたのに、大浴場に入ってみると湯がきれいだし、これもいいなと思えた。

それにドライヤーを忘れてきたことを心配していたが、備付けがあることも分かり、秀美はひと安心した。いつもは烏の行水だと母や姉に笑われるが、久しぶりにゆったりした気分で浴槽に浸った。絶え間なく流れてくる湯の音に耳を傾けていると、彼を亡くして悲嘆に暮れていた自分が、そしてまだ傷は癒えないけれど、まんざら不幸だったわけでもないと思えてくるのだった。

部屋に戻って時計を見ると三十分以上も入浴していたことになり、秀美は自分でもいささか驚いていた。洗濯物を干すためにベランダに出ると、ひんやりとした夜風が頬を撫でた。さすがに高原の風だ。火照《ほて》っていた体もすぐに冷えた。

星が澄んでいる。やはり下界とは違う。秀美はしばらく華麗な星空を見上げていた。彼のことが偲ばれて胸が疼いた。亡くなってまもなく二年になろうとしている。心にぽっかりと穴が空き、どうやって生きて行こうかと思案に暮れたあの頃から、そんなに時が経っているのかと思うと不思議な気がした。

消灯時間の十二時まで予習に当てる。一行ごとにいくつも単語を辞書で引かねばならない辛さ。

溜息の連発。毎朝、通勤の途次にマイカーでラジオのフランス語講座を聴くようになって、四ヵ月は経っている。けれど、出かける前にサッと目を通す程度の予習復習では力がつくはずがない。それが解っているなら改善すればいいのに、余技だと思うから、ついお座なりになるのだ。英語のできない生徒たちは、きっとこんな状態で授業を受けているのだろう。いくら周りが叱咤激励しても、本人が本気で取り組まないとどうにもならないのだ。秀美は学ぶ立場にまわってみて、いろいろと見えてくるものがあった。

（二）

五時半に目が覚めた。カーテンを開けると目が眩《くら》むほど明るい。下界より高原の方が一足早く朝がやって来るようだ。ガラス戸を開けるとひんやりした空気が肌に突き当たる。秀美は、鳥肌がたつ半袖のパジャマの腕を思わずさすった。

バルコニーに出て深呼吸すると、肺にストレートに冷気が入り、痛いような心地よさだ。洗濯物もみな乾いていた。秀美は早朝だから隣室に迷惑をかけてはいけないと思い、足音をたてないようにしてストレッチ体操をする。体の筋が伸びて気持ちよい。部屋に戻ると秀美はまた机について、辞書を引いた。朝食は七時から八時までの間に各自とればいいから、時間はまだ十分あった。没頭すると意外に時が早く経つのか、あっという間に七時になっていた。秀美はエレベーターで二階の食堂へ向かうが、早過ぎるのかだれとも出会わない。食堂にもまだほんの数人しか来ていない。朝食はバイキング形式の洋食で、秀美はパンとミルク、野菜サラダとコーヒーをテーブルに運び、ゆっくり食べる。それでも二十分もすれば終わり、秀美は部屋に帰ってまた予習をした。

授業は、午前中が九時から十二時まで。途中で十五分間の休憩がある。午後は一時から三時まで。やはり途中で十五分間の休憩。そして四時までが課外活動で、フランスの人気スポーツであるペタンクと散策が組み込まれている。

出てくる単語をことごとく辞書で引いていては、予習は何行も進まない。これでは時間はいくらあっても足りそうもない。そんなわけで、現実が迫ってくると、当てられたらどうしようと、秀美の胸に子供じみた不安が充満してくるのだった。

教室に行くと、ドアに大きな注意書きが貼ってあった。始業前に入口の箱に昼食の希望票を入れること。点線を切って半券とし、それを昼食時に食堂に提出するよう指示してあった。きっとオリエンテーションで言い忘れたのだろう。洋食と和食の二者択一の選択で、秀美は洋食を記入した。

一時間目はブーシェ先生だ。先生は少し声が小さい。自信のない者にとっては、力強い声よりこの方が親しみがもてる。内容は挨拶を中心とした会話と発音の授業だ。

「今日は。私の名前は○○です。私は□□から来ました。私は◇◇の仕事をしています」

まずはこの基本形がフランス語で板書され、幾人かの生徒の職業が抽出されて、それを使って練習した。初めはみんなで先生の後について声を出して読み、やがて両側の人とペアになって順番に「Bonjour《ボンジュール》（今日は）」から言わされる。それをみんなが見ている。

秀美の左側の相棒は後で分かったのだが、十月から一年間、仕事でパリに赴任するという三十代の田中健司さん。すでに東京の語学学校で学んでいるというが、発音はそれほどいいとは思わない。右側の相棒は東京の有名私大の学生、長嶺亮介君だ。彼は文学部の二年生でフランス語が第二外国語というが、まるで初心者。どうにも解らなくなって、きっとこの講習会に参加したのだろう。

黒木さんも札幌の語学学校で初歩を学んで来たというが、読み方は下手だ。秀美と同県からの参加者は教え子の石坂涼子ともう一人、三原から来た村瀬智久さんがいる。彼は国家公務員で四十代後半らしいが、詰まって詰まって聞くに堪えないような読み方をする。これで来春からセネガルに半年ほど出張だというから、気の毒至極というほかない。長嶺君以外にも東京の有名大学の男子学生が数名いて、青木君も山内君もお世辞にもいい発音とは言えない。多分授業についていけなくなったので、この講習会で何とか遅れを取り戻そうと考えたのだろう。お互いに知り合いらしく、仲がよかった。

そんな中で秀美も石坂涼子もイントネーションと発音はいい。概して女性の方が反応がいいようだが、一人だけABC《アベセ》の読み方すら解らない女子短大生がいる。村瀬さんとこの女子短大生は見ていて気の毒に思う反面、こちらがつい、イライラしてくる。ブーシェ先生はなお「Encore une fois《アンコール ユーヌ フォワ》（もう一度）」と穏やかな笑顔を向ける。秀美はブーシェ先生の忍耐強さと寛大さに尊敬の念さえ覚える。そしてできない生徒がたくさんいることにホッとし、急にみんなに親しみを感じるのだった。二・三時間目は木村先生の文法と筆記練習（Grammair《グランメール》 et《エ》 Exercices《エグゼルスィス》 écrits《エクリット》）だ。筆記練習は当てられると前に出て板書しなければならない。まだ初めだから予習は余裕のうちにあるが、進み方しだいでは間に合わなくなるかもしれない。秀美はそんな不安に駆られながら、要するに一つ一つ確かに覚えていくことしか方法はないのだ、と自分に言い聞かせた。

　ところが、木村先生の授業では練習問題を全部やらないことが判った。折角時間をかけて辞書を引いたところが「じゃ、この辺りでつぎへ進みましょう」と言って飛ばされるのだ。それも奇数を飛ばすと判っていればまだしも、随意なのだ。飛ばさないでと言いたいところだが、先生にも限られた日数でこなさなければならない予定があるのだろう。だから誰もそんなことは言わない。

　ただ、番狂わせに周りがうろたえている様子が手に取るように判る。あらかじめ参加者名簿で自分の当たる箇所を想定していたらしい長嶺君も泡を食って、「順番が狂ってしまった。ちょっと見せてください」と秀美のノートをのぞく始末。秀美とて自分の予定していたところがずれてしまったので、新たに当てられた問題をあたふたと見ている。ああ、よかった、と思わず内心でつぶやく。単数形を複数形の動詞と定冠詞に直す箇所で、これは自信があったのだ。

　親子ほども歳が違う長嶺君と一緒に前に出て解答を黒板に書き、席へ戻ってそれを声に出して読む。気恥ずかしくもある。二人とも木村先生から「Très《トレ》 bien《ビヤン》!（大変よろしい）」と言って赤い丸をしてもらい、秀美は石坂涼子の手前、何とか体面を保つことができた。

こんなふうに三回も四回も番狂わせがあり、いささか秀美も緊張して疲れを覚えた。自分の英語の授業は一体どうだったか。あまり番狂わせはしなかったように思うが、それでもできの悪い生徒たちはこんなふうにびくつきながら授業を受けていたのではないか。そう思うと、二学期からはもっと優しく生徒たちに接しよう、と秀美は久しく感じたことのない気持ちになるのだった

木村先生のやり方だと、長時間かけて予習した練習問題をあれこれ飛ばしながら先へ先へと進むので、この調子だと予習したところが早くも明日には底を突いてしまいそうだ。こちらに来てからは暇さえあれば辞書と睨《にら》み合って予習しているのに、たった一日でそれらが尽きるとは、残りの日々が思いやられて、秀美は少々不安に陥るのだった。

そもそも語学は予習だけではだめで、復習をしないと力はつかない。それは英語教師である秀美には言わずもがなのことだが、現実は予習にほとんど時間を取られて、復習にまで手が回らない。それどころかこの進み具合だと、辞書引きさえ間に合いそうにない。どうしよう……。頭はパニック状態だ。この苦しさをどう乗り越えるか。歯を食いしばって頑張るか、それとも手を抜き、諦めるか。おそらくここで分かれていくのだ。〈忍耐力〉こそ語学上達の決め手なのだ。秀美には英語が不振な生徒がどうして解らなくなったのか、今こそ透けて見えるような気がした。

「終わったァ」

そう言って深々と息をついたのは長嶺君だった。それがみんなにも聞こえてしまい、笑い声が漏れた。それぞれに長い午前の学習が終わり、みんなも同じ気持ちだったのだ。なにも言わなくても、

共感の笑い声だということが顔つきで十分に分かる。木村先生も苦笑いしている。口髭など生やして一見怖そうな感じだが、笑うと目が消えて優しい顔立ちになる。途中で休憩があったとはいえ、生徒にとって番狂わせで、しかもたびたび当てられることに怯えながらの授業はしんどかった。教師もまた、できの悪い生徒を相手に忍耐と寛容の時を過ごすのは相当の努力の要ることで、疲れたに違いない。

「くたびれましたねえ。私、もう頭が飽和状態。食欲もあんまりないほどです」

食堂に向かいながら、黒木さんが溜息まじりに言った。

「ほんとに、戦々恐々としていました。こんな気持ちになったの、何十年ぶりかしら」

秀美は、決してオーバーなことを言っているのではなかった。

「私もですよ。あと五日間、もつかしら。もう札幌に帰りたくなっちゃった」

そう言って黒木さんはくすっと笑った。

食堂では列をなして並んではいたが、朝注文しておいた洋食の半券を見せると、すぐセットされた配膳を渡してくれた。洋食といっても、サンドイッチに野菜サラダと牛乳の簡単なものである。黒木さんも同じものを頼んでいたらしく、一緒にテーブルについた。食欲がないと言った割には、彼女は残さず食べていた。

「おたくは発音がいいですね」

そう言って秀美に話しかけて来たのは、向かいに座っている同じ初級の田尻敏夫氏だ。彼は大阪から来たフォンクスィヨネールだと言っていたから、府か市の公務員なのだろう。よく太っていて、貫禄があり、笑うと金歯が嫌みのない程度に光っていた。

「発音だけは何とか」

秀美は自分でもそう思うから、正直に答えた。こういう時、日本人としては遜《へりくだ》って「いいえ、そんなことありません」などと言う方が奥床しいのだろうが、職場のアメリカ人同僚に影響されて、秀美は素直に相手の言葉を受けるようになった。

「ぼくは去年もここに来たんですが、フランス語は難しいですね」

「でも、その難しさを知ってなお来られるんですから、熱心じゃないですか。何か特別な目的でもおありで？」

「ええ、まあ。来年の秋ですけど、一ヵ月ほどリヨンに研修出張するんです。それだけでなく、昔からフランスには行ってみたいという憧れがありまして、勉強を始めてたところへチャンスがめぐって来たってことです」

「羨ましいお話ですね」

一緒に話を聞いていた黒木さんが横から口を挟んだ。

「私は一度観光でパリには行ったことがあるんですけど、この冬休みにでもまた行ってみようかなと思いまして。フランス革命の跡をたどってみるのも面白いでしょうね」

秀美はそう言いながら、口から飛び出した言葉に自分でも不思議な力を感じていた。今の今まで、この冬休みにパリに行こうなどとは思ってもいなかった。虚栄心が言わせた言葉ではなかった。いつか一緒に行こうね、そう言いながら彼の多忙さが実現を先伸ばしにし、不可能となってしまった恨めしい夢なのだった。そんなところへ一人で行けば悲しいだけだ。これまではそう思って、パリ行きを心の奥に閉じ込めていたのかもしれない。今まるで何年も前から考えていた、果たさねばならない約束のように思えて、現実感を伴って秀美の心に迫ってくるのだった。

「さあ、また地獄へ戻りましょうか」

そう言ったのは黒木さんだった。周りに爆笑が起こった。

「地獄とは、いい表現ですね。午後の閻魔様は、パリ大学出身の厳しい方ですよ。もっとも、今年は優しくなられたかもしれませんが」

笑いが収まると、田尻氏がまじめな顔をして言った。

「エッ……、それはタイヘンだ。少し早いけど、戻って辞書を引かなくちゃ」

そう言って黒木さんが立ち上がった。秀美も後を追った。

午後の二時間の授業は口頭練習（Exercices《エクゼルスイス》 oraux《オロー》）と会話（Conversation《コンベルサスィヨン》 sur《シュール》 le《ル》 texte《テクスト》）だ。田尻氏からデュマ先生は厳しいと聞いていたので「Bonjour《ボンジュール》 Monsieur《ムッシュ》 Dumas《デュマ》」の挨拶から緊張してしまった。先生は六十歳に近いのではないか。細面で、口髭を生やし、やや神経質そうに見える。

授業は午前中学んだことをもっと深めて、応用練習するらしい。つまり、名前、職業、住所、兄弟姉妹、趣味などをデュマ先生が一人一人に質問し、直ちに答えなければならない。詰まると何度も「Répétez une fois《レペテユーヌホワ》（もう一度繰り返して）」と言い、それでもうまくできないと「Répétez après moi《レペテザプレモワ》（私について言ってごらん）」と迫り、納得するまで繰り返し言わせるのだ。

秀美は一瞬職業を偽ろうとしたが、とっさに他の単語を思いつかず、ブーシェ先生の授業の時と同じように高校の教師をしていると言いながら、professeur《プロフェスール》という言葉に抵抗を感じるのだった。日本では一般的にプロフェッサーは大学教授を指す言葉だから、こだわりを感じるのだ。だから自分としてはlycée《リセ》（高校）を強調したが、それがデュマ先生に「何を教えているのか」と質問を誘発してしまった。不意のことで嘘が言えず、anglais《アングレ》（英語）と答えて秀美は後悔した。実技系統の教科なら語学ができなくても大目に見てもらえるのだろうが、その家庭科なり体育科なりがフランス語ですぐ出てこなかったのだ。語学教師ということになれば、ミスばかりしていては人の目も厳しくなることだろう。秀美は自分を縛る言葉を言ってしまったことを悔いていたが、後の祭りであった。学びに来ているのだからだれも等しく初心者なのだ、と思えばいいものを、石坂涼子の存在もちらついて、よけい秀美は窮屈さを感じるのだった。結局、秀美には虚栄心から自由になれない、お体裁屋のところがあったのだ。

村瀬智久さんは朝同様、気の毒な状態だ。

Je m’appelle《ジュマペール》 Tomohisa《トモイサ》 Murase《ムラセ》. Je suis《ジュスイ》 fonctionnaire《フォンクスィヨネール》 l’Etat《レエタ》.

つまり、自分の名前と国家公務員であるということを紹介するだけなのに、読みが引っ掛かり過ぎるのだ。これぐらいは何度も口の中で練習すればスラスラ言えるはずなのに、とつい秀美も思ってしまう。〈語学音痴〉という言葉があるかどうか知らないが、きっと彼はその類なのだろう。でも彼は挫けない。真面目そのものの顔をして、デュマ先生の後について自分の名前と職業を何度も繰り返すのだった。秀美は、自分とあまり年齢が違わない、大の男の健気《けなげ》な姿に打たれていた。

　村瀬さんがやっと何とかなったので、女子短大生に代わった。彼女は石坂涼子と同室らしいが、この人が村瀬さん以上にできないのだ。ブーシェ先生の時に使った「Je《ジェ》 suis《スイ》 étudiante《エテュディヤント》.（私は学生です）」さえ、十分に言えないのだ。ひょっとしたら、辞書の引き方も分からないのではないか。語学の教師として秀美はそう直感した。デュマ先生の柔和な顔に、イライラした気持ちが隠されているのが秀美にはよく分かる。

「Répétez《レペテ》 encore《アンコール》 une《ユーヌ》 fois《フォワ》（もう一度言ってごらん）」と、先生は優しく声をかける。彼女はその意味さえ呑み込めないのか、黙ったままだ。秀美は先生の声に苛立ちを感じて、うっかり自分が応えそうになって口を噤《つぐ》んだ。数刻待っても彼女の口から声が出ないので、結局先生がお手本を示し、それを彼女が鸚鵡《おうむ》返しに繰り返すのだった。きっと彼女は解っていない。でも、そうしないと時間が倍以上かかってしまう。秀美は、自分の英語の授業で似たようなことがあったので、デュマ先生の気持ちが解る。彼女が何とか鸚鵡返しに成功した時には、みんなの口から安堵の吐息が漏れた。

　やっと石坂涼子に代わった。彼女が流暢に自己紹介するものだから、デュマ先生もホッとしたのか、笑顔が戻って思いがけず日本語が飛び出した。

「私の名前から何を想像しますか？」

「何だろう」と、涼子は首をかしげたままだ。先生はぐるりとみんなを見まわしたが、だれも答えない。数呼吸して秀美が遠慮がちに答えた。

「十九世紀の有名な作家で、『椿姫』を書いたのが、デュマ・フィスです。大学時代に読んで大変感動し、主人公のヴィオレッタという名前は、今も覚えています」

すると秀美に誘導されたのか、村瀬さんが先程とは打って変わって大きな声で言った。

「そう。それは確か息子の方で、お父さんの大デュマは『三銃士』を書きました。ぼくは少年時代に夢中になって読んだものです」

教室には、ほう、という雰囲気が生じた。デュマ先生も「Très《トレ》 bien!《ビヤン》」とはしゃいで、とても満足げであった。

「その人たちは私の先祖です。私のお父さんが小デュマから三代目、つまり曽孫ですから、私はその子、何と言えばいいのでしょうか？」

デュマ先生がまたみんなを見まわした。

「やしゃご、です」

今度もまた村瀬さんが答えた。これは秀美も知らなかったので、尊敬の念が生じた。

「どんな漢字を書きますか？」

デュマ先生が村瀬さんに訊いた。彼は前に出て黒板に〈玄孫〉と書いた。

「面白い字ですね」

そう言ってデュマ先生は自分のノートにその漢字を書き写していた。そして日本語で、「フランス語を勉強することは、同時にフランスの歴史や文化をも学ぶということなのです。その意味において、みなさんもいつか、『三銃士』と『椿姫』を読んでください」とつけ加えた。

急に村瀬さんの評価が上がったところで、休憩に入った。

さすがに高原の宿はクーラーがまったく要らない快適な温度だが、緊張したり、忍耐したり、声を出して学習するので喉が渇き、みんな自動販売機に群がった。秀美も、黒木さんも、缶コーヒーを飲んだ。長嶺君や青木君たち若い男性は缶ジュースを飲むと、隣の部屋で卓球に興じていた。

休憩後の授業は、若い男性たちに順番がまわってきた。長嶺君といつも一緒にいる青木君は、同じ大学のフランス語科の学生ということだ。背が高く、彫りが深くてなかなかいい顔をしている。もの静かで、はにかみ屋のところは秀美の好みに合っている。大学二年生というが、フランス語は初心者も同然。きっと何かの事情で落ちこぼれ、この講習会で応急手当をしようと考えたのだろう。でも手順を踏むと彼は反応がよいので、秀美は明るい見通しを持った。デュマ先生も青木君には期待できると思うのか、やや厳しく対応しているように見える。

残りの三十分は、また隣同士で会話の応用をした。田中健司さんは商社マンで、二ヵ月後にはパリ行きが控えているから、学ぶ態度はとても熱心だ。発音は並だが、秀美がのぞき見たテキストはびっしり書き込まれていた。家族や趣味について問う練習で、先ずは秀美から家族について質問した。田中さんは「私には妻と七歳の娘、五歳の息子がいます。この秋に家族を連れてパリに赴き、二年間滞在します。そして」とそこまで彼が詰まりながらも何とか答えると、突然デュマ先生が言葉を挟んだ。

「C'est《セ》 une《チューヌ》 bonne《ボ》 idée《ニデ》.（それはいい考えだ）」と言うと、後は日本語で「日本人は単身赴任をしますが、あれはいけません。家庭を持った意味がありません」と続けた。生徒たちが複雑なフランス語をまだ言えないので、先生は日本語に切り替えたのだろう。そして「私は単身でパリに赴任します」と、「私は家族を連れてパリへ赴任します」の両方のフランス語の言い方を教えてくれた。先生の挿入が終わったので、秀美はまた田中さんに質問した。

「Et《エ》 qu'est-ce《キエス》 que《ク》 vous《ブー》 aimez《ゼメ》 ?（そして、ご趣味は）」

「J'aime《ジェメ》 les《ル》 voyages《ボワイヤージュ》（旅行です）」

田中さんは趣味を一つだけしか言わなかったので、意外に早く質問者としての役が終わり、秀美は胸を撫で下ろした。

「Très《トレ》 bien《ビヤン》」

デュマ先生は大袈裟な身ぶりで、よいと言ってくれた。次は田中さんが質問して、秀美が答える番だ。家族は、と訊かれて、秀美は一瞬戸惑った。彼が亡くなってからは、実家に戻って老母と未亡人の姉の三人暮らしだから、それを言うほかなかった。ただし、「老いた」と「未亡人」は自分の語彙力がないので、単に「母」と「姉」でごまかした。

それにしても、家族はと訊かれて、秀美は改めて自分が通常でない、枠外にあることを実感した。彼と出会った頃は秀美も自分の将来をごく自然に、結婚して子を持ち、孫の世話も当然するだろうと描いていた。けれど、複雑な状況の中で大幅に違う方向へと進んでしまったのだと、改めて思った。今そのことを少しも後悔してはいないが、彼が亡くなってからは半身をもぎ取られたような痛みと淋しさが、いつも鈍痛のように疼いているのだった。

デュマ先生がちらりと腕時計を見た。

「La《ラ》 leçon《ルソン》 est《エ》 fini《フィニ》. Tiens《ティヤン》, nous allons《ヌザロン》 se promener《スプロムネ》 au bois《オボワ》. Du《デュ》 courage《クラージュ》! Et《エ》 tiens《ティヤン》 bon《ボン》!（授業が終わりました。さあ、森に散歩に行きましょう。元気を出して、そして頑張ろう）」

先生はまずフランス語で、次に日本語でも言った。その言葉が終わるや否や、みんなの「あー」という吐息が部屋中に満ちた。トイレ休憩や着替えのために三十分ほど与えられ、秀美もウォーキングシューズとジーンズに穿き替えるために、一旦自分の部屋に戻った。初級クラスは体調不良の者もおらず、全員が玄関に集合した。

三人の先生たちもみんなと行動をともにしてくれた。池の周りが林になっていて、約一時間かけて一周するという。フランス語の勉強で頭が飽和状態になっているため、こうして森林浴をして溜ったガスを体内から放出してやらないと、身がもたないのだ。

長嶺君や山内君たちは若いだけあって、さすがに足が速い。ずっと先を歩いている。

池では泳いでいる人は見かけない。ボートが二隻漕ぎ出されているだけで、いわゆる俗っぽい看板などはない。自然がよく守られている感じだが、四時前ともなると高原の陽《ひ》はかなり傾いていて、林の中は薄暗くて何だか淋しい光景だ。予定に違わず一時間少々で元の位置に戻ったが、あまり疲れたという感じはなかった。それなのにホテルに帰って、自分の部屋で畳の上に横になると、秀美はすぐに睡魔に襲われてしまったのだった。

(三)

風が冷たい。吹き晒しのテラスで、母とあの人が言い合いをしている。婚約しながら長い年月待たせるあの人を、母が口を極めて罵っているのだ。秀美はそばではらはらしながら聴いていて、ついに母を制した。

「母さん、そんな言い方しないで。私が納得してるんだから」

「そういうわけにはいかないよ。いろいろ理由はあるだろうけど、この人は男らしく決断したらどうなの」

「いいのよ。待つことが私たちの関係を新鮮にしてくれてるんだもの」

「そんなバカなこと言うんじゃないよ。あんたがそんなふうだから、この人はいい気になって甘えてるんだよ」

「もう、止めてったら」

ヒステリックにそう叫んで、秀美は目が覚めた。冷たい風は、ガラス戸を半分開けたままにして寝ていたせいだった。秀美は起き上がって、戸を閉めた。日はすっかり山の端に隠れ、薄紫のベールのような空気が辺りを包んでいた。

それにしても、いやな夢だった。今頃になって、どうしてなの……。秀美はフロイト流に因果関係を探っていた。確かに母は彼を嫌っていた。夢とそっくりな言い方をしたこともある。でも、それは遠い昔のことなのに、なぜ……。やはり母と同じような意識が自分の心にも宿っていたのだろうか。そんなバカな。そんなはずはないときっぱりと否定しながらも、秀美は大きな衝撃を受けていた。

時計を見ると六時前だった。一時間ばかり寝たことになる。寝覚めの悪さのせいもあって、頭はすっきりしない。秀美はいつも家で朝晩しているように、体操をすることを思いついた。畳に座って両足を伸ばし、体を前に折って腕をクロールのように動かす。同じ動作を百回まで繰り返す。それが済むと仰向けに寝て、へそ見体操だ。両手で後頭部を抱えて腹部を見るようにして上体を起こし、これを三十回繰り返す。そして締めくくりは腹筋運動だ。両脚をピンと張り、床につけないようにして体を二十回上げ下げする。号令はフランス語でかける。アン、ドゥー、トロワ、カトル、サンク、シスと、学習の延長線のつもりなのだ。第三者が見るときっと滑稽に違いないが、本人は大真面目なのである。

多少汗ばんできたので、秀美は服を着替えようと思った。そもそも散策の時に汗をかき、その服装のままで寝てしまったのだ。こうして体操で二度目の汗をかき、本来は風呂に入ってから食事にしたかった。それには時間がないような気がしたので、せめて着替えだけでもと思ってスカートに替えたのだ。

夕食は前日同様、お刺身のデラックス版。秀美は若い女性の水野さんと隣り合い、とりとめもなく言葉を交わした。彼女は二十代の後半であるらしく、授業の時の自己紹介は、employée《アンプロワイエ》 de《ド》 magasin《マガザン》（デパートの店員）だということで、石坂涼子と同じ部屋の人だなと秀美は思った。しかしそれがどのデパートかは気にも止めなかったが、こうして話していると、全国的に名が通っている有名デパートだと判った。

「私も十月からパリに転勤なんです。一応、二年間ということになってますけど、もっと長引くかもしれません。森野さんも冬休みにパリにいらっしゃるんでしょ。お店はオペラ座のすぐ近くですから、ぜひお寄りくださいね」

「あら、冬休みのことあなたにお話しした？」

「昼食の時、すぐ後ろにいましたの。別に耳をそばだてていたわけじゃないんですが、地獄っての も、聞こえてきましたよ」

水野さんは屈託なく笑い、秀美も「さすがだわ。デパートの店員さんて、情報収集が大切ですもんね」と、声を立てて笑った。そして、冬休みのパリ行きが本当に実現したら、必ず寄るからと約束した。

黒木さんは先に来ていたようで、窓辺の席で田尻敏夫氏たち男性と一緒に食べていた。あちらも楽しそうな笑い声があがり、地獄、地獄と連発されていた。だんだんとお互いに親しくなってきて、同じクラスの者たちは自然に言葉を交わすようになっていた。

八時からプチ・ソワレがある。そのため秀美はエレベーターで三階の大広間へと向かった。プチとは小さいという意味だが、辞書を引き忘れたため、秀美はソワレの正確な意味が分からない。かと言って引き返して調べるほどのことではないが、他者に訊くことは秀美の自尊心が許さない。現場に行ってみてやっと解った。軽食を伴う小夜会なのだ。畳の大広間の中央に白い布に被われたテーブルが臨時に設置され、その上にオードブルに相当する食べ物がずらっと並んでいた。そしてあちこちに、白と赤のワインが置かれていた。こんなに御馳走が出るのだったら、夕食をセーブするのだった。秀美はサーモンやチーズを前にして、いささか悔やむのだった。

「オレは授業で消費したエネルギー分は、食ってやるゾ！」

そう言ってはしゃいでいるのは長嶺君だ。その隣で青木君が微笑んでいる。彼の笑顔を見て、秀美はちょっぴり幸せな気分になっている。青木君のもの静かで、はにかみ屋のところが、秀美の母性本能をくすぐるのだろうか。亡くなった彼は自信に満ち、多くの人々を引っ張って生きていた。研究者としてもよい論文を書き、仕事もバリバリしていた。訊けばどんなことでもきちんと答えてくれた。

「ぼくは弱音を吐くのが嫌いだ。負け犬には絶対ならない」

その言葉を耳にする度に、若い秀美は彼を頼もしく思い、この人について歩きたいと願ったものだ。大体、秀美は強い男が好きだった。歴史上ではアレクサンドロス大王、カエサル、ナポレオンなど、逞しく生きた男に魅力を感じた。彼は研究者としても評価されていたが、職場で弱い立場の人にも目が行き届いていた。これは彼の同僚たちが生前も、死後も言っているので嘘ではないだろう。秀美は早くに父親を亡くしていたので、その代償として頼りがいのある強い男性を愛したのかもしれない。弱い男は嫌いだとばかり思っていた自分が、控えめで、むしろ大人しく気弱そうな青木君に心惹かれるものを感じている。そのことが秀美には不思議だった。

長嶺君や青木君、それに山内君にしても、有名大学の学生なのに威張らないところがいい。長嶺君は秀美がノートを見せてあげたせいか、多少恩義を感じているようである。

「テレビのフランス語講座で、北畠っていう先生がいるでしょ。あの人、オレの先生だけど、本当はへーンなヤツ。ちょっと答えられなくても、バカ呼ばわりしてさ。学生が解ろうと解るまいと、お構いなしに進むんだ。それで去年は、八十人受講してるうち三十人単位を落としてさ。おれたち学生も悪いけど、教師として教え方も悪いよな」

そう言って青木君に同意を求めた。

「でもさ、おれたちも不勉強だから、大きな口は叩けないよ。あの先生は留学帰りのエリートだから、不勉強な学生ははがゆいんだ。おれも彼の人間性は好きじゃないけど、あの厳しさは本来は必要かもしれないな」

青木君が意外なことを言った。すると山内君が「確かに、そうかもな」と同意した。

「へーえ、あんたたち、あのカッコいい先生に習ってるの。羨ましいな」

いつ来たのか、石坂涼子が口を挟んだ。

「身近で見てると、そうは思わんな。でも、あいつ、テレビ映りがいいんだよ。背はあまり高くないよ。おばさんくらいかな」

そう言って長嶺君が秀美の顔を見た。

「こら、おばさんはないでしょう」

秀美が顰《しか》め面《つら》をして見せると、「そうよ。失礼よ」と涼子が加勢した。

「すいません。こいついいヤツですが、時々口が悪くなるんです。仲間内でもしょっちゅう注意してるんです。許してやってください」

そう言って青木君が頭を下げた。ちょうどその時、事務局の人がやって来た。

「ボンソワール。みなさん今晩は。さあプチ・ソワレを始めましょう。ところで今日は大変なゲストをお連れしました。作家の岡野辺彰先生です。御承知のように、先生は外大のフランス語学科を御卒業になり、その昔、この講習会にもご参加下さいました。たまたまこちらの別荘に来ておられると知り、大事なお時間を少しでもいただけまいかとお願いしましたら、じゃあ初めの少々だけでもと快くお受けくださいました。乾杯は岡野辺先生にお願いしましょう」

そう言って岡野辺氏を紹介した。秀美は以前から岡野辺氏の作品が好きでよく読んでいたが、彼が亡くなって悲嘆に暮れている時、とくにその小説やエッセイで慰められたので、大ファンになり、すべてその著書を初版本で購入していた。だから、この思いがけない邂逅《かいこう》に狂喜した。秀美はわくわくしながら岡野辺氏を見つめていた。

「ヴォートル　サンテ！」

岡野辺氏の声はよく響く、思いの外いい声だった。［乾杯］までは秀美にも解ったが、そこから先のフランス語は残念ながらあまり理解できなかった。でも、終わりごろ初心者のためを思ってか、日本語が出てきた。

「何事も継続が大切です。ぼくもこの合宿に参加した、そう、三十数年前にはチンプンカンプン解りませんでした。でも、諦めないで続けた。それが今日を作ったのです。みなさんも、頑張ってください。Tiens《ティアン》 bon《ボン》!」

終わりの頑張ろうというフランス語は、デュマ先生から習ったばかりだ。それが分かっただけでも秀美は嬉しかった。

岡野辺氏の激励にしばらく拍手がやまなかった。秀美は赤ワインのグラスを手にしていた。石坂涼子は長嶺君や山内君たちと楽しそうに話している。

秀美はこの降って湧いた機会にぜひ岡野辺氏に一言お礼が言いたいと思い、そのことで頭がいっぱいになった。それで、できるだけ岡野辺氏の近くに移動した。岡野辺氏はフランス人の先生や上級クラスの人たちとフランス語で談笑しているので、なかなか秀美が話しかけるチャンスはなかった。秀美は食べることも返上して、岡野辺氏から目を離さないようにした。やっと岡野辺氏が話し終え、グラスを空けた一瞬を秀美は捕らえた。

「あのォ、私、先生には感謝しています。私は以前から先生の御本のファンですけど、とくに二年前、愛する人を亡くした時、先生のご本をつぎつぎ読んで、慰められました。まさか今日、お目にかかれるなんて夢にも思ってませんでしたので、大変嬉しゅうございます。こうして御礼が言えて、この講習会に参加した甲斐がありました。改めてありがとうございました」

秀美は夢中で言っていた。岡野辺氏はじっと秀美を見つめ、頷きながら聞いていた。

「いや、いや、有り難いのはぼくの方です。あなたの悲しみを少しでもお慰めできて、ぼくの方こそ嬉しいです。ほんとに作家冥利につきますよ。どうぞ元気を出して、フランス語を頑張ってくださいね。さきほど申し上げたとおりですから。継続は力なり、とはよく言ったものですよ」

そう言うと岡野辺氏は手を差し伸べ、握手を求めた。秀美はその手の温もりに感激し、心臓が急に早く打ち始めたのが自分でも判った。憧れの作家と口が利けたばかりか、握手までしたことで、秀美はすっかりのぼせ上がっていた。体の中から熱が吹き上がって来て、どうかなりそうだった。

岡野辺氏はまもなく、原稿の締切が迫っているのでと言って帰って行った。秀美ももう他のことは頭に入らないのでこっそりと抜け出し、部屋に帰って風呂へ行く用意をした。

プチ・ソワレの最中だから、大浴場には誰もいなかった。秀美は広い浴室を一人で占領した。体が火照るので浴槽には入らず、シャワーの温度をぐっと下げて頭から浴びた。水飛沫が皮膚を刺激して、体の熱気が幾分飛散した。それにしても、思いがけないことがあるものだ。秀美はバスタオルで体を包みながら、つくづくそう思うのだった。

風呂から戻って、秀美はバルコニーで風に当たった。シャワーぐらいではまだ体の熱が収まらなかったからだ。

宵の明星が一際目立って光っていた。

「あなた、憧れの作家の岡野辺氏に会って、お礼を言ったわ。あなたが一人でそっちに旅立った時、悲嘆に暮れたのよ。でも、あの人の作品でずいぶん慰められたわ。今夜は久しぶりに胸が高鳴っちゃったな」

星に向かってそんな独り言をつぶやきながら、秀美は不覚にも涙がこぼれた。星の煌《きら》めきの中で微笑んでいる彼は、何を言っても答えてはくれない。死んだらお仕舞いね、とは姉の口癖だが、今夜は秀美もそれが正しいのかもしれないと、素直に思えるのだった。姉は三十六歳で未亡人になり、一人息子も独立してめったに帰って来ない。それで、姉は夫を偲ぶことが多くなったのか、最近しばしばその言葉を発するのだった。

姉さんの言うとおりかもしれないわね。

そうつぶやいて秀美は部屋に入った。そして机についてまた辞書を引くのだった。継続は力なり、と言った岡野辺氏の声を耳の奥に聞きながら。

（四）

今朝は昨日よりも早い五時に目が覚め、秀美はゾッとした。母がいつも早く起きるので「日曜ぐらいもっと遅くまで寝てなさいよ」と言うと、「歳を取るとね、だれでも早く目が覚めるんだよ」と愚痴っていたことを思い出したからだ。五十路に近いということは、そういうことの入口に立ったということなのか。一日一日がいつのまにか過ぎ去って、こんなにも歳を重ねていることに、秀美はいまさらながら愕然とするのだった。

でも、感傷に耽《ふけ》っている暇はない。とにかく予習、また予習なのだ。脳みそにインプットされた語彙があればまだしも、それが少ないからこそ辞書引きに追われる。英語とは勝手がちがうから、直感で何とかなるという甘い考えは通用しない。男性名詞か女性名詞で冠詞や形容詞も異なるし、動詞の語尾変化はとても複雑で、英語の比ではないのだ。さし当たっては億劫《おっくう》がらずに辞書を引くこと。それと、数の数え方や時計の言い方もすぐ言えるように練習しておかねばならない。

こうして一時間半ほど予習したから、木村先生の授業までは何とかなりそうだ。

突然、ラジオ体操のメロディが鳴り響いた。昨日はなかったことなので、秀美はびっくりしてバルコニーに出てみた。小学生らしい者たちが、向こうのホテル前の広場で音楽に合わせて体操をしている。それが終わると先生がマイクを持って司会をした。

「まずは塾長先生のご挨拶をいただこう。一同、礼」

「お早うございます」

生徒たちの黄色い声が前の斜面に当たって大きく谺《こだま》した。時計を見るとまだ七時にもなっていない。これはひどい。騒音公害だ。でもそんなことにはお構いなしに、朝の儀式は続けられる。

「はい、お早よう。みんな、何のためにここに来たか、自覚はできてるな。己に克つためだ。我々は一人一人では弱い。けどこうしてお互いに頑張っている姿を見せ合うことで、励みになり、強くなれる。またいい意味での競争心も起こってくる。ここで己に克てない者が、激しい受験競争に勝てるはずがないのだ。いいか、しっかり頑張って、来年の春には全員志望校に合格して、喜び合おうではないか。この一週間は、そのためにあることを自覚して過ごしてほしい。下界へ戻った時は、人が変わったように勤勉になったと、親からも評価される人になってくれることを塾長は期待する。それでは、景気付けのために、いつもの合言葉でいこう」

塾長はそう言うと数刻黙った。彼は自分の言葉に酔っているふうでもあった。掛け声の準備ができたのか「いいな」と合図した。

勝つぞ、勝つぞ、勝つぞ。合格、合格、合格。頑張る、頑張る、頑張るぞ。

その吠えるような声に子供たちも絶叫して唱和し、遠くから見ていても一種の恍惚状態になっている様子が手に取るように判った。

秀美は驚いたというより、衝撃を受けていた。何で小学生にこんな真似をさせなければいけないのか。豊かな社会になることはいいことだが、日本の教育はここまで受験産業に侵されているのか。お金だって秀美の講習会より多くかかっているのかもしれないのだ。どこか間違っている。秀美にはそう思えてならない。マイクは初めの司会者の声に代わり、次の行動を促した。

「健全な体に健全な精神が宿る、とは古代のギリシア人が言ったことだ。それを今置き換えると、逞しい体に剛き心は宿るといえる。受験に勝つためには、体も心も鍛えねばならない。これから前の丘に登るぞ。朝飯はそれからだ。さあ、行くぞ」

その声が終わるや否や、子供たちは行動開始した。そして早足に列をなしてリフトの辺りから登り始め、見るまに秀美の目前の斜面を横切って、あっというまに頂上に達したのだ。その若い体力を秀美は羨ましいと感心して見ていた。

早く来たせいか、食堂にはまだ人は少なかった。秀美は窓際に席を取り、セルフサービスのお盆にパンやサラダを入れて運んでくると、上級クラスらしい中年女性が「よろしいですか」と言って隣に座った。自然に話し合うようになったが、彼女は女医で、セネガルで医療活動したことからフランス語に出会い、夏のバカンスも兼ねてこの合宿に参加したと言う。

「そりゃあ、辛いことやいらいらすることもありましたよ。あちらの人って呑気な上に、宗教的にはイスラム教徒が八割ですの。やはりお祈りに手間取っちゃってね。確かにいろんな点で効率は悪いけど、今の日本のようにせかせかして生きるのも、どうかと思いますよ。今朝のあのやかましい予備校のセレモニー、聞かれました？　小学生であれですからねえ、イヤになりますわ」

「ええ、騒音公害ですね。あそこまでする必要はないと思います」

秀美も同感の相槌を打った。

「ああいうのを見ると、セネガルが恋しくなります。ああして、ロボット人間を作ってるようなものですわ」

女医は心から嫌そうに言って、続けた。

「私が行ってたのはかれこれ十五年前ですけどね。ちょうど独立二十周年の記念式典などがあり、政治的にも安定期に入っていて、人心も落ち着いてる感じでした。あそこ落花生の産地ですの。あれだけはおいしいのをたらふく食べましたよ。そうそうパリ・ダカ自動車ラリーをご存じかしら？」

「ええ、名前だけは」

「そのダカールが首都でして、私はそこの国立病院を拠点に、医療チームの一員として無医村にも何回か出かけて行きましたのよ。あの国、多くの部族に分かれていて、その数だけ言語もありましてね。お互いに部族の言葉をしゃべってたら話が通じないんです。だからフランス語が公用語であり、共通語なんです。フランスの同化政策が最も徹底して行われた地域だそうです」

そう言って女医は牛乳の入ったコップを口に持っていった。秀美は話し好きな、気さくな人だと思いながら、ふと村瀬智久さんを思い出していた。

「初級クラスに、来春セネガルに行かれる方がいますよ。三原からいらした村瀬さんっておっしゃる方ですが」

「そうですか。お目にかかって、いろいろアドバイスして差し上げたいけど、でも、あそこも近代化の波に洗われて、おそらく今はだいぶ変わってるでしょうね。お役に立てるかどうか解りませんが、その方に名刺を差し上げてくださいますか」

女医さんは和紙の風雅な名刺を渡した。塚田聡子という名前だった。

七時半になると、あたりが急に騒々しくなり、テーブルも満席となっていた。秀美は女医に別れを告げて、席を空けるために立ち上がった。入口のところで順番待ちの黒木直子さんと出会った。

「ねえ、今日の放課後、お茶を飲みに行きましょうよ。時には地獄から脱出しなくちゃ、私どうにかなりそう」

その言葉にまた二人して笑った。秀美も同じ思いだったので、「そうしましょう」と約束した。


ブーシェ先生の授業では、自分の住所、挨拶、時計の見方、数の数え方などを何回も繰り返し練習した。やはり村瀬さんと女子短大生が不調だったが、どこに住んでいるか、どこから来たか、何時かなど、質問と答の両方を、大抵の人はひっかかりながらも何とか言えるようになった。そうなると多少楽しくなるのか、みんなの顔の表情が明るい。秀美は自分の英語の授業で、生徒をここまでに至らしめることの大事さを痛感していた。

木村先生の授業は昨日と同じで、番狂わせのためにみんなおどおどし、よくできるデパートの水野さんや田中さんもあわてて辞書を引く有様だった。長嶺君はまた秀美のノートをのぞいたが、その問題は秀美も解らないところだった。秀美は作文でスペルが三ヵ所も間違ってしまい、赤いチョークで直された。グループの中では年配者、しかも高校の英語教師。その愚かなプライドがまだ捨て切れず、秀美は恥ずかしさでいっぱいになった。だれしも一つ二つは訂正朱書されているのだからと思っても、それでも秀美はプライドが傷ついていた。

木村先生はゆっくり進むブーシェ先生と違って、指示形容詞、所有形容詞、人称代名詞の強勢形、部分冠詞、補語人称代名詞、第二群規則動詞の活用形、不規則動詞の活用、前置詞＋定冠詞の縮約、疑問代名詞、近接未来などと進み方が早く、それに添って練習問題もたくさんし、しかも番狂わせがあるものだから、生徒たちは緊張の連続で倍疲れるのだ。授業が終わった時は、だれの口からも吐息が漏れるほどだった。

昼食後、黒木さんが耳打ちした。

「ねえ、もう私の頭、飽和状態。今更辞書を引いても、間に合わないわ。そこの喫茶店でコーヒーでも飲みましょうよ」

約束は放課後だったはずだが、木村先生の授業で脳みそがもう限界に来ているのだ。それは秀美も同じだったが、午後のデュマ先生の授業を思うと秀美は迷った。もう少し予習をしておきたかったのだ。

「あなたって、ほんとに地獄からの使者ね。私、悪魔の誘惑に負けたわ」

そう言って秀美は笑った。到着した日に入りたいと思った、すずらん荘の目前の喫茶店に入った。夫婦で営んでいる店なのか、ご主人とおぼしき人が厨房を預かっていて、奥さんらしい人がウェートレスをしていた。客はもう一組、村瀬さんと田尻敏夫氏が窓辺の席に座っていて、秀美たちを認めると片手を上げた。

「アッハハハ、地獄からの脱出組ですね」

黒木さんがからからと声を立てて笑い、一つおいた窓辺の席に腰を下ろした。秀美は女医の塚田さんのことを思い出し、名刺を村瀬さんに渡した。

熱いコーヒーが美味しかった。時折、前の道路を車が通り過ぎて行った。こうやって時がゆっくり流れて行くのなら、どんなにいいだろうか。また胸に痛みが戻っていた。彼は研究者でありながら大学で重責を負う者として飛び回っていて、秀美と旅をしてゆっくりと過ごすことなどほとんどなかった。

そんな中である秋、新幹線がまだ岡山までだった頃、東京に行く彼に京都まで同伴したことがあった。

あの時、私たちは二人で西芳寺に行き、紅葉の樹々の下に碧々とした苔を楽しんだっけ。でもあの時は私はまだ若くて、あの人の心情を理解できなかったのではないだろうか。あの時、あの人は東京の学会で発表することになっていた。家庭の事情で地元の大学にしか行けなかったあの人が、学閥の支配する東京の学会へ乗り出して行き、高い評価を得るには、相当に片意地を張って努力したに違いない。そんなあの人を強い人だとばかり思っていた私は、あの人を頼りにするばかりで、精神的に負担をかけていたのではないだろうか。

今になってふっとそんな思いが頭をかすめ、秀美は微かに胸が疼くのだった。

「ねえ、一杯のコーヒーで脳ミソがずいぶん落ち着きを取り戻すのだから、不思議ね」

黒木さんのその言葉で、秀美は現実に戻って時計を見た。

「まだ十分少々あるけど、そろそろ閻魔様の所に戻りましょうか」

黒木さんも同意して席を立った。それに促されたのか、村瀬さんたちも席を離れた。


デュマ先生の授業は惨憺たるものだった。ブーシェ先生が一課しか進んでいないので、デュマ先生の会話の授業とうまく連動できず、クラスのほとんどの者がチンプンカンプンの状態だった。

つまり最上級の表現を使って尋ねたり、答えたり、感情を表現することがデュマ先生の授業内容なのに、ブーシェ先生がそこまでの基礎を教えていないのだ。そのことをデュマ先生も生徒も五時間目は気づかず、パニック状態で右往左往していたのだ。デュマ先生は今にも爆発しそうな顔をしていた。

休憩に入り、先生が部屋から出て行こうとした時、「ムッシュ、デュマ」とだれかが呼びかけた。石坂涼子だった。

「私たち比較級や最上級は習っていません」と、日本語で言った。先生は驚いた様子で、「そう、ブーシェ先生と話し合ってみましょう」と答えると、すぐ出て行った。

六時間目にやっとデュマ先生も進度の違いからちぐはぐが生じたことが判り、詫びた。そしてブーシェ先生は進み方が遅い、と愚痴を言った。

ゆっくり進むとよく解る。しかしそれではいつまでも前に進まず、低いハードルしか越えられない。かと言って木村先生やデュマ先生の進み方は早過ぎる。教師同士がきちんと連絡を取り合い、もう少しカリキュラムやテキスト、それに教授法も考えないと、折角の講習会が効果の薄いものになりかねない。同じように教職にある秀美は、ついそんなことを考えてしまう。貰ったアンケートにはそのことをきちんと書こう、と秀美は改めて思うのだった。

今日のデュマ先生の授業は、おそらく誰にとっても苦痛の時間だった。先生にとっても楽しくなかったちがいない。

放課後は三時半からみんなで十分ほど歩いてグラウンドに行き、ペタンクというフランスのスポーツを楽しんだ。秀美と長嶺君と会社員の田中さんの三人がチームを作り、一回戦、二回戦と勝ち進んだ。しかし三回戦で山内君のチームに惜しくも敗れ、明日の準決勝には進めないことになった。青木君のチームは勝ち進んで準決勝に出るという。勝っても負けても、丸二時間半、指名される恐怖もなく、みんな一切を忘れて楽しんでいた。

ホテルに戻ると、秀美は少しだけ休憩を取り、食堂へ行った。今日も刺身付きのご馳走だ。こう毎日ご馳走を食べていては、カロリーの取り過ぎだ。肥満対策のため、秀美も黒木さんも幾分残すことにした。

「私はこれからお風呂に行こうと思うけど、どうなさる？」

「そうねえ、やっぱり疲れたから部屋でしばらく休みます。お話変わるけど、地図によると、もっと奥の方の高原にいいホテルがあるみたいですよ。明日か明後日の放課後、行って見ましょうよ」

黒木さんは疲れたにしては興奮気味に言った。秀美はもちろん賛成した。

入浴をすませると秀美はロビーまで行き、家に電話をかけた。受話器をとったのは母だった。あちらは雨が降っているという。自分宛の暑中見舞いが数通きている他、別に異常ないようだった。

「体に気をつけて、無事に帰っておいでよ。新幹線、間違わんように乗りんさいよ」

九十歳に近い母が五十に近い娘に、小さい子に対するように言った。秀美の胸がジーンとなった。

また机について予習だ。こんなに勉強するのは何年、いや、何十年ぶりだろうか。

だれかがドアを叩いている。戸を開けると石坂涼子だった。

「先生、ごめんなさい。すぐ帰るから」と詫びて、続けた。

「明日の放課後、空いてますか？」

「そうねえ、黒木さんが明日か明後日の放課後、ホテル探訪をしようって言ってるけど、それは明後日にしてもいいわ。ＯＫよ」

秀美が手帳を見ながらそう言うと、涼子は「積もる話を聞いてください。今夜はアポイントメントを取りに来ただけだから」と、あっさり帰って行った。

風がスイスイと入ってくる。それとともに塾の先生の声がよく聞こえる。どうやら理科の授業らしい。あちらのホテルとは百メートル以上は離れているのに、すずらん荘とL字形の位置にあるためか、ガラス戸を開けておくと何を言っているのかまでよく判る。

秀美は戸を閉めようと思ってバルコニーに出た。塾の夜間授業の様子がいっそうよく判る。ある生徒を当てると的確な答えをしたらしく、先生は名指しして褒めている。答えられない生徒は立たされている模様だ。まさに信賞必罰。人権の尊重が建前の学校では、これはできないことだ。でも、お金をかけてここまで来るということは、真綿でくるむような優しさよりも、あの厳しさが親や子供たちに受け入れられているということだろう。商売とはいえ、夜まで熱心に教えてくれる塾の先生たちが、権利意識ゆえに放課後の補習をしてくれない学校の先生よりも信頼されている昨今の風潮が、ここに来て秀美にも実感として判るような気がした。

形のいい高原の満月が澄んだ光を湛えて、山際をくっきりと際立たせている。千切れた薄雲が、意外に速い速度で山の端へと移動していく。星も出ている。下界よりはずっと大きく、美しい星だ。何回見ても、どれほど見ても、飽きることのない夜空。気がつけばまた、秀美の心には亡くなった彼が寄り添っているのだった。

あなたは、あんなに強がって生きなくてもよかったのにね。いつもせかせかと忙しそうにしてたけど、もっとゆっくりと歩き、一緒に落ち葉を踏みながら、こんな星空を見たかったわ。あれほど職場に尽くしたのに、二年たらずで、もうあなたのことを話題にする仲間もいないらしいわ。忘恩の人たちね。虚しいわね。でも、私が覚えているわ。私の命が続くかぎり。

（五）

なぜか三時半に目が覚める。秀美は年寄りは早く目が覚めると言った母の言葉を思い出したが、口の中で強く否定していた。いいえ、違うわ。私はまだそれじゃないったら。環境が変わったせいよ。でも、これじゃあ睡眠不足になるわ。もう一度寝なくちゃ、と。

秀美は数を一から数えあげてみたり、「眠い、眠い」と自己暗示をかけてみたりしたが、やはりだめ。個室とはいえ安普請の建物だから、両隣を気にしてこの時間はあまり動けない。仕方なく蒲団の中であれこれ考えていると、冷蔵庫があったことを思い出して缶ビールを取り出した。秀美はアルコールはそう好きではないが、それでも半分ほど飲み、睡魔が訪れるのを目をつぶって待った。

一体、寝たのか起きていたのか判らない状態で、結局六時には蒲団を片づけ、秀美はしばらく予習をした。辞書を引くのにずいぶん手間取る。小さい字が見えにくいからだ。若い頃、母が電話帳の3と8が判らないから見てほしいと助けを求めたことがあったが、どうしてよと、不思議だった。今、自分があの時の母と同じなのだ。まだ老眼とは認めたくない。しかし、あれはこういうことだったのかと、秀美は身に沁みて分かるのだった。

七時前から塾の合宿中の小学生たちが、また目前の斜面を登って行く。先生たちは怒ったりすかしたりしながら、実によく面倒を見ている。自分の学校にこんな熱意のある先生がいるか。秀美はとても自信をもっているとは言えないばかりか、ふと国鉄が民営化となったころを思い出していた。やはり理想に向けての情熱と熱意、そして親切やサービス精神を失ってしまうと、学校は確かに塾に食われていく、と秀美は痛切に思うのだった。

朝食後部屋に戻って外を見ていると、失礼しますと言って中年の客室係が二人、入って来て、年上らしい方が言った。

「これから毎朝、掃除をさせてもらいます」

「まだ使いますから、ゴミだけで結構ですよ」

秀美がそう応じると、彼女は「じゃあ、お言葉に甘えてゴミ箱のゴミだけ取らせてもらおうか」と相棒に顔を向けて同意を求めた。相棒は黙って頷き、持って来たナイロン袋の口を大きく開けた。年配の客室係がゴミ箱を逆さにしてポンと叩き、「あまりありませんね」とお愛想して出て行った。

ブーシェ先生の授業は二時間で三課も進み、先生自身も言っていたが、新幹線さながらだ。「読み」もあまりしない。これではただ進んでいるという感じで、土台がしっかりしない上にビルを建てるようなものだ。授業のやり方に疑問を感じながら、だれも何も言えない。言いたくとも初級の生徒ゆえ、何をどういう手順で学べばいいのか、そのためには今何が不足しているのかさえ判らないのだ。それに、言葉の問題もあった。フランス語で言うには力が無さすぎるし、また日本語が不十分な先生に日本語で言うことにも戸惑いがあった。そして午後のデュマ先生の授業と連動しているので、言うとすればデュマ先生にも言わないと意味がない。だからこの期に及んでは誰も黙っているほかなかったのだ。その時だった。

「Je《ジュ》 ne《ヌ》 comprends《コンプラン》 pas《パ》 cette《セット》 classe《クラース》.（この授業、解りません）」

勇気を出して言ったのは、また石坂涼子だった。しかしフランス語を使うのはここまで。それ以上は続かないのだ。おそらく、知り得た単語を総動員しても、初級クラスはここまで言うのがやっとなのだ。それは秀美とて同じことだった。後は日本語で言うしかなかった。

「進み方が早いので、よく解りません」

石坂涼子はすまなさそうな顔で言った。するとブーシェ先生は驚きを露《あらわ》にして、「ワカラナイ？」と問い返した。そこで秀美も言わずにはおれなくなった。

「Moi《モワ》 aussi《オッスイ》, je《ジュ》 ne《ヌ》 comprends《コンプラン》 pas《パ》. Trop《トロ》 rapide《ラピッド》.（私も解りません。早すぎます）」

すると田尻敏夫氏も長嶺君も同じことを言って、全体の雰囲気がそうなっていった。ブーシェ先生は困惑したような表情をしながら、「モットユックリ、ススンデホシイ？」と、みんなの顔を見まわし、「Ah《ア》 bon《ボン》?（そう）」と言って、それなりに雰囲気をつかんだようであった。

「Alors《アロー》, nous《ヌー》 lisons《リソン》 ensemble《ザンサンブル》 tout《トゥ》 haut《オート》.（では、一緒に大きな声で読みましょう）」

そう言ってブーシェ先生がお手本を示し、みんな後をついて読んだ。発音の悪いところを繰り返し読ませ、数回読むうちにだんだんよい読み方ができるようになった。それは同時に時間がかかることであり、進度が遅れるのでデュマ先生の授業へ響くのだった。結局、三課分を読みながら二課分を終えただけなので、これまでの遅れを取り戻すことはできなかった。

三時間目、木村先生が部屋に入ってくるなり、ニタニタして「みんな反乱を起こしたのですか？」と訊いた。最年長者として秀美は何か言わねばならないと判断した。

「いいえ、そうではなく、ブーシェ先生の授業の進み方が初めの二日間はゆっくり過ぎてデュマ先生とうまく連動せず、今日は超特急で三課も進もうとされたのです。読みの練習もほとんどなく、解らないままに先に進むので、その事実を申し上げたまでのことです」

「彼、ベソかいてたましたよ。デュマ先生と打ち合わせをしたはずだけど、勘違いしたのかなあ。ま、許してあげてください」

木村先生はそう言って笑った。木村先生の授業は文法と練習問題が中心だから、当たると前に出て黒板に答を書く。秀美もこの時間三回前に出たが、今度こそはと思いながらスペルが違ったり、小さなミスを犯す。虚勢を張ろうにももう張りようもなく、恥ずかしいという気持ちにも多少は慣れてきた。

村瀬さんは読み方も相変わらず巧くならないが、それなりに一生懸命だ。ところが女子短大生はよほど語学のセンスがないのか、短文の読みさえできない。今日は当てられても堂々と「予習ができていません」とパスし、狂いがちの順番がさらに狂って、最後の問題が秀美に当たった。直前に習った強調構文を使って何とかできてホッとしたものの、こう度々番狂わせがあるとやはり苦痛である。

木村先生も走りに走った授業となり、おまけに十分も延長した。終わりの辺りは、だれも解らなかったのではないか。先生にも進まねばならないノルマがあるのだろうが、そんな先生に自分の姿を重ねて、秀美は教師という仕事にある哀切感を覚えるのだった。

雨が降っている。朝は快晴だったのに、休憩時間の頃から部厚い雲が空を覆い、小雨がパラつき始めていたが、今は本降りだ。それで昼食時に、放課後のペタンク優勝戦は明日に延期となる旨が事務局より伝えられた。その代わり、希望者には『王女マルグリット』のビデオを見てもらうことになったと言った。秀美は石坂涼子と約束していたし、自分のフランス語の力ではどうせ見ても解らないだろうから、と諦めは早かった。事務局からは、明日の優勝戦にはこれまでに負けたチームもできるだけ応援してほしいと要請があったが、明日の放課後は元々フリーだったので、黒木さんともっと奥の高原のホテル探訪に出かけることにしていた。

午後のデュマ先生の授業は「予定を尋ねる」「理由を尋ねる」「程度を表現する」に絞られ、隣同士ペアになって何度も練習した。先生もようやく生徒の学力が判ってきたのか、多くを望んでも無理だと判断したのだろう。

授業の後半で事務局の人が入ってきて、

「田尻さんいらっしゃいますか。緊急のお電話がはいっております。フロントまでお越しください」と言った。

田尻敏夫氏は急いで部屋を出て行った。それから十分ばかりして戻って来たが、まるで別人のように青ざめていた。

「実は息子が交通事故に遭って、重態だということですので、私はこれから大阪に帰らせてもらいます。短い間でしたが、大変お世話になりました」

そう言って田尻氏は机のものを仕舞い、

「では失礼します。皆さん頑張ってください」と、頭を下げて出て行った。デュマ先生も生徒たちも虚を衝かれた感じで、しばらくは授業に身が入らなかった。

「田尻さんの息子さん、どうなったかな？」

石坂涼子はコーヒーカップをテーブルに置くと尋ねた。さっきのハプニングがまだ胸に刺さっているらしい。

「さあ……、重態って言ってたから、かなりひどいんでしょうね」

秀美は田尻氏に心から同情した。あの愉快な人が明日からはいないと思うと、何だか淋しかった。

いつもは自分の部屋から眺めているレンガ造りの高級ホテル。そのレストランから逆に、秀美は投宿先のすずらん荘を見ていた。自分の部屋のバルコニーに白い物がひらひら揺れている。下着類は朝いれたからタオルだ。あのガラス戸からは少なくとも自分が滞在している間は、深夜まで明かりが漏れている。こちらからその明かりを見ると、どんな感じだろう。きっと郷愁に似た気持ちを呼び起こすのではないか。

秀美はこうして涼子と二人でホットコーヒーを飲みながら、時には視点を変えて見るのも悪くないなと思った。

客は自分たち二人だけ。隣は塾の合宿中の小学生たちで賑わっているが、このホテルは高級過ぎて合宿には向かない。まさに夏枯れで閑散としている。だから夜も窓に明かりはつかない。いくら高級ホテルでも、人がいないとなると寂れた感じをぬぐい切れない。秀美は、人あってこそすべてだと、実感していた。涼子もしばらく外に視線を預けていたが、向き直った。

「ねえ先生、人生って、どこに伏兵が潜んでいるか分からないね」

「そうね」と答えながら、秀美はふっと思い出していた。元気だった彼が肝臓ガンだと診断された、あの日のことを。あの時も伏兵にやられたと思った。元気な彼が近頃どうもだるいと言うので、秀美は病院に行ってみてはと勧めた。けれど彼は多忙を理由に行かなかった。それで秀美は、大したことはないのだろうと高を括っていたのだ。自分が健康体だから、病気に対する意識がまるでなかった。ついに彼が風邪でダウンし、あまり治りが遅いのでやっと医者にかかり、即検査入院ということになったのだった。そしてガンだと宣告され、秀美は病気に対して迂闊だった自分を悔いて止まなかった。

「実は、うちの母さん、好きな人がいるんです」

「エッ……」

驚いて、秀美は言葉を失った。

「冷静に考えると、無理もないところはあるんだけど、やっぱり自分の母親ということになると、……、風来坊の私もいささか悩むんです」

「お父さんはご存じなの？」

「確かめたわけじゃないけど、多分知ってると思うな」

「じゃあ、公認なんだ。本人同士がいいのなら、不道徳ではあるけど、仕方ないな」

「そう簡単に片付けないでください。大体、父さんと母さんは歳が三十六も離れてるの。母さんは四十七だから、俗な言葉で言えば、まだ女盛りよね」

秀美は自分が平素使ったことのない言葉を涼子が発するものだから、どう応えればいいか迷っていた。

「そんなふうに一方的に決めつけるのはどうかなあ……」

「いいえ、そうだと思う。相手は八つ歳下で、顔も野武士的、精神的には母さんと合うとは思えないんだけどな……。でも体格だけはいいわね。父さんがもはや失ったものを、彼は持ってるわけ。母さんは彼と月に二回は逢ってるな。私、デートしてるところを見たんだから」

秀美はますます応じ方に苦慮していた。まったく予期せぬことを聞かされて戸惑うばかりだった。

「母さんは高校を出て父さんの会社に勤めてて、二十二の時、妻を亡くした父さんに見初められたの。父さんから好きだ、愛してると繰り返されて断り切れなくなり、愛情よりも同情で結婚したんだって。家には母さんより歳が上の娘が二人、息子が一人いて、彼らにずいぶんと意地悪されたそうよ。何度も別れようと思ったけど父さんに泣きつかれて、そのうち私と弟が生まれたので足枷《かせ》になったんでしょ」

「そうだったの。ちっとも知らなかったわ」

秀美は、完全に聞き役に回っていた。

「つまり、私の姉ちゃんは母さんよりも歳上なの。だから私もいつも睨まれて、母さんがいない時にはいじめられたな。姉ちゃんたち二人は同じ町内に嫁いでて、よく実家に出入りし、兄ちゃんは結婚して隣の敷地に家を建ててたし、母さんは私と弟をあの人たちからできるだけ遠ざけ、複雑な家庭の煩わしさから守ってくれようとして、地元の学校にやらず、広島に行かせたの。だから寄宿舎を追い出されそうになった時は、困ったなあ。結局、寄宿舎にはアメリカへ行くまでいたけど」

秀美は、学校で問題児視されていた涼子にはそういう背景があったのかと、今やっと理解できるのだった。

「話を戻すとね、父さんには若い女を自分が押し留めたという一種の贖罪《しょくざい》意識があるのか、母さんが彼に逢いに行くと判っても、ただ、黙ってるのね。きっと辛かったと思うな。いっそボケてしまえばいいのにと思うのよ」

そう言うと涼子はふっと溜息をついた。

「ボケてしまえばねえ……。時々こういうことで刃物殺傷沙汰になるじゃない。そうならないだけでも、先ずはよしとするしかないのかなあ。お母さんとは話したの？」

秀美は自分が逃げているように思えたが、そう言うしか他に言葉が見つからないのだ。

「ううん、母さんも女としてはあまり幸せでなかったと思うから、私がいくらあの男は嫌なヤツだと思っても、彼を取り上げることはできない。だから悩むのよ。心から賛成したり応援したりする気にはなれないし……」

「そうよねえ」

そう言って秀美は思わず涼子の顔を見た。言い方が余りに淡々としていたからだ。

「あなたは偉いわねえ。私だったら許せないな。きっと母親と大喧嘩して、口も利かないと思う。私ってそんなことしか言えなくて、ごめんなさいね」

「いいの。聞いてもらっただけでも、気持ちが軽くなったから。私って能天気に見えても、意外に苦労してるでしょう。アメリカの高校でも、やっぱり苦労したのよ」

「どうして？」

「教育方針は本当によかったし、教育内容もよかった。とくに美術・工作教育は創造力を高めてくれた。でも高二から編入したでしょ。すでに集団ができていて、なかなか中に入れなかった。それに意地悪もされたな。だから、あの学校で友達はできなかったのよ。大学に入ってからは何人かできたけど」

「そうだったの」と言いながら、秀美は石坂涼子が天下太平の生徒などではなく、意外に心に傷を受けた優しい人間であることを知って、いっそう痛みを覚えるのだった。

「ねえ、先生、私、女が嫌いになりそうよ。大学時代も女友達はいつも男の話ばっかり。あっちでは、昨夜誰それと寝たってことの感想を事細かに平気で他人に話すの。ああしたことは二人の秘密だと思ってたら大間違い。すぐパーッと広まるのね。そんな話に乗せられて、私も試しに男の子と一度だけやってみたんだけど、ゼーンゼンいいことなかった。どうしてあんなことにみんな夢中になるのか、分からない。母さんだって、あの歳でまだあの道を求めてるわけでしょ。ああ、嫌だ。それだけが理由じゃないけど、私ねえ、性転換しようと思うんだけど、先生、どう思う？」

「どう思うって言われても……」

秀美は不意打ちを食らって、応えようがないのだ。言葉がなかなか出て来ず、外を見て気持ちを落ち着かせた。

太陽はかなり西に傾いているらしい。斜面に長い山影がくっきりとついている。高原の朝は早く日が昇り、小学生たちが高山植物の咲く斜面を元気に登って行ったが、夕刻の五時前ともなると山の影で花の色も濃く、美しいが、どこか寂しげでもある。同じ花さえ時間でこんなに変化に富んでいるのだ。まして人間はいろいろな者がいてもいいはずだ。

でも、と秀美は思う。自分は特定の宗教を信じる者ではないけれど、いや、むしろ無宗教に近いけれど、それでも自然の摂理は認めていて、造物主は男が必要だから男を、また女が必要だから女を造り給うたのだと思うのである。だから、石坂涼子の性転換には抵抗を感じないわけにはいかなかった。

「本気なの？」

「そう。男になることがそれほどいいとは思ってない。けど、女であることが嫌いなの」

「アメリカの女友達のことやお母さんのことなどで、あなたはきっと頭が大混乱してるのよ。私は、あなたにはもっと〈時〉が必要だと思うわ。結論を出すのはもう少し後でいいじゃない。手術した後では、後悔しても元には戻れないわ。フロイトの心理学を少し勉強したらどうかしら。精神分析学で自分の深層心理をのぞいてみるのよ。何か解決の糸口がみつかるかもしれないわ」

「フロイトねえ……」

涼子にもまだ迷いがあるのか、秀美のアドバイスに耳を傾けてはいた。

「今の私の正直な気持ちは、人間も自然の一環だから、あまり自然の摂理に逆らわない方がいいとは思うの」

秀美はそこまで言って話題を変えた。

「あなたは長嶺君や青木君や山内君たちと、休憩時間や放課後よく話してるじゃない。女の子として、とても楽しそうに見えるけど」

「うん、楽しくないとは言わない。けど、何か違うのよね。私は大学を中退して、語学学校で一応働いてるでしょ。同じ部屋の女子短大生のあの人もそうだけど、いくらアルバイト経験もってても、あの人たちと私とはどこか違うのよね。デパートの水野さんとは割に違和感ないの。やっぱりこっちは社会人で、向こうは子供って感じね。それに、男の子と話すのは彼らに同化してるからかなあ……」

それはどこか歯切れの悪い言い方だった。

「そうそう」

突然、涼子は急に何か思い出したように声を弾ませた。

「長野には父さんの戦友がもう一人いるの。年は七十三歳かな。彼は会社の専務をしてる人で、帰りはベンツで名古屋まで送ってくれるそうだから、先生よければ同乗してください」

「ありがとう。ただ、帰りのバスやＪＲもすべてセットで切符を買ってるの。だからいいわ。それにしても、こないだの人といい、その人といい、律儀だねえ。お父さん、わざわざ娘の旅程まで戦友に連絡してくれるとは、よほどあなたが可愛いのね」

「そりゃあ、私を溺愛してるんだから。だから、姉ちゃんたちに妬まれるのよ。戦友会は年に一度は集まってるらしく、そこでは父さんは元将校として、元部下たちがよくしてくれるらしいの。ま、化石というか、亡霊というか、死を待つ病人みたいな集団ね」

「あなたって、見かけよりずいぶんクールな人ね。驚いたァ」

そう言うと秀美と涼子は目を見合わせ、互いに声をあげて笑った。

日はすっかり山の端に落ちたらしく、いつの間にかすずらん荘の窓のあちこちに灯がついていた。夕食の時間も迫ってきていたので二人はようやく腰を上げた。

ロビーを出ると、隣のホテルの前にバスが二台止まっていた。ちょうど到着したところらしく、小学生がぞろぞろ降りていた。ホテルの従業員が出迎える中、先生が整列するよう声を張り上げていた。また、中学入試のための予備校の強化合宿なのだろう。秀美の小学校時代には考えられない現象だ。どこか狂っている、どこかが。秀美は揶揄《やゆ》しながら言っていた。

「まあ、よくも次々と来るもんだね。こりゃあ、ノアの洪水でも起きない限り、止まらないのかもしれないいな」

「そう。これに限らずよ。ここらで一度、ノアの洪水がこないと、人間はダメになるかもしれないね。ほんと、そう思うな」

そう言って石坂涼子は宙を見つめ、唇には自嘲するような微笑を浮かべていた。

（六）

八時から大広間で、東京のフランス本の専門店が店開きする。その情報を夕食時に得て、秀美も冷やかし半分にのぞいてみた。ところがみんな熱心に本を手に取り、意外に買っているのだ。石坂涼子の姿が見えないので気になり、十月からデパートのパリ支店に勤務するという涼子と同室の水野さんに訊くと、ちょっとのぞいたが食事時に飲んだビールが効いてきたのか、眠いと言ってすぐ引き揚げたという。

長嶺君たち大学生グループも会話の本などあれこれ見ている。秀美は青木君を目で探した。彼は絵本に見入っていた。その優しく端整な横顔を見ていると、秀美の胸に灯がともり、心が躍った。若い美しさは女だけの特権ではなく、男にだって言えるのだ。この一瞬のときめきを他人に知られたら、とてもここに立ってはおられない。ああ神様、誰にも知られず心に秘密を持つことを許してくださって、ありがとう。秀美はこんなふうに俄《にわ》か信者になっている自分を大いに嗤った。

「その本、買うの？」

秀美は思い切って青木君に声をかけてみた。彼は振り向くと「ええ」と微かに口元をほころばせ、そして「ぼくは将来、こんな絵本を書きたいです」とボソッと言った。

「書けるわよ。あのプチ・ソワレに激励に来てくれた作家の岡野辺氏だって、この講習会に参加したころは無名だったんだもの。あなたの本が出たら、私は第一号の熱烈な読者になるわ。その時は、あの名簿の住所に出版のお知らせを必ずちょうだいね」

秀美がそう言うと、青木君は「その時はほんとにお願いします」と笑って頭を下げた。その笑顔がまたとても可愛くて、秀美は胸がときめいた。女学校勤めの自分の周りにはこんな青年はいないので、珍しいのかもしれない。自分の心の内をのぞいて、秀美はいささか苦笑するのだった。

気がつくと隣は女医の塚田さんだ。彼女もたくさん買い込んではダンボール箱に入れていた。

「すごいですね。持って帰るの大変だ」

秀美が挨拶がてら気遣うと、塚田さんは、「宅急便で送りますので、大丈夫。田舎に住んでるもんで、本屋に注文すると一ヵ月は待たされますの。だから医学書から旅行案内、それに童話まで買い込んじゃいました」と陽気にしゃべり、「そうそう」と思い出したように話題を変えた。

「あの半年後にセネガルに行くという三原の方、訪ねて来ましたよ。で、気候風土やセネガル人気質、宗教上の注意事項や禁句など、私が知っている範囲でお話ししときました。お仕事で三原の街に来たあちらの人を、二週間ほどお世話なさったことがあるんですって」

そう言って塚田さんは秀美の手元を見て、「あら、あなたも相当買ってらっしゃるじゃありませんか」と笑った。

「ほんとに、不和雷同で困ったものですわ」

秀美も照れ笑いした。手には『星の王子さま』『悲しみよこんにちは』『異邦人』、それにペローの童話を数冊も抱えているのだ。これでも少ない方で、上級クラスの人などは塚田さん同様、ダンボール箱をみな用意している。学習態度がそもそも初級とは違うのだ。支払いの方も万単位。みんな宅急便で送ると言う。秀美も土産物と一緒にそうすることにして、小型ダンボール箱を貰った。一晩できっと三十万円は売れたのではないか。本屋の愛想いい顔がそれを証明している。高速道路を使って東京から来ただけのことはあったのだ。

そんなことを黒木さんと話しながら、一緒に大広間を後にした。黒木さんはエレベーターを四階で降り、秀美はもう一階上がった。自分の部屋に戻ると先ずは風呂に行く用意をする。洗髪するつもりだったので、あまり遅くならないうちにと思ったのだ。もう三度目の洗髪。備えつけのドライヤーで簡単に乾くので、家にいる時よりもよく洗う。

風呂でまた黒木さんと出会った。他に顔見知りの若い女が二人いるだけ。そのスラリとした裸身を見ていると、秀美はいやが上にもわが身から去った若さを思い知らされ、ちょっぴり悲哀を感じずにはおれない。黒木さんは秀美の胸の内を知るはずもなく、

「毎晩刺身のご馳走を食べ、こうしてゆったりと温泉に浸れる。〈地獄〉さえなければ最高に幸せなのにね。アハハハ」と笑った。

「ほんとに、〈地獄〉が待ってたとはつゆ知らなかったわねえ。我らはいい歳をして世事に疎いというか、甘いのでありますゾ」

秀美の声がタイル張りの壁に反響し、笑い声と混じって浴室はいっそう賑やかになった。若い女が「私たち上級クラスの者にとっても、天国は遥か彼方です。相当しんどい授業よねえ」と、もう一人に同意を求めた。彼女も「落ち零れたので、また来年チャレンジします」と明るい声を響かせ、「お先に」と言って出て行った。

風呂から戻り、カーテンを閉めようとして秀美は驚いた。霧が深く立ちこめていて、目前の斜面

が見えないのだ。バルコニーに出て月を探したが、朧月《おぼろづき》さえ見当たらない。向こうのホテルの灯も今夜はぼんやりと霞んでいて、塾の先生の声ばかりがはっきりと聞こえて来るのだ。鎌倉幕府は云々と言っているから、社会科の授業らしい。夜間授業は昨夜も十時までやっていた。これはまさに〈地獄〉以上かもしれない。小さい者たちがそれに耐えていると思うと、秀美の胸は憐憫の情でいっぱいになるのだった。

部屋に入ると秀美は机についたが、予習の前に買ってきた本のページをあれこれめくってみた。ところどころに知っている単語や慣用句があるばかりで、これを読むには前途程遠い。でも、いつか必ず、これらの本がスラスラ読めるようになってみせるゾ。そう思うと闘志が湧いてくる。この闘志は彼からの影響が強い。

彼は弱音を吐かなかった。仕事を済ませて家に帰るのは大抵八時、九時。十時には決まって書斎に入り、いつも夜中の一時、二時まで勉強していた。そして口癖のように、地方にいても仕事と研究では中央の連中に負けはしないと言っていた。役職を得てからは無理に無理を重ねた。だから思いがけず、ガンという伏兵にやられたのだ。もっとゆっくりと一日を歩み、四季の移り変わりにも目を留めて、そして俗なポジションなど歯牙にもかけず、本当にやりたい研究に心を注いで生きてほしかった。そうすれば、ライフワークの研究ができなかったと、あれほど無念がらずに済んだのに……。彼の失敗は繰り返すまい。自分は落ち葉の時節には落ち葉を踏んで秋を十分味わい、黄昏ていく空にしばし足を止め、哀惜を込めて眺めるのだ。秀美はそう思いながらもふと気がつくと、自分も結構忙しく、野心に満ちて生きているのだった。

十一時にもう一度カーテンを開けて外を見ると、霧はすっかり晴れていた。山の天気は本当に変わりやすい。月はすでに西に移動したのか、影も形も見ることができなかった。

秀美はそれから一時間半ほど辞書を引き、両隣に声が漏れないように、無声で読みの練習をした。寝床について、ふと田尻さんの息子はどうなっただろうかと気になった。あの愉快な人に神のご加護があらんことを、不信心の秀美も祈らずにはおれなかった。

ガラス戸に吹きつける雨音で目が覚めた。昨夜寝る前には霧も晴れていたのに、山の天気はやはり当てにならない。時計を見ると五時半。高原では毎朝早く目が覚める。どうも安眠できないのだ。枕が高すぎるのも理由かもしれないと思い、秀美は昨夜から枕なしで寝ている。

雨音がいっそう激しくガラス戸を打つ。秀美は飛び起きてバルコニーに出た。洗濯物を干していたことを思い出したからだ。Tシャツも下着も半乾きだったが中に入れ、衣文《えもん》掛けに掛けてカーテンレールに吊るした。

外は雨のためまだ薄暗く、肌寒い。秀美はパジャマの上に長袖のブラウスを羽織った。分厚い雲が天幕のように上空を覆い、当分雨が止むとは思えなかった。秀美は、これで放課後の散策は中止だなと思った。池の周りをこの前とは道を変えて、もう一度散策することになっていた。秀美はそれには参加せず、その時間帯に黒木さんともっと奥のホテルを探訪して、すてきな喫茶室を見つけようという密約を結んでいた。だから散策が中止されても困らない。ただ、ホテルまでは歩かねばならないから、雨は小降りになってほしいと恨めしそうに空を見上げる。

蒲団をあげると、また机について予習。朝から晩、いや夜中まで勉強に明け暮れる生活は、きっと自分の生徒たちの定期テスト前の姿に近いのかもしれない。確かに苦しい。しかしこれも自分で選んだことだから、やるしかないのだ。

七時前になるが、雨はなお降り続いている。昨日到着した塾の小学生たちは、戸外での行事ができない模様だ。先着者たちの斜面を登る体力訓練も、この雨ではとても無理だろう。ただ室内では何か始まっているらしく、開けられた窓からマイクの声が時々漏れ聞こえてくる。すずらん荘のフロント係の話だと、この高原での小学生の塾の合宿は、月末まで途切れることはないという。フランス語のル・スタージュも第四期まであるから、「ここは八月いっぱいは学習高原ですよ。ありがたいことです」と、彼は笑った。

ブーシェ先生も四日目の授業ともなると、生徒の学力に応じたそれなりの教授法をつかんだようだ。一時間に一課を確実に進み、反復練習するとよく解る。それでこそ生徒も一定の達成感を味わえた。すると先生は調子に乗って「Qu'est-ce que vous en pensez?《ケスクブザンパンス》（どう思う）」と、応用に発展するのだ。秀美も質問は理解できても、すぐに対応できる語彙がないのだ。初級では、秀美の目から見ても水野さんが一番理解度が高い。十月にデパートのパリ支店に転勤するから、やはり切実感があるのだろう。

木村先生の文法は、非人称構文や否定のさまざまな表現、直説法単純未来形、関係代名詞などに入ったが、前に出て黒板に書く作文と練習問題は、秀美も予習が追いつかず、もはや不十分なままに授業に臨まざるを得ない。次から次から新しい単語が出てきて、辞書を引けども引けども果てがないといった感じなのだ。それに作文にはとても時間がかかり、夜中まで頑張ってもそれほど進まないのだ。授業中に番狂わせが生じるのは相変わらずで、やはり緊張の連続だ。秀美は今日の授業でもすでに四回も当たったが、どの時も赤いチョークであれこれ直されてしまった。

こんなふうに、いつもと同じようにエネルギーを使い果たして午前中の授業が終わり、ホッとする昼食の時間となった。

食堂には事務局の人がマイクを持って待っていて、「みなさん、食べる前に聞いてください」と言った。

「実は、初級クラスに去年と今年、連続参加してくださった田尻敏夫氏の息子さんが交通事故に遭われ、田尻さんは昨日お帰りになりましたが、息子さんは今朝十時十分にお亡くなりになったそうです。さっきお電話して事実を確認しました。本当にお気の毒な結果になりました。みなさんとせめて一分間の黙禱を捧げたいと思います。それでは、黙禱」

ざわついていた食堂が一瞬静まり返った。黙禱が終わるとまたいつものざわめきが戻ったが、秀美は人の命のはかなさを改めて思うのだった。そんな気持ちになったせいか急に里心がつき、食事が済むとロビーに行って公衆電話をかけた。母がちょうど受話器の側にいたらしく、すぐ応答した。

「こっちは暑いねえ。今日も三十六度。あんた宛の御中元が二つきてるよ。姉ちゃんはたった今、絵の教室に行ったけど、チーズとワサビをおみやげに買って来てほしいと言ってたね。ま、体に気をつけて、無事に帰っておいでよ」

秀美には、母の声がとても懐かしいものに感じられた。

「Qu'est-ce《ケス》 que《ク》 vous avez《ブザベ》 fait hier《フェティエール》 soir《ソワール》?（昨夜、何をして過ごしましたか）」

デュマ先生が一人一人に訊いている。みんな昨夜はフランス語の本を買って、それを見たり、予習したという答ばかりだから、先生はかなり気分を壊し、「モットアタマヲツカッテ、イロイロソウゾウシテ、コタエテクダサイ」とやや語調を強めた。それぞれ「映画に行きました」「友達とレストランに入りました」「会議に参加しました」などと答えると、「どんな映画ですか」「友達はどんな人ですか」「議題は何でしたか」と次に応用の質問が発せられ、またパニックに陥るのだった。秀美は、知っている語彙が少ないということは本当に情けないと、つくづく思った。

授業が終わると、こんなにもホッとするものだろうか。秀美は、自分の生徒たちの気持ちも同じことだろうと想像した。だから、チャイムが鳴ったら、決して延長授業などしてはいけない。秀美はこの気持ちを忘れないようにして、今後の授業に臨もうと思った。

雨は昼過ぎから小降りとなり、デュマ先生の授業が終わる頃にはすっかり止んでいた。空はまだ灰色の厚い雲が覆っていたが、雨の方は大丈夫だろうということで、放課後の散策が復活した。秀美も黒木さんも体調不良ということにして、みんなが出発した後、ホテル探訪の密約を実行に移すことになった。

「さあ、極楽へ参りましょう」

そう言って黒木さんがゲラゲラと笑った。

「あら、天国じゃなかったの？」

秀美も調子を合わせてひとしきり笑った。

そしてみんなとは反対方向に、池のほとりのアスファルトの坂道を上って行った。

「これ、池と言うより湖だわね。ボートが数隻浮かんでいて、見てるだけで、夏の穏やかで幸せなひとときを感じるな」

黒木さんは感嘆していた。秀美は、この人は案外詩心があるのだなと思った。十分も歩くと、すずらん荘からはまったく見えなかった、風格を感じさせる白い瀟洒なホテルが目に入ってきた。

そのホテルの前に、東南アジアの樹上家屋風の円形の建物があった。喫茶店だと判り、二人は、先ずはそこでコーヒーを飲むことにした。長い階段を上がって行くと、民族楽器を奏でているような音楽が聞こえてきた。入口にパンフレットや説明書きが置いてあり、これがタイ風パビリオンだと判った。竹を打ち合わせるような音はバックグラウンドとしては耳に障ったが、客は自分たちだけであり、伸び伸びできて秀美は満足していた。

「私、四人部屋でしょ。いささか夜は息苦しさを感じているので、こんな広い空間を独占できて、嬉しいわ。眺めもいいし、もっと早く来ればよかったわね」

そう言う黒木さんの顔も満足げである。

「ねえ、毎日こんなに苦労してるんですから、フランス語絶対にモノにしましょうよ」

そう言ったのは秀美だった。

「そうですとも。札幌で四月からフランス語教室に通ってるけど、こんなに朝からずっとじゃないから、ずいぶんラク。やはりラクなことはモノにならないわ。実は私、先月で会社を辞め、このところ無職なの。だから飛行機代も入れると十六万もかかってるの。頑張って元を取らなくちゃね」

黒木さんは力み過ぎるほど力んだ口調をした。秀美は同じ世代に感じる理屈ぬきの共感を覚えた。

「私も、何の因果で今更フランス語をと、何度も泣きたい気持ちに陥ったの。でもあなたが言うように資本かかってるんだものね。九月から真面目にラジオ講座聴かなくちゃ」

「Ah《ア》 bon《ボン》?（そう）」

黒木さんが授業でよく耳にした言葉を使ったので、大笑いになった。

「これ自然に出たのよ。我ながらスゴーイ」

彼女は自分で自分に感心した後で、秀美の顔をのぞき込むようにした。

「ねえ、森野さんは石坂さんの先生なの？」

「あら、彼女、おしゃべりねえ」

「ううん、昨日お昼を一緒に食べてて、先生はどこにいるかなと、彼女、あなたを探してたの。住所をみたら同じ広島県だし、雰囲気で判っちゃうわよ」

「へーえ、雰囲気でねえ。職業臭っての、あるのかしら」

秀美はいかにも嫌そうに言って、続けた。

「教え子と一緒ってことは、こっちにプライドがあるうちは大変。今はそんなもの投げ捨てちゃったから、どうということないけど」

「エライ。私なんか今は無職の風来坊になっちゃったけど、それでもプライドってものはあるもん。けど、無職じゃ、格好悪いもんね。で、取り敢えず、九月から三ヵ月コースのカウンセリング講座に通うのよ」

「あなたこそ、エライじゃないの。でも、お月謝、大変ねえ」

「ま、多少退職金があるし、慰謝料も使わずに取ってあるので」

「エ、慰謝料？」

「そう。この春、離婚したの」

「そうだったの……。嫌なこと言わせちゃって、ごめんなさいね」

「いいのよ。事実だから。恋愛結婚したんだけど、二十年たっても子供ができなかったの。彼は子供が欲しかったのね。で、いい女つくっちゃって、そっちに女の子が二人もできたの。彼はあっちに入り浸りになって。もう小学校二年生と幼稚園なの。で、いつまでも仮面夫婦してても仕方ないから、ケリをつけたってわけ」

黒木さんは微笑みさえ浮かべて淡々と語った。石坂涼子といい、黒木さんといい、そして田尻さんといい、善い人たちがまるで天から罰を受けるかのように悲しみを背負わされている。自分だけが不幸でも悲しいのでもないのだ。そう思うと、秀美は何か心にじわっと満ちてくるのを感じた。その気持ちを胸に宿して秀美は「そろそろ今日のハイライトへ行きましょうよ」と黒木さんを促した。

ホテル・ホワイトピークの玄関に入るなり、黒木さんが高い天井を見上げて感嘆の声をあげた。

「やっぱり、すずらん荘とは格が違うわ。このシャンデリアを見てよ」

「本当だ。ステキ！」

秀美もしばらく上を向いたまま息を呑んで天井を見ていた。投宿している家族連れが、ロビーの豪華なソファーに深々と腰を下ろして休んでいた。それを見ると、秀美はふとつぶやいていた。

「今度は母と姉をつれて来て、ここに泊まろうかな」

黒木さんに漏れ聞こえたらしく、彼女が羨ましそうに言った。

「いいなあ、私には母も姉も死んじゃって、いないの。兄はいるけど、お嫁さんは所詮他人だもんね。その計画、ぜひ実現してよ」

その沈んだ声に秀美はまた悪いことを言ったかと心を痛めたが、終わりの声は弾んでいたのでホッとした。

広いロビーには、京都在住の画家の高山植物の絵が展示されていた。値段を見るとそれほど高くない。秀美は日本画を描いている姉に、一枚土産に買ってやろうと思いついた。黒田さんにも見てもらい、この高原でよく見かけるという、『シナノキンバイ』を買うことにした。黄色い可愛らしい花を見ていると、秀美もなぜか心がなごんでくる。勿論、現金は足りないので、DCカードを使うことにした。フロントで手続きを済ませると、秀美たちは売店をのぞいた。すずらん荘より大きな売店で、品物の種類も多く、秀美も黒木さんも、お土産を買い足した。

「ねえ、極楽にいるうちに、また何か飲みましょうか？　ほら、手作りケーキもあるわ」

黒田さんが喫茶室の入口を指して言った。

「ええ、そうしましょう」

そう言って中に入ると、そこはかとなくハーブの香りが漂っていて、ちょっぴり幸せな気分に包まれた。テーブルも椅子も濃い茶系でまとめられ、いいものに囲まれると気持ちもアップした。椅子の背にはこのホテルのオリジナルの彫刻が彫ってあって、見るからに風格を感じさせた。

結局、紅茶とプチ・ケーキを注文した。

窓から見える風景が雄大だった。雨後のくっきりとした山の稜線が美しかった。

「両方で千三百円だから、普通の倍近くだけど、リッチな気分に浸れたのでソンしたなんて思わないわね。景色よし、建物・家具調度品よし、味よしで、言うことないわ。これからのリゾート地は、こうした満足感を与えられないと、客は来ないでしょうね」

外に目をやったまま黒木さんが言った。その言葉に秀美も全面的に賛成した。山に言葉を盗られて、二人はしばらく無言の時を過ごした。それを破ったのは黒木さんだった。

「村瀬さんね、このル・スタージュが済むと第三期の中級、それが終わると第四期の上級に参加するんですって。後二週間もよォ。私だったら自分の現実を認識して、お金は損してもキャンセルして帰るわ。この地獄、もう限界。尤もこれから勉強して来年なら、私も中級や上級に参加してもいいけどね」

「C'est《セ》 vrai《ブレ》?（本当？）」

秀美の口から習ったフランス語が飛び出していた。言った後、これがこの講習会に参加した最大の効果かもしれないと苦笑した。そして「大丈夫かしら？」とつけ加えた。村瀬さんは発音はメチャクチャ、今の授業もあまり解っていないのにと、秀美も内心で呆れ果てていた。

「すでに勤め先から参加費を払ってるし、出張旅費も貰ってるんですって。だから帰りたくても帰れないのよ。ほら、逃げ帰るとカラ出張になっちゃうでしょ。それに半年後にセネガルに行く手前、彼も勉強して来ますと虚勢張ったんじゃない？　上司も一週間よりも三週間学べば、それだけ早く上達すると考えて、気前よく参加費だしたんだと思うわ。私たちもそうだったけど、きっと彼もフランス語に対して簡単に考え過ぎたのよ。あの力で、もっと厳しい閻魔様がいるという上級地獄で、後二週間もチンプンカンプンの状態で座ってるだけでも、尊敬しちゃうな」

黒木さんは揶揄するような口調をした。

「私だったら絶対に耐えられないわよ。考えただけでも、発狂しそう」

おそらくは出張で来ている村瀬さんの、引くに引けぬ状況を秀美は悲喜劇だと笑った。


夕食後、秀美は休む間もなく予習。風向きのせいか、斜め向こうのホテルから、塾の先生の声が喧《やかま》しいほどよく聞こえる。言葉の意味を尋ねているから国語の授業らしい。毎晩遅くまで中学受験の小学生も大変だ。

秀美は入浴後もまた予習。それでも幾許《いくばく》も進まない。復習などには手が回らない。疲れが出てきて何度も前にのめり込み、顔がテキストに当たっては持ち上げる。ペンは手から落ちている。昼間は閻魔様に苦しめれ、今宵は睡魔様に襲われる。もう目がつぶってダメ。まだ十一時なのに、秀美は蒲団の中に倒れるようにして入った。それでもいつものように数を数える。アン、ドゥー、トロワ、カトル、サンク、シス、セトゥ、ユィット、ヌフ、ディス……、十まで何とか持ちこたえたところで、秀美は深い眠りに落ちていった。

（七）

ぐっすりと寝た。この高原に来てはじめて外の音、つまり小学生たちのラジオ体操の放送で目が覚めたのだ。

もう七時前。体操が済んだ小学生たちが、走るようにして斜面を登り始める。昨日よりも人数が増えているような気がする。きっと自分たちがホテル・ホワイトピークに行っている間に、新しい塾生が入ったのだろう。ガラス戸を開けて高原の空気を吸いながら、秀美はそう思った。

フランス語の講習も今日で終わりだと思うと、秀美は少し感傷に耽っている。が、朝食の時間にあまり遅れてはいけない。そう思うと洗面と化粧を簡単に済ませて、食堂へ急いだ。時計の針は七時半を指している。こんなに遅く来たのは初めてだ。すでに半分の人々は食べ終わっているのだろう。台の上に並べられたバイキング料理が半減していて、それを証明していた。

「お早ようございます」

そう言って挨拶して、秀美のテーブルにパンやハムがのっている皿を置いたのは、村瀬さんと田中健司さんだった。中年男は朝が遅いのだろうか。そう言えば朝食時にこの二人に出会ったのは、この日が初めてだった。

「村瀬さんは、今日が終わっても、中級、上級へと進むんですってね。私なんか、とても真似ができませんわ。この地獄生活、もう限界に達してます」

秀美はやや意地悪くそう言うと、密かに彼の反応を観察していた。村瀬さんは照れたような顔をして、

「いやはや、フランス語がこんなに難しいとはつゆ知らずでした。英語の親類みたいなものだから一週間で基礎会話は何とかできる、と思ったのが大間違いでした。あと二週間、しかも初級とは全然違う難しいテキストを使うので、どうなることやら。おそらく恐怖におののく毎日でしょうね。あなた方が地獄、地獄と連発してらした気持ちが、よく解りますわ。ほんとに地獄、ですなあ。ワッハハッハッハ」と豪快に笑った。

それにしても、この楽天性は、一体何なのだろう。いくらチャレンジ精神で頑張るといっても、自ずから限界がある。基礎のない今、中級、上級に進んでも、砂上に楼閣を建てるようなものだぐらい、彼にも判っているだろう。厳しい言い方をすれば、公費の無駄遣いでもある。それなのにこの人は、なぜ、こんなに明るく笑っておれるのだろう。

「でもね、彼は大したもんです。解らなくても挑むんですから。ぼくだったら、出張旅費と参加費を返上して帰るかもしれませんね」

田中さんが、黒木さんと同じようなことを言った。村瀬さんは年齢的には課長クラスと推察するが、あんなにできなくてもニコニコしておれるこの人の図太さは、どこから来るのだろうか。秀美は昔歴史で習った漢の始祖、劉邦《りゅうほう》はひょっとしたらこんな人ではなかったかと、ふと思ったりした。

「今日は晩飯が七時からですよね。それまで腹がもつかなあ。立食形式だそうですが、いい料理が用意されてて、ボルドーワインもたくさん持ち込まれるそうです。ぼくも次の講習まで二日ほど授業がありませんから、今夜は飲んで食ってリラックスしますよ。夕方までお互いにおやつは禁物ですゾ」

村瀬さんは要するに腹ぺこで夕食に臨むよう忠告してくれて、秀美も今から今晩の食事を楽しみにしていた。

「羨ましいな。村瀬さんて、生活を楽しみながら生きる人ですのね」

そう言って秀美はまた微かに胸が疼くのだった。亡くなった彼に欠けていたのは、こういう楽天主義と生活を楽しむことだった。仕事と研究の成功を何よりも大切にし、負けること、努力しなかった結果の不成功、不勉強のために恥をかくことを嫌った。恥をかいても笑って過ごせる村瀬さんを、秀美はある意味で羨ましいと思った。

「ところで、ソワレダデューって、どういう意味です？」

村瀬さんが誰にとはなしに尋いた。

「Soirée d'adieu《ソワレダデュー》は別れの夜会だから」

そう言って田中さんはポケットから手帳を出して、フランス語の綴りを書いてくれた。

「つまり、お別れ晩餐会ってなところじゃないかなと思います」

さすがに田中さんだ。彼も十月から一年間パリで仕事をすると言っていた。こんな簡単なことが解らないのかと人は笑うかもしれないが、実は秀美もソワレダデューの意味をはっきりとは知らなかったのだ。ソワレは「プチ・ソワレ（小夜会）」で分かっていたが、アデューがエリズィヨンの結果ダデューとなること、つまり、de の e を省略してアポストロフを書き、adieu の a とつなげて発音するので、ダデュー（d'adieu）と読むことは想像できなかったのだ。エリズィヨンそのものは習いはしたが、やはり初級クラスには応用力がきかないのだ。

「ああ、それから、あなたのお陰でセネガル帰りの女医さんと会いましたよ。いろいろアドバイスしてもらいましてね、有り難かったです。本を読むよりも、直に行った人の言葉は重みがありますね。ずいぶん参考になったし、あの国にいっそう親近感が湧きました」

村瀬さんは、遠い西アフリカの国がさも近くなったような喜び方をした。

第五日目の授業、つまり最終日の授業は、やはり走りに走った。「どれくらい時間がかかるかを尋《き》く」「人を勧誘する」「知らない人に道を尋ねる」「値段を尋く」などをテーマに、いつもの三人の先生が、読みと基礎会話、文法と作文と練習問題、応用会話など、それぞれ厳しく、スピードアップしながら進めた。もう誰の目にもできる人、できない人、中位の人に、はっきり分類できた。秀美は自分も黒木さんも石坂涼子も中位だと思っている。復習をすればもっと何とかなったはずだが、その時間がなかった。

それにフランス語は英語のように学習のストックがないため、語彙が皆無に等しく、辞書引きに追われた。こうして、復習が大事という語学学習の鉄則を破っているのだから、力がつかないのも無理はなかった。

こういう講習会は集中的に学習するから、どうしても進度が早いのはやむをえないのだろう。帰ったら必ずもう一度、丁寧に、時間をかけて、同じテキストを復習すること。それを秀美は心に誓った。

デュマ先生の厳しい授業が終わると、先生は急に笑顔を見せ、「A《ア》 ce《ス》 soir《ソワール》（また今晩）」と言って右手を挙げて出て行った。あまりできのよくない生徒を二時間も相手にしていると、先生も疲れて、これで今期は終わったと思うと自然に笑みが出たのだろう。

ソワレダデューは予定通り七時から始まった。事務局や先生方、それに上級・中級・初級の全員が集合すると、八十名以上の人数になる。三階の大広間にプチ・ソワレの時と同じように白い布に覆われたテーブルが設営され、その上の大皿には朝食時に村瀬さんが言ったように、巻き寿司、サンドイッチ、サーモンや生ハムなど、御馳走がのっていた。今度は事務局の人が乾杯の音頭をとった。秀美も「A《ア》 votre《ボート》 santé!《サンテ》（乾杯）」と言うのに、もう抵抗感はない。グラスを互いに持ち上げて、みんなで元気よく声を出した。隣り合う者同士でグラスを触れ合う澄んだ音が響いた。その時秀美の隣で長嶺君が「ちょっと待った」と言った。

「それ、違う、違うよ。もうオレたち親しくなったから、A ta santé《アタサンテ》!の方だよ」

「そのとおりだわ。じゃあ、もう一度やり直しましょうよ。さあ、いい」

そう言って、周囲のみんなをハイな気分にさせたのは黒木さんだった。あちこちで、そうだ、そうだ、と声が上ると、デュマ先生が「Encore《アンコール》 une《ユーヌ》 fois《フォワ》. Allons-y《アロンジー》.（もう一度、さあ）」と声を張りあげた。

こうして、ソワレダデューは初めから盛り上がった。村瀬さんは朝の予告通り赤ワインのグラスをすぐ空けて、石坂涼子に注いでもらっていた。秀美もワインのお陰で快い気分になっていた。誰に対しても笑顔を向け、話しかけられると、相応に言葉を返した。

青木君は山内君と長嶺君の間にいたが、どちらかと言うと自分から話すというより、人の話に耳を傾けているといった感じの青年だ。欧米では自己主張のない者は侮られるが、日本ではまだ〈沈黙は黄金なり〉という諺が生きていて、無口な分、それだけ謎めいていて、秀美には魅力的に映る。その横顔をちらりと見るだけで、秀美の胸には確かに心地よい音楽が鳴り始めるのだ。その音楽を止めるかのように長嶺君が話しかけてきた。

「おばさん、あっ、ゴメン、ナサイ。マダム森野、何回もノートを見せてもらって助かりました。予習してても解んないところがあってさ……。明日お礼を言うの忘れたらいけないので、今夜、言っておきまーす。Merci《メルスィ》 beaucoup《ボークー》.」

「こら、おばさんってまた言った。でも、ま、言い直したし、礼儀正しいから許してあげるけど、あれは禁句だよ。それにしても、あんた、応用がきかないね。マダム森野といえば、聞こえがいいってことに気づかない？」

秀美は我ながらいい知恵を授けた、と得意になった。長嶺君は「ああ、そうか。おれ、ほんとに応用がきかないんだ」と自嘲して、「じゃ、お詫びに」と言ってグラスにワインを注いでくれた。

「ねえ、あんたたち、この講習会に参加するにはお金がずいぶんかかったでしょ。それ、どうしたの？　親が出してくれたの？」

秀美は若者たちに訊いていた。

「おれ、バイトしたの。中華そば屋で。こいつはファミリーレストラン」

長嶺君は青木君のことまでつけ加えた。

「親に頼めた義理じゃないですよ。オレたちみんな授業サボってさ、単位もらえなかったんだから。これればかりは自分で尻拭いしなきゃあ、なあ」

そう言って青木君は山内君に同意を求めた。その伏せ目がちの横顔を見ながら、秀美はこの青年が大人の男が失った羞《はじ》らいを未だもっていて、初々しいと思った。

「まあ、な。おれは親戚の焼き鳥屋で毎晩働いたけど、実は講習会の参加費に足りなくて、前借りしてきちゃった」

山内君はペタンク大会でも優勝しただけあって、外見も筋肉質の逞しい青年だ。秀美は自分の教え子たちや、甥や姪とこの三人の若者たちを比べて、彼らが思いの外しっかりしているので感心していた。

「あんたたち、見上げたもんだわ。今頃の若者はモラトリアム人間が多くて、何歳になっても親の脛《すね》をかじってるのかと思ってたの。認識を変えなくっちゃ」

そばで聞いていた黒木さんも感心したのか、そう言って彼らを持ち上げた。

「いやあ、そんなんじゃないですよ。自分らが日頃の授業を真面目に受けてりゃ、苦労して参加費など稼ぐ必要はなかったんです。親はちゃんと授業料は払ってくれたんですから、なあ」

長嶺君が照れて、仲間に視線を向けた。

「そのとおりです」と青木君も山内君も照れ笑いしていた。

いつの間にか村瀬さんが側に来ていた。秀美が三人の青年のことを感心して話すと、山内君が「いやあ、ぼくらから言えば、ムッシュ村瀬やマダム森野に感心してるんです。ぼくら、その年齢になったら果たしてこんな講習会に参加する元気があるかどうか、自信ありませんよ。だから逆に励まされました」と言った。

彼らは食欲も旺盛で、見ていて気持ちよいほど、よく食べ、よく飲んだ。

気がつけば黒木さんの姿が見えなくなっていた。授業はこの日で終了したから、もう部屋に戻って辞書を引かなくてもいいはずだ。疲れが出て部屋で休んでいるのだろうか。

時計を見るとあっという間に一時間が過ぎていた。事務局の人がマイクの前に立った。「みなさん、ちょっとお耳を拝借。少人数ですが一般客も泊まっているので、九時からは半地下の初級の教室で二次会に移りたいと思います。ここなら少々騒いでも構いません。アトラクションの方もたくさんお願いします。Allons-y.《アロンジー》（さあ、行きましょう）」

あれほど豪華だったテーブルの御馳走も、もはや淋しい限りになっていた。秀美もあと小半時は付き合うつもりで教室の方へ移動した。今度はもう勝手に飲み食いするのではなく、事務局の方で芸達者の人にあらかじめ何かするよう頼んであるらしかった。

トップバッターはこの講習会の上級クラスの常連で、七十三歳の最高齢者の男性だった。彼が模造紙に書いてきたフランス語のオリジナルのナゾナゾが高く掲げられ、みんなで当てたり、三年連続で上級クラスに参加しているという女性の音楽講師がフランス語のシャンソン、『セ・シ・ボン』と『トム・ピリピ』の歌唱指導をしてくれた。それをみんなで声を揃えて何とか歌えるようになったことは、この講習会に参加した大きな収穫だった。長嶺君たち男子学生数名が二度ほど人間ピラミッドを作って、アン、ドゥー、トロワの掛け声でそれを崩し、これは大好評だった。

ペタンク大会の優勝チームの表彰式も行われた。メンバーにはちょっとした記念品が贈られ、司会者がリーダーの山内君にはギャグをやってくれと頼んだ。ところが山内君は「おれ、ほんとにそっちは能なし、できないよォ」と逃げて、意外にもはにかみ屋な一面を見せ、秀美は微笑ましいと思った。石坂涼子も長嶺君たちの中にいて、結構楽しそうにしていた。彼女に言わせると、すでに男に同化しているせいだと結論づけるのだろうが、ならばいまさらどうして性転換をしなければならないのか、秀美にはやはり合点がいかなかった。

二次会はまだまだ続きそうだったので、秀美は十時前に引き揚げ、大浴場へと急いだ。だれもいない広い浴室を一人で占領するのは贅沢であると同時に、孤独を感じさせた。明日はそれぞれ朝食を取り、随意に帰って行くのだ。そう思うと秀美は急に寂しくなり、あの緊張の連続だった〈地獄〉がとても恋しくなるのだった。時は行きて帰らぬ。それは解っていたはずなのに、一刻一刻をゆとりをもって、十分に楽しむことができなかった。

秀美は部屋に戻ると、バルコニーに出た。洗濯物を干すためだ。夜気が湯上がりの体に当たって心地よい。高原はもうすっかり秋なのだ。満月の冴え渡った光の中に星が見え隠れしている。秀美はしばらく夜空を見上げていた。古今の東西を問わず、人は愛する者を亡くした嘆きや悲しみを、この星空に慰められた。彼方に自分だけの星をみつけて、いつまでも話しかけたのだ。そんなことを思っていると、秀美の胸にはまた痛みが舞い戻っていた。出会って、愛して、待つことの方が多くて、十分には生活を共にすることのないままに、無念だ、無念だと言ってあの世へと旅立って行った彼。彼のことを思うと、秀美の心は今も千々に乱れるのだった。

高原の講習会、ル・スタージュが終わり、明日の予習に追われない身となって、初めて秀美は時間的にも気持ちの上でもゆとりがもて、せめて今日進んだところだけでも復習しておこうと思ってテキストを開けた。両隣の部屋への遠慮から、秀美は声を出さないようにして読みを繰り返した。作文と文法の問題も答を見ないでもう一度やってみた。どれもみなずいぶんラクになっている。毎日こうすればどんなによく解ったことだろう。

結局一時間ばかり復習したところで、遅ればせながらワインが利いてきたのか、あるいは緊張感がとれたせいか、秀美は睡魔に襲われ、十一時には寝てしまった。


六時に起床。秀美はこれで最後だと蒲団にまで別れを惜しみ、丁寧に畳んで部屋のすみに置く。そしていつもの体操をする。すべて百回。カーテンを開けると、もう日が射して明るい。一足早い高原の朝。授業がないのでゆっくりと着替え、洗面にも化粧にも時間をかける。今日でお別れだなと、ちょっぴり感傷的になる。外の花々が美しい。小学生たちが毎朝登っているこの斜面に、秀美もふと登ってみようと思いつく。それなら彼らよりも早い方がいい。今から登れば七時過ぎには戻って来れるだろう。そうと決まると、秀美は帽子を持って裏山に出た。

空気がひんやりしていて、おいしい。やはり下界とは違う。秀美は立ち止まって深呼吸する。部屋から見た斜面は緩やかだが、登ると結構きつい坂だ。小学生はラクそうに登っていたが、秀美はそうはいかない。白い花、紫の花、橙色の花が入り乱れて咲いている。名前は知らない。でも、斜面が淡い色に染めぬかれて、全体の印象が優しい。秀美は時々休んでは花たちに目を留める。もう盛りの時は過ぎている。来た時には真っ盛りだったのに、一週間でこんなに変化するのだ。これから冬に向けて、斜面は茶色に、そして白いゲレンデに変わっていく。

そんなことを想像しながら、秀美はいつしか頂上に到達していた。首筋や腋の下が心もち汗ばみ、風がそれを揮発油のように乾かしていく。気分は爽快。バルコニーから眺めていた風景とはまた違って、雄大だ。投宿先のすずらん荘が意外に小さく見える。自分の部屋は洗濯物がまだ出たまま。忘れないようにしなくちゃあ、と秀美はつぶやく。

やや向きを変えれば、黒木さんとコーヒーを飲んだレンガ造りの高級ホテルが見える。やはり人の気配は感じられない。その隣や、さらにその隣のホテルの前広場には、ぽつぽつ小学生の姿が見られ、声も聞こえる。まもなくラジオ体操が始まるのだろう。秀美は彼らが登山する前に下山したいと思い、もう一度ぐるりと見まわして景色を目に収めると、坂を下り始めた。

すずらん荘に戻り、玄関に入ると、ちょうど出発しようとしている長嶺君たち三人組に出会った。三人が口を揃えて挨拶した。

「お世話になりました、マダム森野」

「こちらこそ。あんたたちと一緒に勉強できて、楽しかったわ。これから中央本線で？」

「いや、車を運転して帰ります」

今度は山内君が答えた。青木君は微笑むばかりでどこまでもシャイなのだ。

「そう、安全運転してね。命あってこそよ。青木君もお元気で。みんな互いに頑張ろうね。一年後には上級クラスでお目にかかれるといいわね。じゃ、習った言葉を使うわよ。Bon《ボン》 courage《クラージュ》 et《エ》 tiens《ティヤン》 bon《ボン》! Au《オ》 revoir《ルボワール》.（元気だして、頑張ろうね。サヨナラ）」

秀美はキザだと思いながらも、フランス語を使った。長嶺君たちも笑いながら、サヨナラだけはフランス語で言った。別れてからも秀美の胸には清々しいものが残っていた。

食堂は空いていた。もうほとんどの人が済ませたのだろうか。秀美はバイキングの皿にいつものようにパンやハムやサラダをのせると、窓側のテーブルについた。昨日までのように早く部屋に帰って予習しなければという思いがないから、ゆっくりと味わいながら食べることができた。

秀美は、帰路は時間的にゆとりをもって計画していた。十時過ぎのバスで長野まで行き、そこから名古屋へ出て、広島へ向かう。切符はすべてセットされている。

朝食を済ませると秀美は玄関の外へ出た。すぐ近くにバス停があり、八時半のバスで帰って行く人を見送ろうと思ったのだ。身仕度をした黒木さんともここで会えた。彼女も秀美のことが気になって部屋まで訪ねたそうだが、不在だったという。丁度斜面に登っていた時なのだろう。残留する村瀬さんも見送りに来ていた。バスは間もなく来て、あっけなくみんなを連れ去った。村瀬さんは秀美の時も見送りますよと言った。

気がつくとベンツが玄関横の車止めに滑り込んだ。ロビーで待機していたのか、石坂涼子がすぐ出てきた。初日に会った時の、あの何ともいえないカラフルな服装だ。秀美を認めるとそばに来て、

「先生、戦友が迎えに来ました。よかったらどうぞ。遠慮でしたら、不要です」と、また言った。

「ありがとう。先日も言ったように、すべてセットされてるから大丈夫よ」

石坂涼子がその車に近づくと、中から白髪ではあるが背筋のしゃんとした紳士が出てきて、涼子

に敬礼し、ていねいな言葉遣いで挨拶をしていた。涼子は秀美の方をちらちら見ながらその紳士に何か言っていた。すると紳士が秀美のところにつかつかと進み出て、

「お嬢様の先生だそうでございますね。講習中はいろいろとお世話様になりました。父親に代わってお礼を申し上げます」と言って、深々と頭を下げた。不意のこと故、秀美はすっかり恐縮してしまった。

涼子は車に乗り込むと窓から顔を出して、「先生、バイバーイ」と手を振った。秀美も手を振りながら、気になることを思い出して大きな声を張った。例のこと、よく考えなさいよ。なにも急ぐことはないんだから、と。

見送りが一段落すると、秀美は売店で絵はがきを買った。バスの時間まで余裕があるので、自分のクラスの不登校の生徒にせめて絵はがきを出してやろうと思ったからだ。

部屋に戻ると、秀美は先に荷物をまとめた。普通のスーツケース一個とハンドバッグだけだからすぐ済む。お土産類や重いものはすでに宅急便で送ってあった。

秀美は籐椅子に座って絵はがきをパラパラとめくり、この高原の紅葉の時節の美しい一枚を手に取って、これに書こうと決めた。

また塾の先生の声が聞こえる。今は算数の時間らしい。

背後でドアを叩く音がする。振り向くと客室係が「失礼します」と言って入って来た。もう鍵をかけていなかったのだ。昨日まではもっと早く来てごみ箱のごみを取ってくれたが、今日はチェッ

クアウトした客の部屋を先に掃除していて遅くなったのだろう。いつものその時間は予習に追われていて、秀美は簡単な挨拶しかしなかったが、今日で終わりだからとの思いもあって言葉をかけた。

「ここ、涼しくていいところですね」

「私も数日前に来たばかりであんまりよくは知らないけど、本当にいい所よね。毎晩温泉に入れて、極楽よ」

彼女も即座に笑顔で応じてくれた。秀美は、地獄、極楽の認識はそれぞれ置かれた立場で大分違うものだ、と苦笑した。彼女の親しげな眼差しに釣られて、秀美は思わずもう一言訊いていた。

「どこからいらしたんです？」

「青森から」

「まあ、ずいぶん遠い所から」

「そう、バスでね」

「えっ、バスで？　そりゃあ、大変だったでしょう。何度も乗り換えて」

秀美はあの長距離を何でバスなんかで、と不思議に思った。

「乗り換えはないの。ずっと同じバスよ」

「え、じゃあ貸し切りバスで？」

「そう。バス八台、連ねて来たのよ」

「ああ、それで判った」と、秀美はやっと状況が飲み込めた。人手を、東北地方の中年の女たちにこのような形で求めているのだろう。つまり、集団アルバイトなのだ。それでまた訊いた。

「じゃあ、いつもの相棒も青森から？」

「そう」と、女は首を縦に振って頷いた。

「冬は十台連ねて来るんだべ」

挨拶程度の一言、二言だけ交わしている間は東北弁を見破ることはできなかったが、こうして話していると、彼女の方も気を許したのか、東北弁の自然体で喋っている。おそらくは秀美より少し若いぐらいの小綺麗な女で、きちんと化粧もしていた。

「じゃあ、このホテルで働いてる客室係の方は、みんな青森からです？」

「そうだべ。こんないい所にお客さんとして来れる人って、幸せ者だべ」

「ほんとに、そうですね。で、どれくらいここでお仕事なさるの？」

「四十日だべ」

「そうですか。私は今日で帰りますけど、毎朝お世話になりました。十時になったら、お部屋を空けますね。それまで、ちょっと葉書を書かせてください」

そう言って秀美はペンを執った。雄大な自然の中で人間がとても小さく見えたこと。そして、講習会に参加していろんな人に出会って、人間がますます好きになったこと。さらに、ちっぽけなこの自分が前よりいっそう愛しく感じられるようになったこと。そんなことを認《したた》めていった。

「五一三号室の御客様、フロントまでお越し下さい」

館内放送がかかり、秀美は時計を見て驚いた。バスの時間まであと十五分しかない。あわてて荷物を持って一階まで降り、フロントへと急いだ。鍵を返し、はがきの投函を頼むと、係の男性は快く引き受けてくれた。そして「今日お帰りのお客様は全員、鍵が返っておりましたので、不思議に思って、あんな放送を入れさせて頂き、失礼しました」と恐縮して詫びた。

ロビーを見ると、デュマ先生たち三人と事務局の人、それに村瀬さんがいた。秀美は彼らのそばに行って挨拶した。

「Merci《メルスィ》 beaucoup《ボークー》. J'ai《ジェ》 travaillé《トラバイエ》 beaucoup《ボークー》 de《ド》 langue《ラング》 française《フランセーズ》.（ありがとうございました。フランス語をたくさん学びました）」

いつも作文は赤いチョークで直された生徒だ。どこか誤りがあるかもしれない。けれど、ともかくもフランス語を使うことが、秀美には学んだ者の礼儀だと思えたのだ。

「Très《トレ》 bien《ビヤン》!」

先生たちがそう言ってくれた。秀美はもう一度お辞儀をして、バス停へと急いだ。後ろから村瀬さんが「持ちましょう」と言って追ってきて、スーツケースを取り上げた。

バスが坂を下りてきた。

「あなたも後二週間、地獄で、いえ、ここは極楽という人もいました。ま、それなりに頑張ってください。それから、半年後にはセネガルですね。いいご滞在を祈ってます」

そういって秀美はバスに乗り込んだ。スーツケースを持ってよろめきながら座席へ行くうちに、バスはかなり進んだようだ。秀美が荷物を置いて後ろを振り返った時には、もう曲がり角まで進んでいて、手を振っていた村瀬さんの姿が忽然と消えた。

その時、秀美は言いようのない喪失感を感じた。車窓から過ぎ去っていく林の木々を見るともなく見ながら、秀美はこの喪失感に耐えることが、人生なのかもしれないと、いまさらに思うのだった。

あとがき

私は花が好きだ。半世紀前の夏、ヨーロッパに旅した時、とくにスイスで家々の窓辺に咲いている花々に感動し、その日は幸せな気分に包まれた。帰国して春に自宅マンションのベランダにペチュニアを植えてみた。思いのほか色とりどりの花が咲き乱れて、遠目にも華やかで、近隣の人々を感嘆させたことがある。一戸建に移り住んでからは花だけでなく庭木にも手を出し、巡る季節の花や若葉の煌めきを楽しんだものだ。

友人の一人に毎週のように田舎に帰って無人の実家を守り、農業に勤しんでいる人がいた。その人は折々に栽培した野菜や柿の実に添えて、コスモスや人参の花、萩や芒《すすき》の穂を持ってきてくれた。高い地位につきながら頭の低い、頼まれれば嫌と言わない面倒見のいい人だった。作品「花に誓う」にはその人をイメージした人物を登場させた。そのことを伝えると、その人は読後気恥ずかしそうに笑っていた。夏の終りのある会合からの帰路、ともに百歳まで頑張りましょう、と互いに鼓舞しあって別れたのに、それから半年も経たない今年の一月、その人は突然旅立って逝った。

ここ一年だけでも私の周りから親しい友人が四人も亡くなった。もっと若いころに愛する身内を立て続きに亡くした際には悲嘆に暮れ、耐えがたい喪失感に襲われたが、まだ友人たちが周りにたくさんいてくれた。今はその彼や彼女がかくも急ぎ足で逝ってしまうのだ。この寂寥感と喪失感は言葉ではなかなか言い現わしがたいけれど、敢えて言うならば、静かにしんしんと降り積もる雪の夕暮れ時の光景に似ているのだろうか。

《人はすべて死す》この大命題は逃れることのできない、既存の事実としてとうに分かっていたはずなのに、動揺してしまう……。何故に自分は往生際が悪いのかと己を制するのだが、まだまだ人としての修練が足りないのだろう。これからはこんな悲しみがさらに押し寄せてくることが明白だが、自分はそのつど嘆き、悲しみ、花たちの前に愚かな姿を晒すことだろう。そんな中でもひたすら書くこと、胸底に綯い交ぜされた心情を形にしていくことだけが、わが魂を鎮めてくれるであろうことを信じたい。

このような状況の中で、ともかくも新刊を出すことができたことを喜びたい。

巻末を借りて鳥影社社長の百瀬精一様、編集長の北澤晋一郎様、校正担当の矢島由理様、装丁担当の野村美枝子様、帯の文を書いて下さった文芸評論家の勝又浩先生に心から深謝申しあげたい。

二〇二五年二月十五日

葉山　弥世

初出一覧

〈著者紹介〉
葉山　弥世（はやま　みよ）
1941 年　台湾花蓮市生まれ
1964 年　広島大学文学部史学科卒業
1964 年より 2 年間、福山暁の星女子高校勤務
1967 年より広島女学院中・高等学校勤務
1985 年　中国新聞主催「第 17 回新人登壇」入賞
1986 年　北日本新聞主催「第 20 回北日本文学賞」選奨入賞
1996 年　作品「遥かなるサザンクロス」が中央公論社主催、
　　　　平成 8 年度女流新人賞の候補作となる。
2000 年　広島女学院中・高等学校退職
「水流」同人（広島市）「広島文藝派」同人（広島県廿日市市）
日本文藝家協会会員

著　書：『赴任地の夏』（1991 年）『愛するに時あり』（1994 年）
『追想のジェベル・ムーサ』（1997 年）『風を捕える』（1999 年）
『春の嵐』（2001 年）『幾たびの春』（2003 年）
『パープルカラーの夜明け』（2006 年）『城塞の島にて』（2009 年）
『たそがれの虹』（2011 年）『夢のあした』（2013 年）
『かりそめの日々』（2015 年）〈以上、近代文藝社刊〉
『花笑み』（2017 年）『ストラスブールは霧の中』（2019 年）
『タヒチからの手紙』（2021 年）『シャラの花咲く家』（2022 年）
『華やぎと哀しみと』（2024 年）『花に誓う』（2025 年）
〈以上、鳥影社刊〉

日本音楽著作権協会（出）許諾第 2501710-501 号

花に誓う

2025年4月29日初版第1刷発行
著　者　葉山弥世
発行者　百瀬精一
発行所　鳥影社 (choeisha.com)
〒160-0023 東京都新宿区西新宿3-5-12トーカン新宿7F
電話 03-5948-6470, FAX 0120-586-771
〒392-0012 長野県諏訪市四賀229-1(本社・編集室)
電話 0266-53-2903, FAX 0266-58-6771
印刷・製本　モリモト印刷

ISBN978-4-86782-155-8 C0093

葉山弥世 著　好評発売中

シャラの花咲く家

この一冊には、大人が楽しむ〈旅行小説〉三編とプラス・アルファー一編が収められている。そのアルファ一編が、この作者が何故〈旅行小説〉にこだわり、書き続けるのか、その隠れたモチーフを明かしていて、それにもまことに興味が尽きない。

（文芸評論家・勝又浩）

華やぎと哀しみと

この一冊には作者の現在がよく表れていて興味が尽きない。一途な恋に燃えた若き日の甘美な回想、七十五歳、初めて体験した入院生活から得た、自分を含めた様々な人間的発見、そして女学校の庭園に住みついた亀の物語。読者は語り手としての亀に驚くが、この亀こそは作者の思想の代弁者、もう一つの自画像に他ならないだろう。

（文芸評論家・勝又浩）

各一五〇〇円＋税

鳥影社